용병전 1부 2권

용병전 1부 2권

초판1쇄 인쇄 | 2022년 8월 1일
초판1쇄 발행 | 2022년 8월 5일

지은이 | 이원호
펴낸이 | 박연
펴낸곳 | 한결미디어

등록 | 2006년 7월 24일(제313-2006-000152호)
주소 | 서울시 마포구 모래내로 83 한올빌딩 6층
전화 | 02-704-3331
팩스 | 02-704-3360
이메일 | okpk@hanmail.net

ISBN 979-11-5916-164-3 979-11-5916-162-9(set) 04810

용병전(傭兵傳) 1부
2권
용병과 공주

한결미디어
HANGYEOL
MEDIA

차례

1장 특공대 팀장

연병장 같은 맨땅을 걸어서 둘이 저택으로 다가가고 있다. 빌리와 헨리다. 둘 다 AK-47을 등에 메었고 모자를 썼다.

그렇다. 탈레반군 모자다. G팀은 모두 탈레반군 복장으로 강하했다.

짙은 어둠 속.

둘은 나란히 서서 저택을 향해 다가간다. 저택의 비스듬한 좌측 부분이 다가오고 있다. 정면에는 저택에 붙은 또 다른 감시초소, 1번 초소다.

저택과의 거리가 30미터쯤 되었을 때 어둠 속에서 목소리가 울렸다.

"압둘!"

암호다. 그때 헨리가 대답했다.

"라만!"

오늘 밤의 암호다.

저택 경비는 앞쪽 3사단의 암호하고도 다르다. 매일 밤 암호가 바뀌는데 그 암호는 저택 경비대인 수색중대가 만드는 것이다.

압둘, 라만의 암호는 맞다. 무전병 존이 작전 중에 본부로부터 저택의 암호를 받았기 때문이다.

저택에 붙은 초소와 5미터 거리로 다가갔을 때 어둠 속에서 사내 하나가 물었다.

"무슨 일이야?"

"두두둑."

갑자기 총을 앞으로 겨눈 헨리가 초소를 향해 쏘았다. 어둠 속에서 둔탁한 발사음이 울렸다.

그 순간.

옆쪽 화단 뒤에서 총성이 울렸다.

"타타타타타."

헨리와 빌리가 뒹굴듯이 땅바닥에 쓰러졌고 다시 요란한 총성이 이어졌다.

"타타타타타."

쓰러진 헨리가 그쪽을 향해 응사했다.

"두두두둑, 두두둑."

요란한 총성이 울렸을 때 지노가 마당으로 뛰쳐나왔다.

헨리와 빌리가 쓰러진 것이 보인다.

지노가 저택을 향해 달려가기 시작했다. 뒤를 넷이 따른다.

1백 미터 달리기를 하는 것 같다.

총성이 울렸을 때 하자드는 1층 응접실에서 TV를 보던 중이었다.

벌떡 일어선 하자드가 벽에 세워둔 AK-47을 집어 들었다. 그때 응접실로 타랄이 뛰어 들어왔다.

"왼쪽입니다!"

지노는 60미터 거리가 되었을 때 가슴에 꽂은 수류탄 하나를 빼내 쥐었다. 그러고는 안전핀을 이빨로 뽑아 던지고는 앞쪽을 향해 힘껏 던졌다.

달리면서 던진 것이다.

"타타타타타."

총성이 울렸는데 2번 초소다.

비스듬한 오른쪽 70~80미터 지점. 총탄이 옆을 스치고 지나갔다.

그 순간.

"꾸꽝!"

저택 이층 유리창을 깨고 들어간 수류탄이 폭발하면서 파편이 뿜어 올라 갔다.

"타타타타타타."

총성이 뒤쪽에서 울렸다. 이쪽을 향해서 쏘아대는 총성에 반격하는 팀원들 이다.

예상하고 있었기 때문에 당황하지 않는다. 철조망을 통과할 때, 초소에서 발 각되었을 때 대비한 작전도 모두 수립되어 있었기 때문이다.

저택에 접근했을 때 발각된 것은 가장 운이 좋은 경우다. 그러나 초소 옆쪽의 예상치 못했던 곳에 또 하나의 숨겨진 초소가 있었기 때문에 빌리와 헨리가 당 했다.

"꾸꽝!"

이번에는 뒤에서 존이 수류탄을 던지자 이층 옆쪽 유리창이 폭발했다.

"헨리! 빌리!"

헨리와 빌리 옆을 달려 지나면서 지노가 소리쳤다. 그들을 거들어줄 여유가 없다.

"벽 쪽으로 붙어라!"

그렇게 소리치면서 지노가 초소에 먼저 닿았다. 먼저 수화를 했던 둘이 엉켜 쓰러져 있다. 그리고 옆쪽에 다른 둘이 쓰러졌다. 다른 복장. 블랙팀.

그때 뒤쪽에서 헨리가 소리쳤다.

"난 배에 맞았어! 여기서 엄호할게!"

블랙팀 둘을 처치한 것은 헨리인 것 같다. 지노가 앞에 대고 소리쳤다.

"헨리, 맡기겠다!"

하자드는 이층 계단 입구로 올라와 있다. 타랄과 함께 이층에 있는 마크다를 경호하려는 것이다.

본관은 1, 2층 350평 규모로 1층에 블랙팀 12명, 2층에 10명이 몰려들어와 있다. 40명 중 22명이 들어와 있다. 빠른 대응이다, 4개 팀장 중 3개 팀장이 들어와 있으니까.

그때 폭음이 울리더니 저택은 순식간에 어둠에 덮였다.

"이런."

하자드가 낮게 외쳤을 때 또 다시 폭음이 울렸다. 그때 타랄이 말했다.

"예비 발전기도 폭파한 것 같습니다."

그때다.

"타타타타타타."

안에서 요란한 총성이 울렸다.

저택의 발전실을 폭파한 것은 사일러다. 1번 초소로 진입한 이유가 발전실이 20미터 거리에 있었기 때문이다.

정전이 된 순간 지노가 안으로 뛰어 들어갔고 뒤를 존, 커크, 마이클, 사일러 순서로 따른다. 모두 눈에 열 감지 안경을 쓰고 있다.

지노는 앞에서 어른거리는 사내 하나를 쏴 죽였다. 당황한 옆쪽 사내가 엎드렸을 때 지노 뒤쪽에서 총성이 울렸다.

"타타타타타."

지노가 계단을 향해 달려가면서 소리쳤다.

"커크, 존, 따라와!"

2층의 구석방에 마크다가 벽에 등을 붙이고 앉아있다. 방 안이 칠흑처럼 어두웠지만 곧 어둠에 익숙해져서 사물의 윤곽은 보인다.

"타타타타타타."

아래층에서 요란한 총성이 계속해서 울리고 있다. 반대쪽 응접실, 침실이 폭파되어서 불길이 일어나고 있었기 때문에 연기가 흘러 들어왔다. 그때 문 앞에 서 있던 경호원 후난이 말했다.

"각하, 앞쪽에 블랙팀 5명이 있습니다."

마크다를 안심시키려고 하는 말이다. 그 옆쪽 계단 주위에 하자드가 포진하고 있는 것이다.

하자드가 무전기에 대고 소리쳤다.

"차로 이쪽을 비춰라!"

총성이 계속해서 울리고 있다.

"사방을 다 비춰라! 그리고 밖을 포위하도록!"

중대장에게 지시하는 것이다. 지금 차 2대가 저택을 향해 전조등을 비추고 있어서 창으로 들어온 불빛에 내부가 드러나 있다.

"타타타타타."

지노가 쏜 AK-47 탄환에 맞은 계단 위쪽의 사내 하나가 굴러 떨어졌다. 지금 지노는 계단 아래쪽 벽에 붙어 서 있다.

저택에 진입한 지 3분. 그러나 시간이 오래 지난 것 같다.

밖에서 차량 전조등이 비췄기 때문에 뒤쪽 부분은 유리창을 통해 빛이 들어와 있다. 그때 지노가 소리쳤다.

"사일러!"

"예!"

뒤쪽에서 바로 대답이 올리더니 곧 카운트가 시작되었다. 사일러의 목소리.

"5, 4, 3, 2, 1!"

다음 순간이다.

"꾸과꽝!"

엄청난 폭음이 울리면서 뒤쪽 천장이 무너졌다.

"우르르릉."

벽 한쪽도 무너지면서 이층 건물이 폭삭 가라앉는다. 자욱한 먼지와 함께 화염이 잔재 사이로 일어났다. 비명 소리도 들린다.

무너진 천장으로 밤하늘이 보인다. 계단 쪽 부근만 제외하고 뒤쪽 이층이 무너져 내린 것이다. 폭파 전문가 사일러가 그동안에 기둥에 폭약을 설치했기 때문이다.

"타타타타타타."

총성이 다시 이어졌다. 이것은 무너질 때 깔리지 않은 G팀이 쏘아대는 총성이다. 폭발 전에 피신하고 있었기 때문이다.

아래층에 남아있던 블랙팀. 그리고 이층에 있던 블랙팀도 폭발과 함께 같이 무너져 내렸다.

"찾아라!"

지노가 소리쳤다.

"5분이다!"

5분 여유를 준다는 말이다.

그 소리를 하자드도 들었다. 1층에서 들은 것이다. 허물어진 시멘트벽에 하반신이 깔린 채 몸부림을 치는 중이다.

옆에서 불길이 일어나고 있다. 놈들이 아래층에서 폭발물을 터트릴 줄은 예상하지 못했다.

"타타탕, 타타탕, 탕탕."

이곳저곳에서 총성이 울리고 있다. 이제 밖에서 쏘는 차량의 전조등 빛이 3개로 늘어났다.

그러나 경비병은 들어오지 않는다. 섞이면 더 불리하다는 것을 알기 때문이다.

"타타타탕! 탕탕!"

총성이 어지럽게 울렸는데 아직도 블랙팀과 교전하고 있는 것이다. 그때 하자드는 옆으로 다가온 인기척을 느꼈다.

지노는 시멘트에 묻혀있는 하자드를 보았다. 상반신만 내놓고 있었는데 빈손이다. 손에 쥐고 있던 무기를 떨어뜨렸기 때문이다.

지노는 무너진 벽 사이로 비치는 빛으로 하자드의 얼굴을 보았다. 흙먼지에 뒤덮인 하자드의 얼굴은 분명히 마크다가 아니다.

지노는 고개를 끄덕이면서 AK-47의 방아쇠를 당겼다.

"타타타탕."

"찾아라!"

버럭 소리친 지노가 상반신을 세웠다. 사방에서 총성이 난무하고 있다. 무너진 구조물 사이로 빛발이 들어왔고 이쪽저쪽에서 불길이 일어났다.

"타타타탕, 타타탕."

옆에서 총성이 일어나더니 마이클이 나타났다.

"위쪽으로 가! 마이클."

소리친 지노가 다시 안쪽으로 발을 떼었다. 이층의 계단 뒤쪽이 다 무너졌다. 마크다가 이층에 있었다면 아래로 떨어졌을 것이다. 그러나 건물 잔해가 쌓여 있는 데다 불길에 덮여 있다.

"타타타타타타."

갑자기 옆쪽에서 총성이 울리더니 지노가 뒤로 벌떡 넘어졌다. 가슴에 충격이 왔고 넘어지는 바람에 옆머리를 무너진 기둥에 부딪쳤다.

그러나 곧 머리를 흔들고 몸을 일으킨 지노가 가슴을 손바닥으로 문질렀다. 방탄조끼에 맞았다.

"타타타타."

다시 총성이 울리더니 총탄이 옆쪽 잔해에 부딪쳐 튀었다. 몸을 일으킨 지노가 옆을 향해 총을 내갈겼다.

"타타타타."

잔해 속에 끼어있던 사내가 총을 떨어뜨리면서 쓰러졌다. 지노가 그쪽으로 발을 떼었다. 그 순간 지노는 사내 뒤쪽의 무너진 기둥 뒤쪽에서 어른거리는 그림자를 보았다.

"타타탕."

그쪽에 대고 3발을 발사한 지노가 다가갔다. 사내는 움직임을 멈춘 채 머리를 뒤로 젖히고 있다. 그 순간 지노가 소리쳤다.

"마크다를 잡았다!"

지노가 주머니에 든 소형 카메라를 꺼내 마크다의 얼굴을 찍었다. 증거가 필요하다.

14

"철수! 길을 뚫어라!"

지노가 다시 소리쳤을 때 뒤쪽에서 사일러의 목소리가 울렸다.

"오른쪽으로!"

요란한 총성 속에서도 사일러의 목소리가 이어졌다.

"시간 10초!"

지노가 몸을 비틀어 오른쪽을 보았다. 탈출구 선정은 사일러의 몫이다. 그때 지노가 소리쳤다.

"헨리! 빌리!"

건물 밖에서 쓰러진 둘을 찾는 것이다. 대답이 없다. 지노가 다시 소리쳤다.

"오른쪽이다!"

그때 사일러의 카운트가 시작되었다. 빠르다.

"10, 9, 8, 7, 6, 5, 4, 3, 2, 1."

그 순간이다.

"콰꽝!"

밖에서 폭음이 울리면서 무너졌던 건물이 다시 흔들렸다. 지노는 잔해 밖으로 건물 오른쪽 마당에서 솟아오른 불기둥을 보았다.

"나가자!"

소리친 지노가 밖으로 뛰쳐나갔다. 폭발과 함께 전조등을 비추던 트럭이 산산조각이 났다. 사일러가 수류탄 10배의 폭발력이 있는 C-4 폭탄을 던진 것이다.

"타타타타타."

지노가 앞쪽에서 어른거리는 병사들을 향해 AK-47을 난사했다.

"꽝! 꽝!"

다시 폭음이 울렸다. 이번에는 연막탄이 폭발했다. 앞장선 지노가 총을 난사하면서 뒤를 보았다.

존 해포드가 뒤를 따르고 있는 것만 보인다. 연막탄의 연기가 덮이고 있었기 때문이다.

3사단 안으로 빠져나왔다. 적진 안으로 들어온 것이다.

이미 사단 안은 혼란에 휩싸여서 병사들이 쏟아져 나왔고 이쪽저쪽으로 몰려가는 상황이다. 연막탄이 번져나가 병사들이 우왕좌왕하는 사이로 섞여든 지노가 다시 뒤를 보았다.

뒤쪽에 붙은 존이 보인다. 둘 다 텔레반군 복장이어서 눈에 띄지 않는다.

10분 후 3사단 진지 우측의 병기 수리창 옆. 이곳은 인적이 드물다. 부서진 차량, 기자재가 쌓인 건물 벽에 넷이 붙어 서 있다.

지노와 존, 커크와 마이클이다.

건물에 진입하기 전에 헨리와 빌리가 당했고 이제는 폭파 전문인 사일러가 보이지 않는다. 커크가 말했다.

"뒤에 쳐져서 연막탄을 하나 더 터뜨렸습니다."

사일러가 탈출로를 만들고 연막탄을 터뜨리기로 계획이 되어있는 것이다. 모이는 장소도 미리 이곳으로 정해져 있다.

"나보고 먼저 가라고 했습니다."

커크가 말했을 때 지노가 마이클을 보았다.

"마이클, 네가 인솔해서 C지점으로 가라."

"대장은?"

마이클이 묻자 지노가 재촉했다.

"서둘러!"

셋이 제각기 시선을 주더니 몸을 돌려 어둠 속으로 사라졌다.

셋이 어둠 속으로 사라지자 지노가 옷매무새를 가다듬으면서 되돌아갔다.

저택과의 거리는 6백 미터쯤.

건물 뒤쪽으로 화염이 솟았고 하늘은 붉게 변해 있다. 옆쪽으로 병사들이 달려가면서 지노를 힐끗거리기도 했다. 지노의 어깨에는 대위 계급장이 붙여져 있다.

건물을 지나자 연막탄 연기가 흘러오면서 장교들의 외침이 이곳저곳에서 일어났다. 총성은 그쳤지만 건물의 화염과 연기는 가시지 않았다.

걸음을 멈춘 지노가 건물 옆으로 비켜섰을 때다. 연기를 제치면서 한 무리의 병사들이 나타났다. 그 순간 지노는 숨을 들이켰다. 병사들이 헨리를 끌고 오고 있었기 때문이다.

그때 비켜서 있던 지노와 헨리의 시선이 마주쳤다.

밤이었지만 주변에 빛이 번뜩였기 때문에 번들거리는 두 눈이 드러났다. 헨리의 입가에 흘러내린 피가 검게 보였다. 옆구리에서 흘러내린 피는 옷에 검게 물들어 있다. 헨리의 좌우 팔은 병사들이 껴안고 앞뒤에도 병사들이 둘러쌌다.

"빨리 가자!"

뒤에서 장교 하나가 소리쳤는데 그도 대위 계급장을 붙이고 있다. 헨리를 처음 발견한 순간부터 3초밖에 지나지 않았다. 그때 비켜선 지노 옆을 지나면서 헨리가 말했다.

영어로, 지노가 들으라고 한 말이다.

"빌리, 사일러는 죽었어."

앞을 향한 채 헨리가 신음과 함께 말했다.

"돌아가! 나도 곧 갈 테니까!"

어금니를 문 지노가 헨리의 뒷모습을 보았지만 곧 보이지 않았다.

C지점은 3사단 안쪽의 식당 건물이다. 이쪽은 현장 반대편이어서 인적이 끊겨 있다.

밤. 12시 반.

지노가 다가가자 어둠 속에서 목소리가 울렸다.

"지노?"

"그렇다."

다가간 지노 앞으로 셋이 다가왔다.

"가자."

지노가 앞장서면서 말했다.

"빌리와 사일러는 죽었어."

셋은 종대로 뒤를 따랐고 지노가 앞을 향한 채 말을 이었다.

"헨리는 잡혔지만 곧 간다고 했다."

지노가 고개를 돌려 뒤를 보았다.

"만났는데 구해낼 수 없었어. 날 보더니 그렇게 말하더구나."

모두 입을 열지 않는다. 말뜻을 알았기 때문이다.

3사단 영내로 깊숙이 들어가 정문 옆의 철조망을 뚫고 밖으로 나왔다. 침입한 지점과는 반대 방향으로 나온 것이다.

잘랄라바드 쪽 도로를 좌측에 두고 1킬로쯤 전진한 후에 우측 산으로 들어섰을 때는 오전 3시.

잡초만 무성한 바위산이다. 이곳이 작전을 마치고 피신하기로 예정된 D지점. 여기까지는 계획대로 진행된 셈이다. 시간은 1시간 반 늦어졌고 인명 손실은 예측해놓지 않았다.

암산 8부 능선쯤에 바위로 조성된 틈이 있다. 지노가 바위틈에 등을 붙이고

18

앉고 나서 길게 숨을 뱉었다.

"쉰다."

목표는 달성했다.

오전 8시 반.

잠이 들었던 지노가 존이 깨우는 바람에 눈을 떴다. 바위틈 안이다.

"대장, 연락이 왔어요."

존이 이어폰을 내밀었다. 존이 맨 TW형 무전기는 중량이 8.5킬로지만 위성 통신기다. 존 해포드는 이놈을 메고 전투를 하는 터라 별명이 '크레인'이다.

지노가 응답했을 때 곧 존 멀홀랜드 대령의 목소리가 울렸다.

"성공했나?"

"예, 사진도 찍었습니다."

"굿."

멀홀랜드가 여전히 딱딱한 목소리로 말을 이었다.

"팀은?"

"둘 전사. 헨리가 부상당한 채 포로가 되었습니다."

"갓댐."

"하지만 입을 열지는 않을 겁니다."

"그러지 않아도 되는데."

"헨리가 결정할 겁니다."

"그럼 나머지는?"

"계획대로 철수할 예정입니다."

"K팀이 실패했어."

불쑥 멀홀랜드가 말했다.

"네 위치가 K팀 목표에서 가까워. 거기서 오늘 저녁에 K팀 목표를 쳐."

"그쪽은 어떻게 되었습니까?"

"갑자기 매복조를 만나 기습을 당한 바람에 망했다. 둘이 남았어."

"……."

"네가 처리하고 K팀 코스로 이탈해."

"알았습니다."

"수고했다."

미안한지 멀홀랜드가 좀처럼 안 하던 말을 했다. 통화가 끝났을 때 옆에 서 있던 존이 지노를 보았다. 옆에서 다 들은 것이다.

"매복조에 당하다니, 드문 일이군요."

그린베레에서는 드문 일이다. 고개를 끄덕인 지노가 존에게 말했다.

"갓댐. 개 같은 상황이 되었군. 다 불러와."

다 모였지만 지노까지 넷이다.

돈 타령을 하던 빌리가 제일 먼저 당했고, 연금 수령인을 임신한 애인 앞으로 돌렸던 사일러도 죽었다. 헨리는 포로가 되었지만 자살할 것이다.

지노가 앞에 쪼그리고 앉은 셋을 번갈아 보았다.

"우리가 K팀 목표를 처리해야겠다."

셋은 시선만 주었고 지노가 말을 이었다.

"K팀이 매복조에 당한 바람에 작전을 망친 모양이야."

"……."

"여기서 K팀 목표인 압둘라의 숙소가 6킬로 정도야. 오늘 저녁에 잘랄라바드로 진입한다."

"갓댐."

마침내 커크가 투덜거렸다. 커크가 핏발이 선 눈으로 지노를 보았다.

"대장, 꼭 가야 됩니까?"

지노가 시선만 주었고 커크는 어깨를 부풀렸다.

"안 가면 안 됩니까?"

"빠지고 싶으냐?"

"빠질 수 있어요?"

"빼줄게."

"그럼 나머지는 어떻게 하고?"

"물어봐야지."

고개를 돌린 지노가 존과 마이클을 둘러보았다.

"너희들은 어때?"

그때 마이클이 물었다.

"우리가 안 간다면 안 갑니까?"

"선오브비치."

잇새로 말한 지노가 눈을 치켜떴다.

"가기 싫으면 빠져, 나 혼자라도 갈 테니까. 차라리 그게 편해."

모두 입을 다물었고 지노의 말이 이어졌다.

"나도 빠지고 싶지만 이미 명령을 받았어. 너희들이 싫다면 내가 빼줄 테니까 남아. 내가 혼자 갔다 올게."

"……."

"너희들은 철수해서 오늘 밤에 D지점으로 가 있어."

그때 존이 말했다.

"난 대장 따라갑니다. 무전병이라 어쩔 수 없거든."

무전병 핑계를 댄 존이 말하고는 외면했다. 그때 마이클이 말했다.

"난 안 간다고 안 했습니다. 갑니다."

지노가 자리에서 일어섰을 때 커크가 등에 대고 말했다.

"내가 안 갈 것 같습니까? 갑니다."

그 시간에 K팀장 케니 버틀러가 멀홀랜드의 전화를 받는다.

"넌 철수해, 네 임무를 G팀이 인계받았으니까."

멀홀랜드가 쏟아붓듯 말을 이었다.

"G팀도 타깃에 대한 정보를 갖고 있으니까 방해하지 말고."

"……."

"알았나?"

"알겠습니다."

"그럼 오늘 밤 S지점으로 이동하도록."

그러고는 멀홀랜드가 통신을 끝냈다. 이어폰을 내던진 케니에게 로간이 물었다.

"대장, 어떻게 할까요?"

로간도 옆에서 들은 것이다.

이곳은 잘랄라바드 서북방 7킬로 지점. 어젯밤 K팀은 작전을 시작하기도 전에 피터 카말리가 총을 난사해서 셋이 죽고 둘이 중상을 입었다. 온전한 팀원은 대장 케니와 첨병 로간 앤더슨 상사 둘뿐이다.

피터는 잘랄라바드를 향해 침투하다가 휴식 중에 깜빡 졸더니 갑자기 깨어나 총을 난사했던 것이다. 뒤쪽에 있던 로간이 피터를 사살했을 때는 이미 둘이 죽고 둘이 중상을 입은 후였다. 그때 케니가 말했다.

"여기서 기다리자."

이곳은 작전이 끝나고 돌아가는 포인트다. 서둘러 돌아갈 것 없다. 멀홀랜드

에게 매복조에 당했다고 했지만, 그것만으로도 문책감이다. 그런데 팀원이 약에
취해서 총을 난사했다는 것을 알면 최소한 강등이고 불명예 제대다.

피터의 시체에서 마약을 찾아낸 케니는 매복조에 당한 것으로 하자고 로간
과 말을 맞춘 것이다. 그때 뒤쪽에서 신음 소리가 울렸다.

맥과 짐이다. 둘은 중상을 입고 누워 있다. 당분간 움직일 수가 없다.

압둘라가 앞에 선 함단에게 말했다.

"미국이 우리 전력을 약화시키려는 의도야."

오후 3시 반.

잘랄라바드의 정보부 상황실 안. 압둘라가 말을 이었다.

"마크다 장관을 제거했다고 우리가 당장 어떻게 되는 건 아냐. 전쟁이 일어나
면 해볼 만해."

"각하."

정색한 함단이 한 걸음 다가섰다.

"여기 계실 필요 없습니다. 카불로 돌아가시지요."

"내일 가기로 하지."

쓴웃음을 지은 압둘라가 함단을 보았다.

"내가 카불로 갔다는 걸 알면 군(軍)의 사기가 떨어질지 모르겠다."

"여기 계신 것으로 위장하지요."

압둘라는 현역 중장으로 아프간 탈레반 정권의 핵심 3인방이다. 3인방은 곧
탈레반의 지도자 오마르와 국방장관 마크다, 정보부장 압둘라인 것이다. 압둘라
가 말을 이었다.

"미국과의 장기전에 대비해야 돼. 러시아도 대군을 투입했지만 10년이 지나도
록 아프간을 정복하지 못했어."

압둘라가 믿는 것은 아프간 인(人)의 투쟁력이다.

맞다. 1979년 소련이 침공했다가 견디지 못하고 1989년 철군했던 것이다. 이것은 강대국 미국이 월남전에서 철군한 1975년의 경우와 비교되었다. 물론 아프간은 그 후로 군벌의 난립으로 정치 불안이 계속된 후에 1997년 탈레반이 정권을 탈취한 상황이 되었다.

"대장, 피터 그놈이 마약을 먹고 난동을 부렸다는 것을 보고해야 되지 않겠어?"

맥 크론트 상사가 가쁜 숨을 뱉으면서 물었다. 맥은 배에 두 발을 맞아서 창자가 삐져나왔다. 붕대로 감아놓았지만 피는 계속해서 배어 나온다.

"그놈이 전사자로 국가에서 배상금 받고 국군묘지에 묻히면 안 된다고."

맥은 33세, 고참 상사로 부팀장이다.

"갓댐. 그 미친놈이 보비하고 칼을 죽였어. 그놈을 신고해야 돼, 대장."

"알았어, 맥."

"짐은 어떻게 된 거야?"

"아직 깨어나지 않았어."

고개를 돌린 맥이 동굴 안쪽에 누워있는 짐 코필드 중사를 보았다. 머리에 총탄을 맞은 짐은 숨만 쉬고 있다. 그 옆에 보비, 칼, 그리고 피터 카말리의 시체가 나란히 눕혀져 있다. 그때 동굴 안으로 로간이 들어섰다.

"로간."

숨을 헐떡이며 맥이 로간을 불렀다. 다가온 로간에게 맥이 신음 소리를 뱉으면서 말했다.

"내가 그게 급하다. 이 상황에서도 그게 나오려고 한다."

"뭐가?"

물었던 로간이 곧 눈치를 채고는 혀를 찼다.

"갓댐."

"미안. 죽으면 똥을 쌀 필요도 없는데."

"젠장. 누워서 싸야겠군."

로간이 맥의 바지를 벗길 때 케니가 자리에서 일어나 동굴을 나갔다. 그때 바지를 벗기던 로간의 손을 맥이 잡았다.

"로간."

고개를 든 로간이 번들거리는 맥의 눈을 보았다.

"왜?"

"잘 들어, 로간."

맥이 가쁜 숨을 뱉으며 말했다. 숨결에서 피 냄새가 풍겨왔다. 맥이 주머니에서 소형 녹음기를 꺼내더니 로간의 손에 쥐어 주었다.

"이거 갖고 있어라."

"뭔데?"

"케니가 위험한 놈이야. 믿지 마, 로간."

"뭐야? 왜?"

"피터 그놈이 약 먹고 난동을 부렸다는 보고를 숨긴 건 잘못된 거야. 너도 끌려들었어."

"……"

"너도 위험하단 말야. 무슨 말인지 알아?"

"알아."

"그대로 보고하면 제 경력에 치명상이 되기 때문이지. 그래서 내가 조금 전에 녹음을 해놓았다."

그때 로간이 녹음기를 제 주머니에 넣고는 고개를 끄덕였다.

"알았어, 맥."

맥이 가쁜 숨을 뱉으면서 말을 이었다.

"나하고 짐은 이미 끝났지만 케니가 너까지 없애고 사건을 덮을지도 몰라."

"내가 쉽게 안 당해."

"똥이나 싸자."

맥이 신음을 뱉으며 말했다.

"내가 이런 꼴로 가다니. 갓댐."

블랙팀의 팀장 호이란은 압둘라의 경호 책임자다.

어젯밤, 마크다와 함께 블랙팀의 부사령관 하자드가 피살되었다. 호이란은 오늘 오후에 지도자 오마르로부터 블랙팀의 부사령관으로 임명되었다. 휘하에 3개 팀 30명이 보강되어서 압둘라의 경호팀은 50명으로 늘어났다.

정보부 건물은 잘랄라바드 시내 중심부에 위치한 5층 건물이다. 이곳이 아프간 오마르 정권의 정보 중심지인 것이다.

오마르 정권은 탈레반 정권이다.

탈레반은 아프간 남부 파슈툰족을 바탕으로 한 부족 단체에서 출발했다. 탈레반은 본래 회교 원리를 공부하는 학생 조직이었다. 소련군이 철수한 후에 아프간이 군벌들의 난립 상태일 때 창설된 것이다.

지도자는 물라 모하메드 오마르, 애꾸눈 통치자다.

오마르는 탈레반이 강력한 조직이 될 때까지 오사마 빈 라덴의 적극적인 후원을 받았다. 그래서 1997년, 아프간 정권을 장악하고 나서 오사마 빈 라덴을 불러들였던 것이다.

지금도 9.11 테러의 주역 빈 라덴이 아프간에 숨어 있는 중이다. 그것이 페샤와르에 그린베레 제5특전단이 모여 있는 이유이기도 하다.

정보부 건물 2층 사무실에서 호이란이 전화를 받는다.

"예, 호이란입니다."

"나 사다트인데."

굵은 목소리. 빈 라덴의 보좌관 알리다. 외부에 알려지지 않은 인물인 데도 철저하게 위장하고 통화할 때에도 가명을 쓴다.

"예, 사다트 씨."

"우리 정보로는 저쪽에서 정보부장도 노리고 있다는 거야."

빈 라덴의 정보력은 아프간 정보부보다 나은 것이다. 사다트가 말을 이었다.

"이번에 마크다와 압둘라를 타깃으로 2개 팀이 파견되었다는 거야. 그러니까 경계를 철저히 하도록."

"알겠습니다."

"가능하면 거기서 나오는 게 나아. 여기가 더 낫지 않을까?"

"내일 옮긴다고 했는데요."

"알았어. 우린 정보만 전하는 거네."

"부장한테 다시 이야기하지요."

"지도자께서도 걱정하고 계시네."

그러고는 통화가 끊겼다.

"모든 곳이 다 전장(戰場)이야."

호이란의 보고를 들은 압둘라가 말했다. 압둘라의 얼굴에 쓴웃음이 번져 있다.

"탱크 앞에서나 멀리 떨어진 시장에서나 죽을 놈은 죽고 살 놈은 어떻게든 사는 거다."

"국방장관에게 암살팀이 보내졌다면 이곳에도 올 것 아닙니까?"

"그건 우리가 받아쳐야지."

압둘라는 48세. 탈레반 동조자지만 소련과의 전쟁 때부터 정보 업무를 맡고 있다. 압둘라가 말을 이었다.

"호이란, 당신은 당신 역할을 해, 나는 내 일을 할 테니까."

호이란이 심호흡을 했다.

맞는 말이다. 이미 전쟁은 시작되었다. 전장(戰場) 없는 전쟁이 맞다.

오후 6시 반.

이곳은 잘랄라바드 외곽의 가축 시장 거리. 허름한 식당에 두 사내가 들어섰다.

쑴 위에 야전 점퍼를 걸쳤고 특히 야전화를 신은 것이 눈에 띄었다. 미제 산악화다. 가볍고 질긴 데다 단단해서 바위산을 타는 데는 이보다 나은 신발이 없다. 그래서 탈레반들도 파키스탄에서 대량으로 미군용 산악화를 구입해 오는 것이다. 물론 중국산 짝퉁이다.

안쪽 자리에 앉은 둘이 옆에 AK-47을 내려놓더니 주인에게 음식을 시켰다.

10평쯤 되는 식당에 손님이 4명 앉아 있었는데 둘은 나이든 상인이었고 둘은 군인이다. 두 사내 중 하나가 옆쪽에 앉은 군인에게 파슈툰어로 물었다.

"어느 부대에 근무하시오?"

대위 계급장을 붙인 군인이다. 고개를 든 대위가 사내의 짝퉁 산악화부터 보고 나서 대답했다.

"그건 왜 묻소?"

"난 탈레반 감찰대요."

"난 블랙팀 팀장이야."

차갑게 말을 뱉은 대위가 사내를 노려보더니 손을 내밀었다.

28

"신분증 좀 봅시다."

그 순간 사내의 얼굴이 굳어졌다. 감찰대에 신분증을 보자고 한 경우가 처음이었을 것이다. 그때 대위가 내민 손바닥을 흔들었다.

"자, 어서."

"그만둡시다. 미안합니다."

사내 옆의 동행이 쓴웃음을 짓고 말했다.

"식사나 하십시다."

그때 대위가 손바닥을 거두면서 몸을 돌렸다.

블랙팀이 감찰대의 위세를 꺾었다.

대위는 지노다.

파슈툰어도 능숙한 데다 덥수룩한 수염을 기른 지노는 영락없는 파슈툰족이다. 지노의 동행은 마이클 모간. 백인이지만 검게 탄 얼굴은 아프간인이다. 마이클도 탈레반 장교 차림이다.

먼저 식사를 마친 지노와 마이클은 식당을 나왔다. 마이클은 포장한 음식을 싸들고 있다. 밖은 이미 어둠에 덮여 있다.

둘이 나갔을 때 알라반과 카니쉬는 서둘러 일어섰다. 기세에 눌렸지만 그대로 가만있을 수는 없는 것이다. 둘을 의심하는 것보다 감찰대 위신을 세우려는 의도다.

밖으로 나온 둘은 어두운 앞쪽 골목으로 꺾어지는 둘을 보았다.

"미행해서 저놈들 숙소를 알아봐."

먼저 시비를 건 알라반이 상급자다. 알라반이 카니쉬를 돌아보았다.

"블랙팀인지 아닌지 알아봐야지."

알라반이나 카니쉬도 블랙팀은 말만 들었지 처음 만나는 것이다. 그만큼 블랙팀의 명성이 높다.

블랙팀이 들어간 골목으로 들어선 둘은 동시에 숨을 들이켰다. 블랙팀 둘이 앞에 서 있다. 그리고 둘이 더 있다. 그 순간 옆쪽에 서 있던 둘이 덮쳤다.

오후 8시 반.

저녁 식사를 마친 압둘라가 찻잔을 들면서 앞에 앉은 호이란을 보았다.

"페샤와르에 미군 그린베레 제5특전단 1개 연대가 모여 있어."

압둘라의 얼굴에 웃음이 떠올랐다.

"미국이 다국적군을 모으는데 현재 27개국이 응했더군."

"……."

"하지만 페샤와르에는 영국군 1개 중대 병력만 모였어."

압둘라는 정보부장이다. CIA만큼은 못하지만 페샤와르의 동향은 보고를 받고 있는 것이다. 그때 호이란이 물었다.

"지금 지도자님하고는 연락이 됩니까?"

고개를 든 압둘라가 쓴웃음을 지었다. 방금 호이란은 빈 라덴을 묻고 있는 것이다.

현재 아프간에는 두 명의 지도자가 있다. 통치자인 애꾸눈 오마르와 알 카에다의 창시자인 빈 라덴이다.

압둘라가 먼저 식당부터 둘러보았다. 정보부 건물 바로 옆에 붙은 아랍식당 안이다. 압둘라가 왔기 때문에 50평 넓이의 식당은 텅 비었다.

"당연히 연락이 되지. 그런데 왜?"

"미군이 노리는 건 지도자님 아닙니까?"

"그렇지."

"지도자님이 좀 피해주시면 나을 것 같아서요."

그때 압둘라가 쓴웃음을 짓더니 외면하고 말했다.

"우리가 정권을 세우는 데 지도자님 도움을 받았는데 그렇게 직접 말씀드릴 수는 없지."

"부장님이 말씀을 해주시면 안 될까요?"

"난 못 해."

압둘라가 고개를 저었다.

"마크다 장관이라면 몰라도……."

"……."

"통치자께서는 의리상 말씀하실 분이 아니고. 어쨌든……."

어깨를 늘어뜨린 압둘라가 자리에서 일어섰다.

"내일 통치자님을 만나 뵈면 분위기를 알 수 있겠지."

삼각형 배치다.

그것은 표적을 중심에 두고 2개의 사선(射線)을 만든 것이다. 사선에 배치된 2명의 사수는 커크와 지노. 거리는 각각 220미터와 270미터. 관측수는 마이클과 존이다.

오후 8시 45분.

지노의 위치는 정보부 건물 건너편의 3층 건물 옥상이다. 이 건물은 앞쪽에 민가가 3채나 있기 때문에 정보부 건물에서는 한쪽만 보인다.

"압둘라는 저녁을 먹는 것 같다."

AK-47의 스코프에 눈을 붙인 채 지노가 말했다.

"어디 압둘라의 운이 센가 내 운이 센가 보자."

"대장, 운을 믿는 거요?"

존이 물었기 때문에 지노가 피식 웃었다.

"믿는다."

"의외인데."

3층 건물의 옥상 위에 둘이 나란히 엎드려 있다.

옥상 위에는 부서진 가구와 장작더미, 농기구까지 쌓여 있는데 야외 창고나 같다. 1, 2층은 7, 8 가구로 나뉘어서 아이들의 울음소리, 여자의 꾸짖는 소리까지 어지럽게 올라온다. 옥상까지는 바깥쪽에서 계단이 이어졌기 때문에 둘은 몰래 올라온 것이다.

지노의 스코프는 5층 왼쪽 창문에 맞춰져 있다. 창문은 불이 꺼져 있다. 그곳이 압둘라의 침실이다. 잘랄라바드의 정보부 건물 안에 압둘라의 침실이 있는 것이다.

존이 망원경으로 창문을 보면서 말했다.

"대장, 커크도 그렇고 AK-47로 이 거리에서 맞추기는 힘들 것 같은데."

그렇다.

AK-47은 '막총'이다. '막' 쓰는 총이란 말이 어울리는 총인 것이다. AK-47과 형제뻘인 드라구노프가 저격 총이다.

그런데 이곳에는 그걸 못 가져왔다.

커크 링컨이 엎드린 곳은 폐축사의 기둥 밑. 폐가의 폐축사여서 주변의 인적은 없었지만 아래쪽 민가의 소음은 들린다.

스코프에 표시된 거리는 220미터. 220미터 사이에 좌우로 주택의 널린 빨래, 전봇대의 전선, 건물 지붕, 삐져나온 간판까지 드러났다.

그 사이를 뚫고 링컨의 AK-47 총구에서 5층 건물의 왼쪽 창문까지 '직선'이 연결되었다.

불 꺼진 창. 오후 8시 50분.

옆에 엎드린 마이클이 물었다.

"커크, 대장과의 거리가 얼마라고 했지?"

"120미터가량."

"거기서 표적까지 거리는?"

"270미터 정도라고 했어."

"그쪽이 좀 머네."

"AK-47로는 어려워."

커크가 조준구에 눈을 붙이면서 말했다.

"여러 발을 쏴야 돼."

"그래야겠다."

마이클이 맞장구를 쳤다.

"이건 요행을 바라야겠다."

"그래, 마이클. 넌 오른쪽을 맡아라. 창문 오른쪽이야."

"10발에 1발은 맞겠지."

5층 왼쪽 창문이 타깃인 것이다. 그것은 지노도 마찬가지다. 그때 아래쪽에서 인기척이 났기 때문에 둘은 숨을 죽였다.

관측병 겸 경호병인 마이클이 상반신을 일으키더니 그쪽을 응시했다. 인기척이 계속되다가 곧 희미해졌다. 참았던 숨을 내뿜은 마이클이 주위를 둘러보고 나서 다시 엎드렸다.

이곳은 민가가 드문드문 흩어진 주택가다. 커크가 다시 시계를 보았다.

오후 9시 05분이다.

2층 상황실에서 압둘라가 둘러앉은 간부들에게 말했다.

"난 내일 카불로 갈 테니까 그동안 비상 상황으로 근무하도록."

상황실에 둘러앉은 간부들은 긴장하고 있다. 마크다가 피살당하고 나서 정국은 급속하게 전쟁 분위기로 바뀌고 있다.

3사단의 내부에서 기습을 받아 마크다와 수십 명의 블랙팀, 경호 중대가 피살된 것이다. 사단 병력 전체가 전투태세를 갖추고 대기 중인 상황이다.

자리에서 일어선 압둘라가 말을 이었다.

"시간은 우리 편이야. 소련이 10년 동안 대군(大軍)을 보냈지만 결국 패퇴했다는 것을 상기해라."

아프간 지도자들이 자신을 갖는 이유가 바로 이것이다.

5층 계단을 오르면서 압둘라가 함단에게 말했다.

"우리 정보로는 그린베레에서 보낸 2개 팀 중에서 1개 팀이 매복을 받아서 궤멸되었다는 거야."

"1개 팀이 말입니까?"

뒤를 따르던 블랙팀 팀장 호이란이 물었다.

"어디서 당했습니까?"

"그건 모르겠어, 통신 감청으로 들었으니까. 우리 정규군이 아니고 마을의 자위대가 그놈들을 기습한 것 같다."

"그래도 보고를 했을 텐데요."

"어쨌든 그 팀이 나를 노렸던 것 같다."

5층 복도에 선 압둘라가 쓴웃음을 짓고 함단과 호이란을 보았다.

"1개 팀이 사라진 건 분명하니까."

"그렇다면 장관 각하를 기습한 팀은 돌아간 것입니까?"

호이란이 묻자 압둘라의 눈동자가 흐려졌다.

"포로로 잡은 한 놈은 소매에 감춘 청산가리 캡슐을 터뜨려 먹고 자살했어."

"……."

"현장에서도 둘이 죽었으니까 돌아갔겠지."

압둘라가 몸을 돌렸고 호이란이 뒤를 따른다.

5층 왼쪽의 2개 창문 중에 끝 쪽 방이 침실이다. 그런데 침실 옆쪽 방에 불이 켜졌다. 응접실이다. 그 순간 존이 말했다.

"대장, 응접실요."

"봤어."

지노가 스코프에 눈을 붙였지만 커튼이 내려진 안은 보이지 않는다. 커튼이 짙은 색이었지만 흐린 불빛이 보인 것이다. 링컨도 불빛을 보았을 것이다.

그러나 침실에 불이 켜질 때까지 기다려야만 한다. 표적이 보이지는 않지만 집중사격을 하면 가능성이 있다.

"갓댐."

스코프에 눈을 붙인 커크 링컨이 투덜거렸다.

"응접실로 누가 들어왔는지 알 수가 있어야지."

"기다려."

마이클이 말했다.

"대장이 먼저 쏘기로 했으니까 기다려."

"로켓포가 있었다면 한 방에 끝냈는데."

다시 링컨이 로켓포 타령을 했다. 벌써 10번은 했을 것이다.

그렇다. 대전차포인 AT-4는 유효 사거리 300미터, 장갑관통력 450밀리미터의 위력이 있다. 중량이 약 7킬로, HEAT탄이 3킬로여서 혼자 메고 다니기는 부담이지만 팀의 필수 무기였다. 그러나 이번 작전에서는 지참하지 않은 것이다.

링컨이 심호흡을 했다. 왼쪽 끝 방의 불이 켜지면 대장이 먼저 쏠 것이다. 그러면 이쪽도 일제 사격을 한다. 옆쪽 응접실에도. 그래서 4정의 총으로 벌집을 만들어버릴 것이다.

응접실로 들어선 압둘라가 호이란에게 말했다.

"호이란, 미국은 소련과 다른 작전으로 나가려는 것 같다. 먼저 암살팀을 보내고 나서 폭격으로 쑥대밭을 만들 모양이야."

"……."

"그럼 전력이 분산되겠지. 마크다 장관이 당한 후에 아직 서쪽 지역의 방위 책임자가 정해지지 않았어."

그때 하인이 들어와 둘 앞에 찻잔을 내려놓고 돌아갔다. 찻잔을 든 압둘라가 말을 이었다.

"내일 돌아가서 오사마 님을 만나야 될 것 같다. 상황이 급박해."

"지도자님을 만나시면 부탁을 해보시지요."

호이란이 조심스러운 표정으로 압둘라를 보았다. 지도자님이란 바로 오사마 빈 라덴이다. 그때 압둘라가 고개를 끄덕였다.

"그래야지, 오사마 님이 아프간을 떠나시면 미국군의 침공 명분도 없어질 테니까."

그러나 압둘라의 표정은 어둡다. 은인을 쫓아내는 경우가 될 것이기 때문이다. 빈 라덴에게 아프간은 은신하기에 최적의 장소였기 때문이다.

"국장님만 믿습니다."

자리에서 일어선 호이란이 압둘라를 보았다. 아프간을 위해서는 그 방법이 최선이다. 지금도 빈 라덴 측의 도움을 받고 있어도 그렇다.

밤. 10시 48분.

침실로 들어선 압둘라가 스위치를 눌러 불을 켰다. 작업복 상의를 벗어던진 압둘라가 침실 옆의 화장실로 들어가 손을 씻었다.

갑자기 온몸에 나른한 피로가 몰려왔기 때문에 압둘라는 길게 숨을 뱉었다.

침실의 불이 켜진 순간 지노가 심호흡을 했다. 옆에 엎드린 존이 스코프를 눈에 바짝 붙였다.

"갓댐. 드디어 등장하셨군."

존이 투덜거린 것은 긴장을 풀려는 의도다. 존이 말을 이었다.

"이제 돌아갈 수 있겠다."

"옳지."

링컨이 낮게 소리쳤다.

"마이클, 기다려."

긴장한 링컨이 먼저 마이클에게 주의를 주었다. 마이클이 먼저 쏘면 안 된다. 대장이 먼저다. 타깃이 창문인 것이다.

"대장이 쏠 때까지 기다려."

링컨이 스코프에 눈을 붙이고는 방아쇠에 손가락을 걸었다.

지노가 손목시계를 보았다.

10시 50분.

침실의 불이 켜진 지 2분이 지났다. 침실 안에 화장실이 있을 것이다. 그러나 어느 방향인지 알 수 없다. 들어와서 바로 침대에 눕는 경우는 드물다. 더구나 압둘라는 술을 마시지 않는 놈이다.

37

심호흡을 한 지노가 방아쇠에 걸어놓은 손가락에 힘을 주었다.

"타탕. 타타타타타."

첫 발은 예광탄이다. 붉은 선을 그리면서 날아간 예광탄이 창문을 뚫었고 이어서 10여 발의 총탄이 그 뒤를 따라 창문을 박살내었다.

"타타타타타타타타."

옆에 엎드린 존이 탄창에 든 30발을 다 쏟아붓는다.

"타타타타타."

옆쪽에서 총성이 울린 순간 링컨이 방아쇠를 당겼다.

"타타타타타타."

기다리고 있던 마이클이 쏜 총탄이 벽에 맞아 튀었다.

"타타타타타타."

화가 난 마이클이 이제는 옆쪽의 응접실에 대고 총탄을 퍼부었다. 3정의 AK-47이 불이 켜진 침실을 향해 집중 사격을 했기 때문이다.

그럼 나는 응접실이다.

총성이 울리면서 총탄이 빗발처럼 방 안으로 쏟아졌을 때 압둘라는 화장실에서 막 나온 참이었다.

총탄으로 박살이 난 유리창 파편이 방 안으로 흩어졌다. 압둘라의 오른쪽이다. 그 순간 방에 납작 엎드렸던 압둘라가 기어서 응접실로 들어섰다. 그러고는 몸을 일으킨 순간이다.

"타타타타타타타."

응접실의 창문을 부수면서 쏟아진 총탄이 압둘라의 몸에 박혔다.

4명이 탄창 1개씩을 다 비웠으니 120발의 총탄이 응접실과 침실로 쏟아진 셈이다.

"철수."

탄창을 비운 지노가 몸을 일으키면서 말했다. 존이 잠자코 뒤를 따른다.

옆쪽의 링컨과 마이클 조(組)도 철수할 것이었다.

30분 후.

잘랄라바드 남쪽의 황무지 입구의 개울가로 두 사내가 나타났다. 조심스럽게 다가온 두 사내를 향해 앞쪽 어둠 속에서 인기척이 났다.

"커크?"

"나야. 존?"

묻고 확인한 목소리가 들리더니 곧 개울가 바위 옆으로 네 사내가 모였다.

지노의 G팀.

지노가 셋을 둘러보았다.

"가자. 이곳에서 4킬로 떨어진 곳에 K팀이 있어."

"갓댐."

커크가 투덜거렸다.

"이곳에서 국경이 더 가까운데."

지노가 잠자코 몸을 돌렸고 셋은 뒤를 따른다.

밤. 11시 35분이다.

"맥은 어때?"

케니가 묻자 로간이 고개만 흔들었다.

깊은 밤.

이곳은 산 중턱이지만 아래쪽으로 국도가 지나가고 있다. 차량 소음이 가끔 울릴 뿐이다. 바위 벽에 등을 붙이고 앉은 케니가 로간에게 말했다.

"로간, 오전 3시까지 G팀이 오지 않으면 우린 둘이 출발해야 돼."

"알았어."

로간이 바위 벽 안쪽을 보았다.

시체 4구가 나란히 눕혀져 있다. 1시간쯤 전에 머리에 총을 맞은 짐이 죽었기 때문이다. 그리고 맥은 숨을 쉬고 있지만 30분쯤 전부터 의식이 없는 상태다.

그때 로간이 자리에서 일어섰다. 경계병으로 나가려는 것이다.

밤. 1시 15분.

손목시계에서 케니가 시선을 떼었을 때 안쪽에서 웅얼거리는 소리가 들렸다. 아직 살아있는 맥이다.

바위 벽 밑에 나란히 눕혀놓은 4구의 시체. 그리고 가까운 쪽에 맥 크론트가 눕혀져 있다. 그때 맥이 웅얼거렸다.

"로간, 로간이냐?"

의식이 돌아온 것 같다. 케니가 무릎걸음으로 그쪽으로 두 걸음을 다가갔다.

"맥, 어떠냐?"

그때 맥이 물었다.

"로간?"

"그래."

귀찮았기 때문에 그렇게 대답했을 때 맥이 헐떡이며 말했다.

"로간, 내 와이프한테 전해."

"오케."

"미안하다고."

"알았어."

"조지 잘 부탁한다고."

그러더니 한참 있다가 겨우 말을 이었다.

"조심하고."

"……."

"케니를 조심해."

케니가 고개를 돌려 맥을 보았지만 더 이상 말은 이어지지 않았다.

1시간쯤 후에 교대시간이 된 로간이 바위 앞으로 다가왔을 때 케니가 자리에서 일어섰다.

"맥은 어때?"

로간이 묻자 케니가 대답했다.

"앓는 소리를 내더니 자는 것 같다."

케니가 아래쪽으로 내려갔을 때 로간이 맥 옆에 다가가 앉았다.

"맥, 자는 거야?"

"……."

"한 시간쯤 있으면 G팀이 와. G팀하고 널 데려갈 수 있을 거야."

"……."

"맥, 기운 내."

로간이 맥의 이마에 손을 짚었다. 그러고는 숨을 들이켰다.

"맥!"

로간이 맥의 목에 손가락을 붙였다. 맥박이 뛰지 않는다. 맥이 죽었다.

지노의 G팀이 도착했을 때는 오전 3시 40분이다.

"어떻게 된 거야?"

지노의 손을 잡은 케니가 물었다. 케니의 목표 압둘라를 물은 것이다.

"확인 안 했어."

지노가 뒤쪽에 선 로간의 눈인사를 받으면서 말을 이었다.

"침실에다 백 발이 넘게 쏴 갈겼으니까 유탄이라도 맞았겠지."

지노가 바위 벽 안쪽에 눕혀진 5구의 시체를 보더니 고개를 저었다.

"갓댐. 못 보겠군."

"아직 묻지 못했어. 맥도 조금 전에 죽었기 때문에."

"……."

"짐도 죽은 지 얼마 안 돼."

"시체 위에 돌이라도 쌓아놓고 가야겠는데, 이대로 갈 수는 없어."

지노가 뒤에 선 조원들을 돌아보면서 말을 이었다.

"나도 셋을 잃었어."

그런데 빌리와 사일러는 묻지도 못했고 헨리는 포로로 끌려갔다.

"이봐, 커크."

로간이 커크를 부르더니 주위를 둘러보았다.

이곳은 산 중턱. 로간과 커크는 돌멩이를 주우려고 나온 참이다. K팀원 5명을 묻으려면 돌멩이가 필요하다.

커크의 시선을 받은 로간이 서두르며, 그러나 낮게 말했다.

"너한테 미리 말하는데, 우리 팀원 4명은 피터 카말리가 죽인 거다."

숨을 들이켠 커크에게 로간이 말을 잇는다.

"팀장은 제 경력에 흠이 갈까 봐서 탈레반 매복에 걸렸다고 거짓말을 한 거야."

"갓댐."

"피터 그 개새끼는 마약을 먹고 미친 거야. 주머니에서 마약을 찾아냈어."

"그랬구나."

"부팀장 맥 상사가 팀장하고 이야기한 것을 녹음해서 나한테 주었어."

로간이 주머니에서 소형 녹음기를 꺼내더니 재빠르게 커크의 주머니에 넣었다.

"네가 갖고 있어, 커크."

커크와 로간은 훈련소 동기라 친한 사이다.

"왜 나한테 주는 거냐?"

"케니 버틀러가 위험한 놈이야. 내 입을 막으려고 날 죽일지도 몰라."

"갓댐. 설마 그러려고."

"그래서 맥이 죽기 전에 케니를 조심하라고 했어."

"알았어. 내가 바로 내 대장한테 이야기하지. 물론 비밀로 말야."

"부탁해."

"나한테 맡겨, 로간."

돌멩이를 옷에 싸 든 둘이 위쪽으로 올라갔다.

오전 5시 반.

바위 밑에 그린베레 5명의 묘지가 만들어졌다.

동쪽 산마루로 햇살이 솟아오르는 중이어서 그린베레 6명은 '묘지'를 벗어나 500미터쯤 떨어진 산기슭에 은신했다. 이곳은 국도에서 3킬로쯤 떨어진 산기슭 밑. 잘랄라바드에서는 남서쪽으로 7킬로 지점이다.

"여기서 밤이 될 때까지 쉰다."

지노가 말했을 때 옆으로 케니가 다가왔다. 지휘는 자연스럽게 지노가 맡고 있는 것이다.

"지노, 어떤 코스로 귀대할 건가?"

"내 팀은 K지점을 통해서 귀대하도록 되어있는데."

모두의 시선이 모여졌고 지노가 고개를 끄덕였다.

"상황을 보고 결정하지."

"K지점이 어디야?"

"그것보다도."

지노가 둘러선 팀원들에게 말했다.

"모두 가깝게 모여."

그러자 지노를 중심으로 다섯이 다가와 섰다. 그때 고개를 든 지노가 커크에게 말했다.

"커크, 녹음을 듣자."

그러자 커크가 한 걸음 앞으로 나서더니 바위 위에 소형 녹음기를 놓았다. 모두 긴장하고 녹음기를 본다. 특수팀 용의 성냥갑만 한 녹음기다. 그때 커크가 버튼을 누르자 목소리가 흘러나왔다.

"대장, 피터 그놈이 마약을 먹고 난동을 부렸다는 것을 보고해야 되지 않겠어?"

가쁜 숨을 뱉으면서 묻는 맥 크론트 상사의 목소리가 크게 울렸다. 소리가 컸기 때문에 커크가 볼륨을 낮췄다. 그 순간, 케니 버틀러의 얼굴이 굳어졌다.

그때 다시 맥 상사의 목소리.

"그놈이 전사자로 국가에서 배상금 받고 국군묘지에 묻히면 안 된다고."

모두 숨을 죽였고 이제는 시선이 케니에게로 모여졌다.

다시 맥.

"갓댐. 그 미친놈이 보비하고 칼을 죽였어. 그놈을 신고해야 돼, 대장."

44

"알았어, 맥."

케니가 달래듯이 말하고 있다. 맥이 또 묻는다.

"짐은 어떻게 된 거야?"

"아직 깨어나지 않았어."

"로간."

숨을 헐떡이면서 맥이 부르는 소리.

"내가 그게 급하다. 이 상황에서도 그게 나오려고 한다."

그때 지노의 눈짓을 받은 커크가 버튼을 누르고는 녹음기를 주머니에 넣었다. 지노가 고개를 돌려 케니를 보았다.

"케니, 본부에는 탈레반 매복에 당해서 대원을 잃었다고 했지?"

"사실이야."

케니가 어깨를 펴고 지노를 노려보았다.

"난 매복으로 대원들을 잃었다."

"아냐!"

그때 로간이 버럭 소리쳤다.

"피터 카말리 그놈이 약을 먹고 난동을 부린 거야! 케니 버틀러는 나를 설득하고 위협했어. G팀하고 합류하지 않았다면 나를 죽였을지도 몰라!"

그때 지노가 케니의 뒤에 선 존과 마이클을 보았다. 둘은 어느새 케니의 뒤에 다가가 있었던 것이다.

"대위의 무장을 해제시켜라."

"뭐야!"

케니가 버럭 소리쳤을 때 존과 마이클이 양쪽 팔을 쥐었다. 그러고는 소총을 빼앗고 허리에 찬 권총, 대검까지 벗겼다.

"지노, 너 나한테 이럴 거야?"

"넌 귀대해서 군사재판을 받아야 돼."

쓴웃음을 띤 지노가 케니를 보았다.

"내가?"

무기를 다 빼앗긴 케니가 눈을 부릅뜨고 지노를 보았다.

"거짓말을 했다는 죄로? 그쯤은 감봉 몇 달이면 끝나, 이 자식아. 네가 지금 나한테 한 행동이 바로 예편감이야."

"어디 두고 보자."

지노가 턱으로 케니를 가리켰다.

"저놈을 묶어 두지는 않겠지만 10미터 거리에 두고 감시해."

그때 커크가 말했다.

"이상한 행동을 하면 쏴 죽이겠습니다. 그리고 탈레반의 매복병에게 당했다고 하지요."

"이 개새끼."

갑자기 욕설을 뱉은 로간이 달려들더니 주먹으로 케니의 턱을 쳤다. 케니가 넘어지자 다시 발길질을 했다.

"그만!"

지노가 소리쳤고 존과 마이클이 로간을 잡아 뜯어내었다. 케니가 입에서 피를 흘리면서 비틀거리며 일어섰다. 기가 질린 케니는 시선도 들지 못한다.

그날 오후.

7시가 되었을 때 G팀은 은신처를 떠났다. 일렬종대로 늘어선 6명은 파키스탄의 국경을 향해 나아갔다.

특공대 6명이 파키스탄의 페샤와르 기지에 도착했을 때는 다음 날 오전 8시 무렵이다.

제5특전단 기지에서는 특공대장 존 멀홀랜드 대령 이하 참모들까지 기다리고 있었는데 축제 분위기다.

"수고했다."

멀홀랜드가 지노의 경례를 받더니 손을 내밀고 악수를 청했다. 그리고 케니에게 시선을 돌렸다가 주춤했다. 케니는 얼굴을 일그러뜨린 채 경례도 하지 않았다.

"너 무슨 일이야?"

그때 지노가 먼저 대답했다.

"대령님, 케니 대위를 연행해왔습니다."

"연행?"

둘러선 장교들이 수선거리다가 곧 조용해졌다. 지노가 말을 이었다.

"케니는 먼저 허위보고를 했습니다."

"무슨 말이냐?"

특전단 상황실 안이다. 지노를 포함한 6명은 멀홀랜드 앞에 나란히 서 있다. 10여 명의 장교들이 그들을 둘러싸고 있다. 지노가 한 걸음 다가섰다.

"K팀의 피터 카말리가 마약을 먹고 총을 난사해서 팀원 넷을 살상했던 겁니다. 피터는 로간의 총을 맞고 죽었습니다."

지노의 목소리가 상황실을 울렸다.

"그것을 케니는 매복에 걸려 당했다고 보고를 하고 로간에게도 입막음을 시켰던 것입니다."

"잠깐."

손을 들어 지노의 말을 막은 멀홀랜드가 케니를 노려보았다.

"정말이냐?"

"아닙니다."

케니가 소리쳤다.

"부팀장 맥 상사와 로간이 짜고 나를 모함한 것입니다. 이놈들은 녹음까지 조작해서 나를 궁지로 몰았고 지노 대위는 나를 포로처럼 끌고 왔습니다."

"잠깐. 무슨 말이야?"

멀홀랜드가 눈을 치켜떴다.

"녹음을 했다니?"

"여기 있습니다."

지노가 주머니에서 녹음기를 꺼내 내밀었다.

"맥 상사가 죽기 전에 자신과 케니 대위와의 대화를 녹음해서 로간에게 준 것입니다."

주위가 술렁거렸다. 그때 멀홀랜드가 고개를 들고 말했다.

"대원들은 해산하고 지노, 케니, 그리고 로간 상사만 남아라."

녹음을 듣는 동안 둘러앉은 장교들은 숨소리도 크게 내지 않았다. 이윽고 녹음을 다 들은 존 멀홀랜드가 케니 버틀러를 보았다.

"사실이냐?"

"맥은 총탄에 맞아 의식이 흐려져 있었습니다. 횡설수설한 것이죠. 저는 반박할 분위기가 아니었습니다."

존이 고개를 돌려 로간을 보았다.

"대위가 널 협박, 회유했는가?"

"예, 했습니다."

로간이 번들거리는 눈으로 케니를 흘겨보았다.

"피터 이야기를 하면 팀의 불명예고 제 진급에도 영향이 온다고 했습니다. 같이 살자고, 달래기도 하더군요."

48

"거짓말입니다. 저놈은 맥 이야기만 듣고 저러는 겁니다."

케니가 소리쳤을 때 로간이 벌떡 일어섰다.

"비겁자! 넌 피터가 총을 난사할 때 등을 보이고 도망쳤어! 내가 겨우 피터를 쏘았단 말이다!"

"네가 피터를 쏘았다구?"

존이 묻자 로간이 씨근거리며 대답했다.

"그렇습니다. 하지만 그때는 피터가 둘을 사살하고 둘에게 중상을 입힌 후였죠. 나중에 둘도 죽었지만 말입니다."

로간이 어느새 흘러내린 눈물을 손등으로 닦고 나서 말했다.

"그런 살인자 피터에게 전사자로 훈장에다 연금까지 줘서는 안 됩니다."

로간이 소리치듯 말을 잇는다.

"G팀이 오지 않았다면 맥이 말했던 것처럼 내 입을 막으려고 대위가 날 죽였을지도 모릅니다."

그때 존이 주위에 둘러앉은 장교들을 보고 나서 말했다.

"셋은 돌아가라. 당분간 외출금지다."

다음 날 오후.

특전단장의 호출을 받은 지노가 단장실로 들어섰다.

단장 존 멀홀랜드 대령은 참모장 부르스 윌튼 중령, 작전참모 머빈 소령과 함께 있었는데 지노의 경례를 받더니 고개만 끄덕였다. 앉으라고도 하지 않는다. 존이 고개를 들고 지노를 보았다.

"대위, G팀은 2개의 목표를 모두 달성했다. 그래서 제2군 사령관 각하의 지시로 너는 소령으로 특진되었다."

그때 지노 옆으로 다가온 부르스가 대위 계급장을 뜯어내었다. 존이 다가와 지노의 어깨에 소령 계급장을 붙여 주었다. 전시(戰時)여서 떼었다 붙일 수 있는 견장이다. 어깨를 눌러 견장을 붙이면서 존이 말을 이었다.

"압둘라가 사살된 것이 확인되었어. 시신이 카불로 옮겨졌다."

120발의 총탄 중 몇 발이 압둘라에게 맞은 것이다.

"축하한다, 소령."

"감사합니다."

"네 부하들도 모두 1계급 특진이다."

존이 숨을 고르고 나서 말을 이었다.

"그리고 케니 버틀러 대위는 젯다의 제3특전단으로 전출되었다. 그렇게 알고 있도록."

커크 링컨, 마이클 모간, 존 해포드는 모두 상사로 진급했다. 그리고 빌리 카슨과 헨리 커트만, 사일러 베네스토도 사후(死後) 진급이 되었다.

그날 밤 기지의 장교 바에서 지노 장 소령의 진급 축하연이 열렸다. 전쟁 직전인 상황이어서 바의 분위기는 긴장감과 활기로 뒤덮여 있다.

지노와 술을 마시던 작전참모 로버트 선튼 대위가 옆쪽을 보더니 말했다.

"케니 버틀러 사건은 덮기로 했어."

술잔을 든 지노에게 선튼이 말을 이었다.

"케니 사건이 드러나면 단장도 위험해지거든."

"……."

"맥 상사의 녹음테이프, 로간 상사의 증언은 별 의미가 없어, 케니가 대원들을 죽인 것도 아니니까."

"……."

"보고를 은폐했다는 죄뿐인데, 그것이 작전에 영향을 준 것도 아니고."

"……."

"작전은 네가 성공시켰으니까 말야. 그래서 진급도 되었고."

선튼이 이를 드러내며 웃었다.

"네가 마크다만 죽이고 돌아왔다면 소령 진급은 안 되었을 거야."

"……."

"네 입막음 목적도 있어, 소령."

"갓댐."

지노가 한 모금에 술을 삼켰다.

맞다. 상관하지 말자. 죽은 놈들은 불쌍하고 억울하겠지만.

팀의 막사로 돌아온 지노를 팀원들이 환호성을 올리며 맞았다. 이곳도 파티가 벌어지는 중이다.

테이블 위에는 술병이 어지럽게 놓였고 이미 눈들이 풀려 있었는데 존은 웃통을 벗고 몸에 토마토케첩을 잔뜩 발라놓았다. 술에 만취되었을 때의 버릇이다. 이러면 전투 때 이렇게 피 칠을 하지 않는다는 것이다. 제각기 부적이나 '미친 짓'을 한두 개 갖고 있기 때문에 이상하게 보지 않는다.

"대장, 아니, 소령님. 로간이 조금 전에 다녀갔습니다."

마이클이 혀가 꼬부라진 말을 뱉었다.

"시간 있으면 보충대 막사로 와주시라고 했는데요."

로간은 팀이 와해되어서 보충대로 배속되었다.

"대장, 축하합니다."

지노를 본 로간이 먼저 말했다.

이곳은 보충대 막사 안. 밤 10시 반이 되어가고 있다.

고개를 끄덕인 지노가 로간에게 눈짓을 하고 막사 밖으로 나왔다. 어둠에 덮인 이쪽은 조용하다. 막사 벽에 나란히 기대섰을 때 로간이 말했다.

"말씀드릴 것이 있어서 찾아갔지요."

"말해, 상사."

그때 로간이 담배를 꺼내 입에 물었다.

"피워도 됩니까?"

"안 돼."

로간이 순순히 담배를 주머니에 넣더니 앞쪽을 응시한 채 말했다.

"케니가 젯다의 3특전단으로 전출되었더군요."

"알고 있어."

"제 이야기 들었습니까?"

"아니."

"전 기지경비대로 전출되었어요. 내일부터 기지경비대에서 근무합니다."

"갓댐."

"본부는 내 입을 막으려고 그런 겁니다. 나를 특전단에서 **빼낸** 이유는 그것뿐입니다."

로간이 번들거리는 눈으로 지노를 보았다.

"대장, 난 예편할 겁니다."

"……."

"케니한테 안 당하고 살아 돌아온 것만 해도 다행이죠."

어둠 속에서 로간의 일그러진 얼굴이 드러났다.

"케니의 거짓말을 폭로한 것으로 만족합니다."

"로간, 좀 기다려봐라."

지노가 겨우 말했다.

"넌 그린베레야. 다시 복귀할 수도 있어. 그런 경우도 많아."

"대장도 아시면서."

쓴웃음을 지은 로간이 고개를 저었다.

"곧 전쟁이 시작되고 동료들이 투입되는데 난 기지경비병으로 남다니요? 그리고 내가 무슨 잘못이 있습니까? 대장 놈의 거짓말을 폭로한 죄밖에 없지 않습니까? 그것이 지휘부에 찍힌 것이라고요."

로간의 목소리에 열기가 띠어졌다.

"난 예편하고 용병이 될 겁니다. 차라리 용병으로 돈이나 벌고 더러운 꼴 안 보고 살랍니다."

바짝 다가선 로간이 번들거리는 눈으로 지노를 보았다.

"그래서 대장께 마지막 인사를 드리려고 찾아간 것이라고요. 대장 덕분에 살아 돌아왔습니다."

갑자기 부동자세로 선 로간이 경례를 했다.

"대장, 오래 사십시오."

'오래 살라'는 건 요즘 유행하는 그린베레 간의 구호다. 구호는 자주 바뀐다.

다음 날 오전부터 아프간 탈레반 정권에 대한 미국과 다국적군의 공격이 시작되었다.

먼저 공습.

파키스탄, 사우디, 두바이, 터키에서 발진한 수백 대의 전폭기가 아프간을 뒤덮은 것이다. 거기에다 인도양에 떠 있는 3대의 항모에서 발진한 150대의 전폭기까지 가세했으니 잘랄라바드의 아프간 제3사단은 하루 만에 궤멸되었다.

이것이 새로운 전쟁이다.

쿠웨이트를 침공했던 이라크군도 공습으로 망했지만 이번 공습은 그것보다 더 치밀했다. 더구나 아프간군은 이라크군과 비교도 안 되는 열세였으니 그 결과는 비참했다.

공습 3일째.

19시. 페샤와르의 제5특전단 상황실 안.

특전단장 존 멀홀랜드 대령이 앞에 선 팀장 5명에게 말했다.

"자, 이제 너희들 차례다."

존이 5명을 차례로 돌아보았다. 그중 두 번째 선 팀장이 지노다.

존이 다섯을 향해 경례를 했다.

"출동. 오래 살아라."

오후 20시 10분.

카불 서쪽 15킬로 상공.

C-140 안에 붉은 등이 켜졌다. 자리에서 일어선 지노가 헬멧의 버튼을 누르면서 말했다.

"준비."

6명의 대원이 잠자코 자리에서 일어섰다.

그동안 3명이 충원되었다. 상사 베니 크림슨, 29세, 부팀장. 진 에반스, 27세, 중사, 소총수, 여자. 폴 사이몬, 28세, 중사, 로켓포 사수다. 지노의 팀은 팀장 포함 7명이다.

C-140 뒤쪽으로 다가간 지노가 팀원들을 돌아보며 말했다.

"초속 12미터야. 옆바람이다."

알아서 패러슈트를 펴라는 것이다. 낙하지점은 손목에 찬 시계에 좌표가 찍혀 있다.

54

C-140은 이제 뒤쪽 화물창을 열어놓고 있다. 그때 벽에 붙은 신호등이 파란색으로 바뀌었다. 1만 피트(3,000미터) 상공으로 내려온 것이다.

지노가 발을 떼어 먼저 검은 허공으로 뛰어내렸고 뒤를 한 무더기가 된 6명이 뭉쳐서 뛰어 내렸다.

카불.

이미 폭격으로 관공서, 군 기지, 경찰서까지 잿더미가 되어 있는 상태. 발전소까지 철저히 파괴되어서 도시 전체는 정전 상태. 화염으로 뒤덮여 있다. 통행금지령이 내려진 시내는 불타는 묘지 같다. 이곳저곳에서 일어나는 불길이 주위를 비추고 있을 뿐이다.

이곳은 카불 서북쪽 교외 1킬로 지점.

국도가 지나는 도로가의 초등학교 운동장. 그러나 사방 1백 미터 규격의 조그만 공간이다. 그때 어두운 운동장 위로 검은 물체 하나가 떨어졌고 펄럭이는 소리가 났다.

강하한 특공대.

검정색 패러슈트가 운동장 위로 덮이더니 바람에 휩쓸렸다. 패러슈트에 끌려가던 공수대원이 몸을 일으키면서 중심을 잡았다. 얼굴이 보인다.

어둠 속에 드러난 흰 얼굴. 진 에반스.

진이 1착으로 내렸다.

5분 후.

운동장 구석에 팀원 7명이 모여섰다. 맨 마지막에 합류한 팀원은 운동장에서 50미터쯤 떨어진 옥수수 밭에 떨어졌던 마이클 모간 상사다.

지노가 팀원들을 둘러보며 말했다.

"좋아. 가자."

모두 탈레반 복장이다. 손에 AK-47을 쥐었고 폴은 AT-4 대신 RPG-7V를 메었다. 탈레반이 메고 다니는 주력 화기다.

이제는 마이클이 앞장섰고 뒤를 커크, 지노, 존, 진, 폴, 베니의 순서로 시내를 향해 나아갔다.

인적이 뚝 끊긴 카불은 죽음의 도시가 되어 있다. 그러나 불이 꺼진 어두운 건물 안에는 주민들이 숨을 죽이고 있을 것이다.

지노의 G팀 목표는 카불 시내 서쪽에 위치한 대저택. 이곳은 아프간의 지도자 오마르의 안가(安家) 중 하나로 오사마 빈 라덴의 숙소로 추정되는 곳이다.

이번에 투입된 5개 팀의 목표도 G팀과 비슷하다. 그러나 팀 간의 소통은 없다.

딱 10분 후.

시내로 진입해서 얼마쯤 걷는 동안 G팀은 차츰 밤눈에 익숙해졌다. 길 가로 붙어 걷던 팀은 인적이 뚝 끊겨서 적막한 묘지 같던 도시가 살아 움직이고 있는 것을 알게 된 것이다.

폭격은 오후 3시에 끊겼기 때문에 화재도 차츰 줄어들고 있는 중이다. 자연스럽게 꺼지고 있는 것이다. 위성사진에는 폭발 화재 진압에 나서는 병사도, 소방관도, 주민도 보이지 않는다. 그런데 실제로 시내로 들어섰더니 다르다.

거리마다, 건물마다 탈레반이 잠복하고 있는 것이다. 그래서 10분 동안 G팀은 2백 미터도 전진하지 못했다.

"갓댐."

낭패한 지노가 허물어진 건물 벽에 등을 붙인 채 투덜거렸다.

"폭격은 쓸모없었어. 다 남아있어."

"바그다드도 이랬지요."

베니가 맞장구를 쳤다.

"밤에 맘 놓고 들어갔다가 팀원 둘이 저격수에게 당했습니다."

"할 수 없지. 간격을 떼어서 조를 나눈다."

지노가 팀원을 둘러보았다.

"커크, 마이클, 너희들 둘이 앞장서라."

고개를 돌린 지노가 옆에 선 진과 존을 보았다.

"진과 존은 나하고 한 팀, 그리고 뒤는 베니와 폴이다."

위험을 분산시키는 방법이다. 지노가 커크에게 말했다.

"커크, 50미터 간격이다. 가라."

저격수 커크는 눈이 밝다. 첨병인 마이클과 선두를 맡겼기 때문에 최적의 선택이다.

조(組)로 나뉜 지 10분도 안 되어서 커크 조(組)는 건물에 매복하고 있는 탈레반 분대를 발견했다. 50미터 간격을 두고 따르던 지노의 조가 마이클의 신호를 받고는 발을 멈췄다.

벽에 등을 붙이고 선 지노가 마이클의 손이 가리킨 앞쪽 건물을 보았다. 무너진 5층 건물이다.

존이 뒤쪽의 베니의 조에게 손짓을 했기 때문에 3개 조가 멈춘 상태.

그러나 돌아갈 수는 없다. 지노가 진에게 지시했다.

"네가 가서 보고 와."

진이 기다렸다는 듯이 몸을 숙이더니 재빠르게 앞으로 달려 나갔다. 날렵한 움직임이다. 그때 진의 뒷모습을 보던 존이 낮게 말했다.

"대장, 쟤는 레즈비언이라는데, 압니까?"

"닥쳐."

"아니, 내가 S팀 쿠프만한테서 들었어요. 쟤 애인이 정보참모실 소냐 대위랍니다."

소냐 대위는 중성 같은 웨스트포인트 출신 여(女) 대위다. 존이 기를 쓰고 말을 이었다.

"저것들, 여자라고 봐주면 안 된다구요. 동성애 하는 것들은 남자나 여자나 다 밥맛이란 말입니다."

"입 닥치라니깐."

지노가 눈을 부릅떴을 때 뒤쪽에서 베니가 다가왔다. 뒤를 폴이 따르고 있다.

"매복입니까?"

진이 돌아왔을 때는 10분쯤 후다.

가쁜 숨을 고르면서 벽에 붙어 선 진이 지노에게 보고했다.

"매복조입니다. 1개 소대, 3개 팀, 30명 정도가 건물 2, 3층에 매복하고 있습니다."

지노가 고개를 들고 비스듬한 좌측 위쪽에 무너진 건물을 보았다.

커크와의 거리는 150미터 정도일 것이다. 매복하고는 있지만 방심한 상태다. 그러니까 커크에게 발견된 것이다.

"돌아가자."

지노가 결정하자 진이 모퉁이로 다가가 앞쪽을 향해 손을 들었다. 어둠 속이지만 이쪽을 주시하고 있던 커크와 마이클이 다가오기 시작했다.

2장 카밀라 후세인의 탈출

"시간제한은 없어."

오던 길을 100미터쯤 돌아가 우회전해서 납작 무너진 건물 틈에 모였을 때 지노가 말했다. 이제 새로운 루트로 S지점에 도착해야 한다. 땅바닥에 지도를 펴놓은 지노가 둘러선 팀원을 보았다.

"루트를 바꾼다."

지노가 손으로 S지점을 짚었다.

이곳에서 S지점까지는 직선거리로 3.2킬로. 그러나 길을 따라 걸으면 그 배 이상이 된다. 더구나 장애물과 매복병이 도처에 깔려있는 상황이다. 그래서 본래의 루트가 취소되었다.

고개를 든 지노가 말을 이었다.

"이번에는 2개 조로 나누겠어. 앞 조는 커크, 폴, 존 그리고 나. 뒤 조는 베니, 마이클, 진이다."

앞 조는 저격병, 대전차포 사수가 포함되었다. 바로 부딪칠 수밖에 없는 것이다.

불에 타고 있는 5층 건물.

오후의 폭격으로 옆쪽 건물까지 불길이 번져서 사거리가 대낮처럼 밝다. 카불 시내에 이런 곳이 아직 수십 개가 남아 있는 것이다.

부서진 건물 안에서 사거리를 보던 커크가 지노에게 말했다.

"대장, 너무 밝습니다. 돌아가십시다."

옆에 엎드린 폴이 주위를 둘러보았다.

"주위가 밝아서 사거리를 지나갈 때가 힘듭니다. 하지만 탈레반 놈들도 매복 병을 박아놓을 곳이 몇 개뿐입니다."

"여기서 다시 돌아갈 수는 없어."

일단 그렇게 쐐기를 박은 지노가 불에 타는 건물을 노려보았다.

"폴의 생각이 맞다."

"바그다드에서 제 팀은 각개 격파를 했지요."

폴이 수염투성이의 얼굴로 지노를 보았다.

"거기선 미끼를 내세웠습니다."

고개를 끄덕인 지노가 앞쪽 건물 2곳을 가리켰다.

"오른쪽 건물은 커크가, 불타고 있는 건물 왼쪽 4층짜리는 내가 맡겠다. 존은 여기서 대기하고 폴은 이곳으로 베니를 불러오도록."

그러고는 커크에게 말했다.

"커크, 건물을 소탕하면 2층 오른쪽 창문에서 신호를 하도록, 존에게 말이다."

"오케."

고개를 끄덕인 커크가 장비를 내려놓고 AK-47과 탄창, 수류탄 2발만 챙겼다. 그사이에 폴은 뒤쪽으로 사라졌다. 그때 근처에서 요란한 총성이 울렸다. 2, 3백 미터쯤 떨어진 거리다.

카불 시내는 총성이 이곳저곳에서 울리고 있다. 조용하지 않다.

지노가 맡은 건물은 4층으로 온전했다. 사거리 중심부의 건물 2동이 불에 타고 있었기 때문에 주위는 불을 밝힌 것 같다.

지노의 팀은 사거리를 건너 불타는 건물을 지나야만 한다. 이곳을 피한다면 5백 미터쯤 돌아가게 되는 것이다. 그것도 조금 전에 돌아간 반대 방향이다.

벽에 붙어 섰던 지노가 길 건너편 건물 구석에 서 있는 커크를 보았다. 탈레반 차림인 커크는 검은 얼굴을 가리려고 터번으로 감아서 눈만 내놓았다.

지노가 손을 들어 보이고는 벽에서 몸을 떼었다. 그러고는 불타는 건물을 향해 뛰었다. 사거리를 횡단하는 것이다.

도로 폭은 30미터 정도.

도로는 차량과 인적이 뚝 끊겼고 온갖 쓰레기가 길에 널려 있다. 자전거, 가방, 부서진 트럭, 우마차, 죽은 말, 폭발로 부서진 시멘트 덩어리와 가구.

그러나 생명체는 없다.

도로를 건너는 10초쯤의 순간이 지노에게는 1분도 넘는 것처럼 느껴졌다. 불타는 건물 바로 옆 건물 벽에 몸을 붙인 지노가 가쁜 숨을 몰아쉬면서 뒤를 보았다.

커크의 모습은 보이지 않는다. 커크는 길 건너편, 불타는 건물의 비스듬한 앞쪽으로 뛰었기 때문이다.

존의 위치는 보인다.

어디선가 다시 요란한 AK-47 총성이 울렸다.

이쪽은 아니다.

1층 벽에 등을 붙인 지노가 머리만 비틀고 안쪽을 보았다.

불빛에 비친 이층 난간에 두 사내가 상반신을 드러낸 채 이야기 중이다. 직선 거리로 40미터 정도. 둘이 몸만 이쪽으로 기울였어도 길을 건넌 지노를 보았을 것이다. 대각선으로 길 건너편에서는 다 보였겠지만 이쪽에서는 둘만 보인다.

지노는 허물어진 건물의 아래쪽으로 발을 떼었다.

건물은 무너져서 4층까지만 남아 있다.

2층 계단으로 오르던 지노가 무너진 벽에 몸을 붙였다. 계단은 절반쯤 무너졌지만 오를 수는 있다. 벽에 몸을 붙인 지노가 한쪽 얼굴만 내놓고 위쪽을 보았다.

다섯 명이다. 다섯 명이 한눈에 보인다. 둘, 둘, 하나.

제각기 부서진 시멘트 덩어리를 은폐물로 삼고 길 건너편을 주시하는 중이다. 그러나 산만하다. 긴장감이 풀려 있다.

계단 끝 부분까지 올라왔더니 이제는 3층 왼쪽까지 보인다.

세 명.

지노는 주머니에서 수류탄을 꺼내고는 안전핀을 뽑았다. 3층까지의 거리는 30미터 정도.

숨을 고른 지노가 손바닥을 폈다가 다시 수류탄을 쥐고는 3층으로 던졌다. 다음 순간 지노가 불쑥 몸을 내밀면서 AK-47을 쏘았다.

"타타타탓, 타타탓, 타타타타탕."

2층의 탈레반 매복병이 놀라 몸을 일으키거나 총을 고쳐 쥐었지만 늦었다. 세 그룹으로 나누어진 탈레반은 다 맞았다. 거리가 20미터에서 30미터 사이였기 때문이다.

그 순간.

"콰꽝!"

3층으로 던진 수류탄이 폭발했다. 지노의 마지막 연발 사격과 함께 수류탄이 폭발한 것이다.

"타탕, 타타탕, 타타타탕."

2층의 탈레반에 이어서 3층에 대고 지노가 다시 확인사격을 했다. 30발들이 탄창을 뽑아 던진 지노가 벽에 등을 붙이고는 새 탄창으로 갈아 끼웠다.

이제 2층, 3층은 조용하다.

3층 계단은 반대쪽이다.

그쪽으로 뛰면서 지노가 2층 모퉁이로 다가가 거리를 향해 손을 흔들었다. 길 건너편에서 이쪽을 주시하고 있을 존에게 신호를 한 것이다.

"가자!"

지노의 수신호를 본 것은 베니. 낮게 소리친 베니가 먼저 뛰어나갔고 뒤를 팀원이 따른다.

그때다.

"타타타탕, 타타탕."

오른쪽.

커크가 들어간 건물에서 요란한 총성이 울렸지만 팀원은 한 무더기가 되어서 사거리를 횡단했다. 아직 커크의 신호는 보지 못했지만 왼쪽 건물로 침투한 지노한테서 신호가 났기 때문에 왼쪽으로 붙어서 횡단한 것이다.

사거리를 무사히 건넌 베니가 시멘트 벽 안으로 처박히듯이 숨으면서 뒤를 따라 들어온 넷을 둘러보았다.

"갓뎀. 위로 존, 폴, 둘이 올라가."

지노를 엄호하라는 말이다.

그때 다시 앞쪽 건물에서 요란한 총성이 울렸다. 커크다.

"저기 가야되지 않아요?"

진이 묻자 베니가 눈을 흘겼다.

"입 닥쳐, 병사."

그러고는 덧붙였다.

"팀장이 내려오면 결정할 거다."

그때 곧 부서진 계단으로 지노와 폴, 존의 모습이 드러났다.

"커크는?"

지노가 묻자 대답처럼 다시 앞쪽에서 요란한 총성이 울렸다. 이번에는 서너 정이다.

"갓댐."

존이 투덜거렸다.

길 건너편의 앞쪽 건물은 무너져서 2층밖에 남지 않았는데 여기서는 아무것도 안 보인다. 그때 지노가 말했다.

"마이클, 폴, 너희들 둘이 커크를 데려와라. 5분 시간을 준다."

마이클이 벌떡 일어섰고 폴이 뒤를 이었다.

"여기 몇 명 있었지요?"

둘이 도로를 뛰어 건넜을 때 베니가 물었다.

"8명."

대답한 지노의 시선이 진에게 옮겨졌다.

"진, 네가 경계를 서."

진이 펄쩍 뛰듯이 일어나 앞쪽 계단 밑으로 다가갔다. 그때 건너편 건물에서 총성이 짧게 울렸다가 뚝 그쳤다. 지노가 손목시계를 보면서 말했다.

"이제 좀 손발이 맞춰지는 것 같군."

베니가 고개를 끄덕였다. 역시 팀워크는 행동으로 맞춰봐야 한다. 이미 팀장의 실력은 입증된 것이다.

5분이 조금 안 되었을 때 앞쪽 도로를 셋이 달려왔다. 커크, 마이클, 폴이다.

앞쪽에 주저앉은 커크가 가쁜 숨을 뱉으면서 말했다.

"넷 다 처리했어."

"좋아. 전진."

지노가 커크의 어깨를 툭 쳤다.

"이제는 네가 뒤로 빠져. 마이클, 진을 데리고 둘이 앞장서라."

첨병을 또 바꿨다.

5백 미터를 전진하는 데 30분이 더 걸렸다. 시내로 들어갈수록 화재 현장이 많아졌고 행인이 늘어났다.

그래서 지노는 다시 2, 3, 2명으로 3개 조를 편성했고 조(組) 간 거리는 30미터, 탈레반 행세를 하고 직진시켰다. 총을 손에 쥔 탈레반 병사다.

폴은 RPG-7을 어깨에 메었고 HEAT탄을 3개 허리에 찼다. 물론 총구에도 한 개가 박혀 있다. 그러나 이번에는 모퉁이를 돌자마자 건물 옆에 숨겨진 탈레반 초소와 맞닥뜨렸다.

"알라!"

초소에서 울린 외침이 거리를 울렸다. 30미터 앞에서 다가온 마이클과 진을 향해 외친 것이다.

암구호.

그 암구호에 대답을 해야 한다. 그것을 마이클 조(組) 뒤를 따르던 지노도 들었다. 그 순간이다.

"타타타타타타타."

요란한 총성이 울렸다.

"굿"

저도 모르게 지노의 입에서 탄성이 터졌다. 저 방법밖에 없는 것이다. 암구호에 대답할 수는 없다. 저것이 최선이다.

"타타타타타타타."

이어지는 총성과 함께 진과 마이클이 초소를 향해 내달렸다. 초소에서 반응은 없다. 제압당한 것이다.

암구호 외침에 즉각적인 사격을 해버린 것은 진이다.

진에 이어서 마이클이 응원사격을 했다. 초소에는 탈레반 셋이 잠복하고 있었는데 사살되었다. 진과 마이클에 이어서 초소를 스쳐 지나면서 지노가 확인했다.

"타타타타타탕!"

총성이 울리면서 앞쪽을 걷던 진과 마이클이 흩어졌다.

이곳은 주택가.

목표인 S지점까지 1.7킬로 지점.

지노가 벽에 등을 붙이고는 앞쪽을 보았다. 그때 진이 이쪽으로 뛰어왔다.

"전방에 매복!"

진이 반짝이는 눈으로 지노를 보았다.

"앞쪽 집이 무너져서 돌아가야 됩니다."

오후 11시 45분. 작전 3시간째.

"타타타타탕."

앞쪽의 마이클의 대응 사격.

"타타타탕."

이쪽으로 쏟아지는 총탄. 그때 지노가 뒤쪽에서 다가온 베니에게 말했다.

"돌아가자. 베니, 이제는 네가 앞장서."

진이 마이클을 부르러 돌아갔고 베니가 몸을 돌렸다. 이제는 일사불란하다.

30분 후.

좌측으로 회전한 G팀은 주택가에서 2백 미터쯤 떨어진 건물에서 멈춰 섰다. 이곳도 무너진 2층 건물이다.

"여기서 30분간 휴식."

지노가 팀원에게 말했다.

3시간 반 동안 쉬지 않고 작전했다. 그때 베니가 폴과 커크에게 말했다.

"폴, 커크, 좌우 경계를 맡아라."

이제는 부팀장이 자연스럽게 지노의 일을 덜어준다. 손발이 맞춰지고 있다.

무너진 흙벽에 등을 붙이고 앉은 팀원들이 제각기 배낭과 주머니에서 비상식량을 꺼내 먹는다. 그때 지노가 땅바닥에 지도를 내려놓고 손짓으로 베니를 불렀다. 베니가 무릎걸음으로 다가와 옆에 앉는다.

"베니, 이제부터는 좀 어려울 거야. 주위에 매복초소, 저격병이 깔려있을 거다."

지노가 소형 플래시로 지도를 비췄다.

손가락으로 S지점을 짚은 지노가 다시 현재 위치를 짚고 나서 말을 이었다.

"오사마 빈 라덴이 지금도 여기 숨어있는지 알 수 없지만 끝까지 갈 거다."

"갓댐."

베니가 고개를 저었다.

"대장, 간 시늉을 하고 어디서 좀 쉬었다가 돌아갑시다."

"그래. 쉴 데 찾아봐라."

지노가 정색하고 말했더니 옆에 쪼그리고 앉았던 진이 킉킉 웃었다. 존은 무표정한 얼굴이다. 고개를 든 지노가 말을 이었다.

"계속 부딪치면서 목적지까지 가는 수밖에 없어. 시간이 얼마가 걸리든 간에."

"수십 개의 모의 훈련을 거치는 셈이네."

베니가 쓴웃음을 짓고 말했다.

"모의훈련 한 번에 한두 명은 꼭 탈락했는데 말요."

"이번에는 내가 첨병을 서지."

지노가 베니에게 말을 이었다.

"베니, 네가 뒤를 맡아."

"알겠습니다."

베니가 고개를 끄덕였다. 이제는 정색하고 있다.

다시 출발한 지 10분도 안 되었다.

"타타타타탓!"

총성과 함께 지노는 가슴에 충격을 받고 쓰러졌다. 총탄이 옆쪽 담장에 맞아 파편이 어지럽게 튀었다.

"앗."

뒤에서 진이 짧게 외쳤다. 선두에 선 지노의 조(組)는 지노, 진, 존, 마이클이다.

"타타타타타."

뒤를 따르던 존이 앞쪽을 향해 AK-47을 난사하더니 지노의 옆에 엎드렸다.

"대장!"

존이 외치면서 지노의 어깨를 움켜쥐었다. 그때 지노가 몸을 돌리면서 재킷을 벌렸다. 안에 입은 방탄조끼가 드러났다. 가슴에 두 발이 맞았다.

"타타타타, 타타타."

총격전.

앞쪽 50미터쯤 거리의 건물에서 번쩍이는 발사광이 보인다. 3정. 매복병이다. 저쪽에서 먼저 발견했다.

"마이클! 왼쪽으로 돌아라!"

지노가 소리쳤다.

"존! 너는 오른쪽!"

존이 무전기를 벗어던지고는 오른쪽으로 뛰었다.

"타타타타타타타."

진이 존과 마이클을 위해 지원사격을 했고 지노가 아직도 발사광이 번쩍이는 앞쪽을 겨누고 방아쇠를 당겼다.

"타탕, 타타탕."

조준사격으로 두 발, 세 발씩 단발로 쏘았더니 발사광 하나가 없어졌다.

이곳은 주택과 상가가 뒤섞인 지역. 폭격으로 무너진 건물이 드물어서 거리는 멀쩡하다. 그러나 정전이 되어서 주위는 칠흑 같은 어둠에 덮여 있다. 그때 옆으로 붙은 진이 고개를 돌려 지노를 보았다.

"대장, 위쪽에 한 놈 있습니다."

"어디 말이냐?"

"방금 대장이 맞춘 위쪽입니다. 그놈이 저격병 같습니다."

"네가 어떻게 알아?"

"그놈이 대장을 맞춘 것 같습니다. 제일 먼저 쏜 놈이 그놈이에요."

"봤어?"

"봤습니다."

"좋아. 내가 왼쪽으로 옮겨갈 테니까 네가 유인해."

지노가 포복으로 옮겨가면서 말했다.

"단발로 쏴. 쏘고 나서 자리를 옮겨."

그사이에 좌우로 흩어져 접근해 간 존과 마이클은 아직 보이지 않는다.

지노가 5미터쯤 떨어진 시멘트 벽 뒤에서 진이 가리켜준 무너진 건물의 2층을 응시했다. 그때 진이 무너진 담장 뒤에서 불쑥 몸을 드러내더니 단발 사격을 했다.

"타탕, 타타탕."

두 발, 세 발을 발사하고 나서 몸을 숙인다. 저격을 피하려는 의도다.

지노가 벽 틈으로 눈만 내놓고 전방을 응시했다. 진이 저격병의 미끼 노릇을 하는 셈이다. 그때 앞쪽에서 발사광이 반짝였다.

"타타탓, 타타타타타탓, 타타타타."

지노가 숨을 들이켰다. 발사광을 향해 발사하고 싶은 충동을 억누른 것이다. 지노가 숨을 들이켜고 나서 진에게 말했다.

"진, 이번에는 고개를 들지 말고 총만 내놓고 쏴라. 놈이 널 겨눌 거다."

"얍."

짧게 대답한 진이 총만 올리더니 발사했다.

"타탕, 타탕, 타타탕."

그 순간이다.

앞쪽, 2층의 어둠 속에서 발사광이 반짝였다.

"탕."

한 발이다.

"앗."

그 순간 진이 짧게 외쳤고 지노가 발사했다.

"타타탕, 타탕."

2층의 저격병에게 쏜 것이다. 그때 진이 말했다.

"총이 부서졌어."

"다쳤나?"

"아니, 총만 부서졌습니다."

"굿."

"맞혔습니까?"

"모르겠다."

그때다.

"타타타타, 타타타타, 타타타."

앞쪽에서 요란한 총성이 한동안 이어지더니 뚝 그쳤다. 발사광이 보이지 않는 것은 옆쪽에서 침투한 존과 마이클이다. 그때 뒤쪽에서 베니의 목소리가 울렸다.

"대장, 괜찮습니까?"

"됐어."

그때 앞쪽에서 마이클의 목소리가 울렸다.

"작전 끝!"

소탕이 끝났다는 말이다.

오전 12시 35분.

작전 4시간, S지점과 800미터 거리.

"갓댐."

앞을 내다보던 지노가 소리쳤다.

앞쪽은 이제 불바다다. 어제 오후까지 이쪽에 폭탄이 집중적으로 쏟아졌고 화염이 가시지 않았다. 주택가였는데 세 집에 한 집이 폭격을 받은 것 같다. 폭격을 받은 주택의 절반은 불길이 꺼지지 않았다.

카불 서남쪽 하늘이 붉었던 이유가 바로 이것이다.

"오사마가 이곳에 있었다면 온전하지 못했을 것 같은데."

옆에 붙은 존이 말했다.

"다행이야. 우리 할 일을 덜어준 것 같아. 목표 건물이 없어졌을지도 몰라."

지노가 지그시 앞쪽만 보았다.

존하고 같이 작전을 몇 번 하면서 버릇을 알게 되었다. 불안해지면 말이 많아지다는 것이다. 누가 듣지 않아도 끝없이 웅얼거린다. 그때 진이 다가왔다. 포복으로 재빠르게 접근해온다.

"대장, 우측 3시 방향 2층 주택에 매복병."

진이 낮게 말했다.

과연 2층 창틀에 붙어 있는 매복병 둘. 건너편 건물의 화재로 윤곽이 선명하게 드러났다.

거리는 150미터.

지노가 고개를 돌려 마이클과 진을 둘러보았다.

"돌파한다. 마이클, 앞장서라."

"갓댐. 또 나군."

투덜거린 마이클 모간이 AK-47을 고쳐 쥐더니 앞으로 나섰다.

이곳은 주택가지만 민간인이 보이지 않는다. 총을 쥔 탈레반들이 두 명, 세 명씩 건물 사이로 오가고 있다. 가끔 부르고 답하는 소리가 들렸고 총성이 울린다. 이제는 총성에 면역이 되었지만 간헐적으로 울리는 총성은 섬뜩하다.

마이클, 그다음에 진과 지노, 뒤쪽에 존의 순서로 2백 미터쯤 전진했을 때 앞이 막혔다. 폭파된 건물로 길이 막혔기 때문이다. 뒤를 따르는 베니 조(組)에게 손짓을 하고 나서 부서진 주택 담장에 붙어 섰을 때다.

"타타타탓. 탓탓탓."

뒤쪽에서 총성이 울렸다. 화들짝 놀란 진이 고개를 돌려 지노를 보았다. 진의 눈이 반짝였다. 베니 조(組)는 이곳에서 보이지 않는다. 모퉁이를 돌았기 때문이다.

"타타타타타타. 타타타타."

다시 발사음. 이번에는 3, 4정의 총성이 동시에 울리고 있다.

"존, 보고 와."

벽에 붙어 선 지노가 뒤쪽 존에게 지시했다.

총성과 함께 총탄이 쏟아졌을 때 베니는 막 건물의 잔해를 피해 몸을 비튼 참이었다. 옆쪽 시멘트 조각에 맞은 총탄이 파편과 함께 튀더니 뒤쪽에서 낮은 외침이 울렸다.

기습이다.

그 자리에서 납작 엎드린 베니가 본능적으로 오른쪽을 보았다. 발사광이 반짝이고 있다. 거리는 1백 미터가량. 불타 무너진 건물. 그쪽을 향해 응사를 했던 베니가 소리쳤다.

"커크! 폴!"

총성에 덮여 대답 소리가 들리지 않았기 때문에 베니가 다시 소리쳤다.

"커크! 폴!"

그때 폴의 목소리가 울렸다.

"갓댐. 커크가 당했어!"

"죽었나?"

"아직."

베니가 발사광이 번쩍이는 오른쪽을 향해 AK-47을 갈기고는 벌떡 일어섰다.

존이 돌아와 소리쳤다.

"오른쪽 무너진 건물이야!"

베니 조(組)는 갇혀 있는 것이다. 이쪽까지는 30미터가량의 공터가 펼쳐져 있기 때문이다. 지노가 고개를 들었다.

"내가 오른쪽 건물 뒤를 칠 테니까 너희들은 여기서 기다려."

베니를 공격하고 있는 건물과 70미터쯤의 거리다. 그때 진이 나섰다.

"내가 뒤를 맡지요."

"갓댐."

마이클이 투덜거렸다.

"중사, 나대지 마라."

"잘난 척 마, 솔저."

"닥쳐. 중사 주제에!"

그때 지노가 말했다.

"진, 뒤를 맡아."

진이 숨을 들이켜더니 몸을 세웠고 마이클이 투덜거렸다.

"대장, 등을 조심해."

"커크, 내말 들리나?"

베니가 커크의 어깨를 흔들었다. 커크는 시멘트 잔해 사이에 누워있었는데 눈은 떴다. 어둠 속에서 입가로 검은 물줄기가 흐르고 있는 것이 보인다.

아래쪽에서 폴이 AK-47을 내려놓고 RPG-7V를 겨누고 있다. 건물에서 반짝이는 발사광은 이제 6개로 늘어났다.

"커크!"

베니가 커크의 재킷을 들쳤다. 그러나 어두워서 상처는 보이지 않았다. 재킷 안에 방탄조끼를 입었기 때문이다. 그때 커크가 옅은 신음을 뱉었다.

"커크!"

그때 커크가 손을 들더니 힘들게 겨드랑이를 가리켰다. 서둘러 커크의 손을 밀쳐낸 베니가 숨을 들이켰다. 겨드랑이가 피범벅이다. 총탄이 들어갔다.

그 순간이다.

"푹슝!"

옆에서 폴이 RPG를 발사했고 후폭풍으로 뒤쪽 시멘트 잔해가 부서지면서 베니와 커크를 덮쳤다.

"갓댐!"

커크 몸 위에 엎드리면서 베니가 소리쳤을 때 곧 요란한 폭음이 울렸다. 건너편 어둠 속의 발사광 2개가 없어졌다.

"폴! 한 발 더!"

다시 베니가 소리쳤을 때 커크가 한마디씩 말했다.

"베니, 내 권총."

"왜?"

"내 손에 쥐어 줘."

"오케."

베니가 커크의 허리에서 베레타를 빼내 손에 쥐어주었다. 그러고는 앞쪽 발사광을 향해 AK-47을 쏘았다.

"타타타타타타."

"푹슝!"

그때 폴이 다시 한 번 RPG를 쏘았다. 이번에는 후폭풍 파편이 쏟아지지 않는다. 위쪽에서 외침이 들렸다. 존의 목소리다.

"베니! 뒤쪽으로 지노가 갔다!"

대장이라고는 부르지 않는다. 베니가 총격을 멈췄고 폴도 RPG를 내려놓았다.

뒤쪽 벽으로 달려가 붙은 지노가 앞에서 울리는 총성을 들었다. 6정, 7정이다.

이 건물은 3층쯤 되는 벽돌 건물로 폭삭 무너졌지만 화재는 일어나지 않은 것 같다. 뒤쪽과 왼쪽 벽은 3층까지 세워졌지만 앞쪽은 무너져서 시멘트와 벽돌, 가구 더미의 산이 되어 있다. 그 사이에 매복병이 숨어있는 것이다.

달려오는 동안 2발의 로켓탄 폭발음을 들었다. 폴이 쏘았을 것이다. 지노가 옆쪽에 붙은 진에게 앞쪽을 가리켜 보이고는 뒤를 맡으라는 손짓을 했다. 벽을 돌아가려는 것이다.

다시 총성이 요란하게 울렸는데 바로 옆이다. 이쪽은 짙은 어둠에 덮여 있다. 지노가 AK-47을 앞에 총 자세로 쥐고는 벽을 돌았다.

그 순간이다.

막 이쪽으로 꺾어지는 사내와 마주쳤다. 거리는 1미터 정도. 지노와 마주친 사내가 놀라 주춤했다. 둘의 시선이 마주쳤다. 다음 순간 둘은 상대를 향해 동시에 덤벼들었다. 지노는 총구로 사내를 찌르면서 방아쇠를 당겼다.

"타타타타."

총탄이 사내의 옆구리에서 발사되었다. 사내가 몸을 비트는 바람에 총신이 옆구리에 붙은 채 발사된 것이다. 그 순간 사내가 AK-47로 지노의 얼굴을 후려쳤다. 지노가 머리를 틀었지만 개머리판이 옆머리를 쳤다. 그때 지노가 두 손으로 사내의 허리를 부둥켜안고는 다리를 걸어 함께 넘어졌다.

바닥은 시멘트. 벽돌 잔해가 쌓여서 그것도 흉기다. 그러나 사내가 몸을 비틀었기 때문에 둘은 함께 옆구리 쪽으로 땅바닥에 쓰러졌다. 허리에 통증을 받은 지노가 어금니를 물었다.

"타타타타타."

옆쪽에서 요란한 총성이 울렸다. 진이다. 진이 앞쪽을 향해 쏜다. 그 순간 사내가 몸을 비틀면서 지노의 몸 위로 올랐다. 사내의 몸이 벽돌더미 윗부분에 걸쳐져서 위로 올라와있기 때문에 지노보다 힘이 덜 들었다.

곧장 지노의 몸을 깔고 앉은 사내가 한 손으로 목을 조르더니 허리에 찬 단도를 빼들었다. 억센 힘이고 능숙한 손놀림이다. 그 순간 지노가 팔을 뻗어 손에 잡힌 벽돌을 움켜쥐었다.

"퍽!"

사내가 치켜든 단도를 내려찍으려는 순간 벽돌이 얼굴을 쳤다. 사내가 주춤했을 때 지노가 사내의 멱살을 잡고 옆으로 내동댕이쳤다. 그러고는 다시 벽돌로 사내의 얼굴을 내려쳤다.

"타타타타타."

다시 옆쪽에서 총성이 울렸다. 몸을 굴려서 AK-47을 쥔 지노가 앞쪽 돌무더기 뒤로 엎드리면서 소리쳤다.

"몇이야?"

"셋!"

진이 대답했을 때 총성이 울리더니 벽돌 파편이 튀었다. 가쁜 숨을 고르면서 앞쪽을 응시한 지노에게 진이 다시 소리쳤다.

"좌측 9시 방향 30미터!"

지노가 AK-47을 고쳐 쥐었다. 그제서야 제대로 앞이 보인다. 그때 진이 물었다.

"대장, 괜찮아요?"

진은 지노의 오른쪽 10미터쯤 위치에 있다.

"갓댐."

대답 대신 욕설을 뱉은 지노가 몸을 비틀어 옆쪽 시멘트 잔해 뒤로 엎드렸다.

"타타타탓."

그때 9시 방향에서 총성이 울리더니 지노 옆의 시멘트 부스러기가 튀어 얼굴에 부딪쳤다.

"타타타타타."

납작 엎드린 지노의 머리 위쪽 시멘트가 부서졌다. 지노가 주머니에서 수류탄을 꺼내 핀을 뽑고는 9시 방향으로 던졌다. 1초간 날아간 수류탄이 땅바닥에 떨어지자마자 폭발했다.

"꽝!"

폭음을 듣는 순간 지노가 머리를 들었다. 그러고는 그쪽을 향해 발사했다.

"타타타탓. 탓탓."

옆쪽에서 진이 앞쪽을 향해 함께 난사하고 있다.

10분 후.

지노와 진이 베니에게 달려갔다. 매복병은 모두 처리했다.

"어떻게 된 거냐?"

지노가 소리쳐 묻자 베니가 땅바닥에 누운 커크를 손으로 가리켰다.

"조금 전에 제 손으로 머리를 쐈어."

지노는 커크가 손에 쥔 권총을 보았다. 그때 베니의 말이 이어졌다.

"겨드랑이에 맞았어. 치명상이야."

고개를 든 지노가 소리쳤다.

"떠나자!"

커크의 목에서 인식표를 뜯어낸 지노가 다른 손으로 눈을 쓸어 감겼다.

"애 소지품 챙겨!"

"챙겼어."

베니가 말했을 때 지노가 몸을 돌렸다.

78

존과 마이클이 다가온 넷을 보더니 먼저 마이클이 물었다.

"커크는?"

모두 대답하지 않았기 때문에 둘은 더 이상 묻지 않았다. 이제 팀원은 6명이 되었다. 목표까지의 거리는 6백여 미터. 그러나 앞에 어떤 함정, 매복초소, 저격자가 있는지 모른다.

이제는 첨병이 진. 뒤로 마이클, 지노, 존, 폴, 베니의 순서다.

사방에서 총성이 울리고 있지만 적은 눈에 띄지 않는다. 이곳저곳에서 타오르는 불길. 어둠과 불길로 나누어진 주택가는 폭격에 부서져서 폐허가 되어 있다.

앞장서 가던 진이 걸음을 멈췄을 때는 목표 4백 미터쯤 앞. 불길이 식어가는 주택 건너편이다.

다가붙은 지노에게 진이 물었다.

"건널까요?"

불길이 남아있는 주택 앞을 건너려면 앞쪽과 옆쪽 건물에 고스란히 노출된다. 앞쪽은 절반쯤 무너진 건물이고 옆쪽 2층 저택은 온전하다. 사람은 보이지 않았지만 얼마든지 매복할 수 있는 장소다.

지노가 눈으로 앞쪽 건물을 가리켰다. 절반쯤 무너진 건물이다.

"저쪽을 소탕하고 지나간다."

"같이 가요?"

진이 바로 묻자 지노가 고개를 저었다.

"나 혼자서 수색할 테니까."

그때 그 말을 들은 베니가 말했다.

"대장이 수색하는 사이에 우리는 옆쪽 건물을 통과하지요."

"오케. 내가 진입하자마자 움직여."

AK-47을 고쳐 쥔 지노가 벽에 붙어선 다섯을 둘러보았다.

"자, 맡긴다."

낮게 말했지만 모두 들었다. 지노가 길을 뛰어 건넜을 때 베니가 몸을 돌리면서 말했다.

"준비."

지노가 진입하자마자 불타는 건물 앞을 통과하려는 것이다.

"타탕!"

지노가 무너진 벽을 뛰어 넘었을 때 총성과 함께 쥐고 있던 AK-47에 충격이 왔다. 지노가 땅바닥에 몸을 굴리면서 엎드렸다. 자세를 잡은 지노가 총을 보았다. 개머리판이 절반쯤 부서졌다. 총에 맞았다.

"타타타탕! 타타탕!"

다시 총성. 부서진 저택 안에서 발사광이 반짝였다. 2개. 저택에 매복병이 있었던 것이다. 지노가 몸을 굴리면서 앞쪽에 대고 발사했다.

"타타탕!"

개머리판이 부서졌기 때문에 총구가 흔들렸지만 발사는 된다. 그때 다시 발사광이 번쩍였다. 거리는 30미터 정도.

지노가 다시 몸을 굴려 저택을 향해 발사했다. 이곳은 저택의 마당이다. 그러나 엄폐물이 많아서 파편이 튀어 올랐다.

지노가 바위 뒤에 엎드린 채 숨을 골랐다. 지금쯤 팀원들은 저택 앞을 지났을 것이다. 그 순간 커크의 얼굴이 떠올랐다.

커크, 널 카불에 두고 간다.

"타타탓!"

총성과 함께 파편이 튀었다. 이제 발사광이 사라졌다. 소염기를 끼면 안 보인다. 지노가 몸을 비틀어 바위에 등을 붙였다.

"타타탓, 탓탓"

맹렬한 총성. 거리는 30미터 안팎.

지노가 주머니에서 2개 남은 수류탄 중 하나를 꺼내 쥐었다. 매복병 2명의 위치는 머릿속에 넣었다.

"타타탓"

끈질기게 총성이 이어지더니 위쪽에서 부서진 시멘트 조각이 떨어졌다. 다음 순간 지노가 본능적으로 몸을 굴렸다. 손에 수류탄과 AK-47을 쥔 채 굴린 것이다.

그 순간.

"꽈광!"

번쩍이는 섬광과 함께 주위의 사물이 떠오르는 느낌을 받는다. 엎드린 지노의 등판 위로 바위 조각, 나무 조각까지 떨어졌다. 그때 지노가 손에 쥐고 있던 수류탄을 던졌다.

"꽝!"

수류탄이 바로 폭발했을 때 지노가 고개를 들고 AK-47을 쏘았다.

"탓탓탓"

그러고는 몸을 일으켜 앞으로 뛰었다.

"탓탓, 탓탓"

10미터쯤 달렸을 때 앞에서 어른거리는 그림자를 보았다.

"탓탓탓"

세 발을 쏘았을 때 탄창이 비었다.

"존!"

뒤쪽에서 지노의 목소리가 울렸을 때 존이 반색했다.

"대장! 여기!"

무전병으로 항상 지노 옆에 붙어 있었기 때문에 없으면 허전했겠지. 지노도 존부터 찾는 것이 버릇이고.

지노가 가쁜 숨을 쉬면서 옆에 붙었을 때 진이 놀라 물었다.

"머리 맞았어요?"

옆쪽 건물의 불길로 지노 얼굴이 드러났다. 머리에서 흘러내린 피가 이마를 타고 옆쪽 볼로 흘러내려서 얼굴 반쪽이 피다. 지노가 손바닥으로 볼을 문질렀더니 피가 더 범벅이 되었다.

"파편을 맞았나 봐."

머리에다 터번을 감았지만 전투 중에 흐트러졌다. 터번을 벗어내면 다시 감기가 엄청 힘들었기 때문에 지노가 고쳐 쓰면서 베니에게 물었다.

"어떻게 된 거냐?"

"2백 미터 전방인데 앞쪽 건물이 다 무너져서 좌표를 확인해야 돼."

난감한 표정이 된 베니가 지노를 보았다.

지금 6명은 무너진 저택의 잔해 안에 들어와 있다. 2층 저택이었는데 온갖 가구가 다 부서졌고 화약 냄새가 아직도 진동을 한다. 화재는 나지 않았지만 구덩이가 2개나 파인 것을 보면 폭탄을 2발이나 맞았다.

지노가 앞쪽을 응시했다.

이제는 길도 끊겼다. 무너진 건물 안에는 저격병 매복조가 분명히 있을 것이다. 더구나 오사마의 안가가 저곳이라면 말할 것도 없다. 그때 마이클이 말했다.

"아직도 오사마가 저곳에 숨어 있을 리는 없어. 벌써 떠났다구."

그러고는 덧붙였다.

"아니면 폭격으로 죽었든지."

"어이크."

옆쪽에서 폴의 낮은 외침이 들렸기 때문에 잠깐 말이 그쳤다. 그때 어둠 속에서 폴이 뭔가를 집어 던졌다.

"다리야!"

사람 다리를 말한다. 폭격을 받고 찢긴 사지가 흩어졌기 때문이다. 그때 다시 고개를 돌린 지노에게 베니가 말했다.

"대장, 돌아갈 수도 없는 상황이야. 2백 미터를 잔해 속으로 직진해야 돼."

모두 침묵했고 베니의 목소리가 총성 속에서 이어졌다. 근처에서 총격전이다. 서로 마주 쏘고 있다.

"목표에 야간폭격을 한 번 더 요청하고 나서 진입하는 것이 어때?"

베니가 옆에 쪼그리고 앉은 존을 손으로 가리켰다. 존이 등에 멘 SATCOM은 위성통신기로 페샤와르의 본부와 통신이 가능하다. 다만 작전을 끝냈을 경우에만 통신을 하도록 되어 있는 것이다. 그때 지노가 고개를 저었다.

"안 돼. 돌파한다."

"희생이 클 텐데. 융통성을 보여, 대장."

그때 지노가 허리를 펴고 베니를 보았다.

"상사."

목소리가 낮았기 때문에 베니가 고개를 들었지만, 분위기를 눈치채지 못했다. 그러나 존과 마이클은 숨을 죽였다. 그때 지노가 한마디씩 말을 이었다.

"개새끼. 입 닥치고 있어."

지노가 적한테서 빼앗아 온 AK-47의 탄창 바닥을 손바닥으로 쳤다.

"뭐? 2백 미터를 남겨놓고 공중폭격? 작전을 속이고 융통성을 발휘하라고? 내가 이런 새끼는 처음 만났군. 개새끼."

베니가 아연한 듯 반쯤 입을 벌린 채 몸을 굳혔고 지노가 마이클에게로 고개를 돌렸다.

"마이클, 네가 상사 뒤에 서라."

"예, 대장."

"왜 뒤에 서는지 이유를 말해 봐."

"예. 도망치거나 대장 등을 쏘는 경우에 대비하라는 거죠."

고개를 끄덕인 지노가 진을 보았다.

"너희들하고는 첫 작전이야."

진의 시선을 받은 지노가 말을 이었다.

"살아 돌아갔을 때 참고를 해."

이번에도 지노가 선두. 뒤를 진과 존, 베니, 마이클, 폴의 순서다. 일렬종대. 팀원 간 거리는 5미터.

폭파된 건물 잔해가 짙은 숲 같다. 지노가 건물 속으로 뛰어 들었고 팀원이 뒤를 따른다.

"타타타타탓."

총성이 울리면서 총탄이 쏟아졌을 때 지노가 반사적으로 몸을 던져 엎드렸다.

"으윽."

시멘트 모서리에 가슴이 찍힌 지노의 입에서 신음이 터졌다. 무너진 저택으로 진입한 지 5분도 안 되었다. 20미터쯤 전진했을 것이다.

"타타탓, 탓탓."

총성이 계속 울렸기 때문에 지노가 고개를 돌려 뒤쪽에 소리쳤다.

"괜찮나?"

물어본 것은 총격이 지근거리에서 쏟아졌고 이쪽은 다 노출되어 있었기 때문이다. 그때 뒤쪽에서 진이 대답했다.

"오케."

여자 목소리가 밤하늘에 울린 순간이다. 갑자기 총성이 '뚝' 그쳤다. 여자 목소리에 놀란 것인가? 그 틈에 지노가 개구리가 점프하듯 앞쪽 무너진 벽돌더미 뒤쪽으로 뛰었다.

"타타타탓, 탓탓."

이번에는 2정의 AK가 사격했다. 앞쪽은 짙은 어둠에 덮인 잔해. 잔해 바닥은 뜨겁다. 폭파된 열기가 아직도 남아 있는 것이다. 조금 전 시멘트 모서리에 부딪친 가슴 통증이 몰려왔다.

오사마의 은신 예정지와의 거리는 180미터 정도.

그때 옆으로 진이 포복으로 다가왔다. 재빠르다. 검은 고양이 같다. 옆에 엎드린 진이 가쁜 숨을 몰아쉬며 말했다.

"존이 어깨를 맞았어요."

"갓댐."

"어떡해요?"

"여기서 대기."

진이 몸을 돌렸을 때 총성이 연거푸 울리더니 파편이 어지럽게 튀었다.

"기다려!"

진을 막은 지노가 뒤쪽에 대고 소리쳤다.

"존! 여기서 기다려!"

"오케!"

존이 소리쳐 대답했는데 일부러 목청을 높인 것이다. 지노가 진에게 손을 내밀었다.

"수류탄."

진이 잠자코 수류탄을 건네주자 지노가 말했다.

"내가 던지고 뛸 테니까 넌 엄호해."

"좌측이 비었어요."

지노가 수류탄의 안전핀을 뽑으면서 고개를 저었다.

"내가 좌측에다 던질 테니까 넌 우측을 갈겨."

그것은 좌측에 아직 노출되지 않은 적이 있다는 말이다. 저격병일 가능성이 많다.

숨을 들이켠 지노가 손만 휘둘러서 수류탄을 던졌다. 거리는 35미터. 좌측의 검은 공간. 그 순간 진이 AK-47로 우측을 향해 겨눴다. 잠깐 총격이 그친 사이.

"꽝!"

수류탄이 폭발한 순간, 진이 우측을 겨누고 AK-47을 난사했다.

"타타타타타탓!"

뒤쪽에서도 응원사격을 한다.

"타탓, 타탓탓!"

그 순간 지노가 몸을 일으켜 앞쪽으로 뛰었다. 뛰면서 우측을 향해 난사.

"타탓탓!"

다섯 걸음을 내달린 후에 기둥 뒤에 엎드렸을 때까지 앞쪽의 반응은 없다.

셋이다.

20미터를 더 전진했을 때 지노가 시멘트 더미 사이에 쓰러진 매복병을 보았다. 우측에 둘, 좌측에 하나. 좌측은 수류탄을 맞고 하반신이 날아간 상태. 그러나 S지점까지는 아직 150미터. 모두 건물 잔해고 온전한 저택이 없다. S지점도 좌표상으로만 존재할 뿐 저택은 없다.

그때 지노가 뒤쪽에 은폐하고 있는 팀원에게 말했다.

"서둘 것 없다. 30분 휴식."

그러고는 덧붙였다.

"150미터야. 정상 올라가기 전에 숨 고르는 거다."

"대장, 오해하지 마쇼."

옆으로 기어온 베니가 엎드린 채 두 눈을 치켜뜨고 말했다. 지노 왼쪽 벽에 붙어 앉아 있던 진이 시선을 주었다. 베니가 말을 이었다.

"난 작전을 속이자는 의도가 아니었어. 목숨이 아까운 것도 아냐. 장난이었어."

"갓댐."

지노가 베니를 노려보았다.

"나도 네 군기 잡으려고 그런 거다, 자식아."

"내가 건방졌나?"

"작전 갖고 장난치지 마, 상사."

"오케, 대장."

고개를 끄덕인 베니가 상반신을 조금 세웠다.

"쉬고 나서 내가 앞장을 서지."

베니가 옆쪽 시멘트 더미 옆으로 사라졌을 때 진이 지노에게 무릎으로 기어서 다가왔다. 1백 미터쯤 거리에서 AK-47의 발사음이 울렸다가 그쳤다.

"대장, 여기 알코올과 거즈가 있어요."

진이 주머니에서 응급약 주머니를 꺼내 내밀었다.

"이마와 뺨, 목덜미까지 피가 흘러내려와 있습니다."

"고맙다."

주머니에서 꺼낸 비닐봉지를 뜯자 알코올에 적신 거즈가 나왔다. 지노가 세수하듯이 거즈로 얼굴을 닦았다.

"대장, 우리 살아 돌아갈 수 있을까요?"

진이 갑자기 그렇게 물었다. 지노가 시선만 주었고 진이 다시 물었다.

"어떻게 돌아갑니까?"

"서둘 것 없어."

거즈를 내버린 지노가 말을 이었다.

"곧 특전대가 투하될 테니까."

"여기서 기다립니까?"

"잠부터 자고."

지노가 지그시 진을 보았다.

"넌 살아서 돌아가게 해주마."

오전 1시 반.

50미터를 더 전진했다. 이번에는 베니가 앞장을 섰고 탄두를 다 소비한 폴이 RPG를 버리고 뒤를 받치고 있다. 그 뒤에 마이클과 진, 지노의 순서다.

어둠 속.

예상했던 대로 S지점은 폐허다. 주택이 사라졌다. 무너진 잔해에서 아직 흰 연기만 오르고 있을 뿐. 어디가 본채인지도 구분이 되지 않는다.

그동안 총격전이 세 번 있었지만 매복병은 나타나지 않았다. 팀에게 다행인 것은 매복병들이 적극적이지 않았다는 것이었다. 그것은 S지점이 비었다는 증거나 같다.

"갓댐."

앞쪽을 응시하면서 지노가 탄식하고는 좌우에 엎드린 팀원에게 말했다.

"내가 혼자 S지점에 다녀오겠다."

지노의 시선이 베니에게 옮겨졌다.

"베니, 너한테 맡긴다."

그때 진이 나섰다.

"대장, 내가 뒤를 맡지요."

"닥쳐."

낮게 꾸짖은 지노가 몸을 일으키더니 어둠 속으로 사라졌다.

지노가 사라졌을 때 마이클이 진에게 말했다.

"진, 앞으로 내 뒤를 맡아라."

"닥쳐."

진이 돌 벽에 등을 붙이면서 눈을 흘겼다.

"넌 네 앞가림이나 해. 난 내 일을 할 테니까."

"보스가 널 귀찮게 생각하고 있는 거 알기나 해?"

"상관없어."

진이 내쏘듯이 말했다.

"난 너처럼 비위 맞추는 인간이 아냐."

이곳저곳에서 총성이 울리고 있었지만 멀다. 3, 4백 미터 거리다. 앞쪽 1백 미터 전방은 어둠에 덮인 산. 쓰레기 산이다. 희끗한 가구, 옷가지, 커튼, 무너진 벽.

진, 마이클, 베니, 폴 넷은 그 중심에 엎드려 있다. 사방 2백 미터 직경의 쓰레기 더미 속에서.

없다. 생명체 흔적도 없다.

가끔 폐허 속에서 폭격으로 사망한 시신 일부를 찾아냈지만 이곳은 싹 청소를 한 것 같다. 매복병도 없는 것이 지노를 더 허탈하게 만들었다.

이곳이 S지점은 맞다. 손목에 찬 '좌표 측정기'가 정확히 S지점의 좌표를 가리키고 있다. 오사마 빈 라덴의 은신처다.

이윽고 기둥에 어깨를 붙이고 앉아 있던 지노가 몸을 일으켰다.

오전 2시 20분.

이곳까지 오면서 커크 링컨을 잃었고 아래쪽에 존 해포드를 두고 왔다.

돌아가자.

앞쪽에서 인기척이 났기 때문에 경계를 서고 있던 폴이 긴장했다.

"지노다."

어둠 속에서 지노의 목소리가 울렸지만 어딘지 알 수 없다.

"여기요, 대장."

"갓댐. 알고 있어."

옆쪽에서 나타난 지노가 나무랬다.

"인마, 다 보여."

그러더니 뒤쪽의 팀원들에게 말했다.

"돌아가자."

"존!"

이번에는 지노가 소리쳤지만 대답이 없다. 이곳은 존을 두고 온 부서진 저택이다.

오전 3시 10분.

먼 쪽에서 총성이 울릴 뿐 주위는 조용하다.

"존!"

마이클이 소리쳤다. 이제 주위로 흩어진 팀원들이 건물 잔해를 뒤지고 있다. 찾기 시작한 지 10분. 진이 지노에게 다가왔다.

"대장, 어떻게 해요?"

지노가 고개를 들어 옆쪽을 보았다. 길 건너편의 허물어진 저택은 찾지 않았다. 20미터쯤 건너편의 시멘트 건물이다. 존과 헤어진 지 한 시간 정도가 지났다.

"저 건물까지 수색하고 나서."

손목시계를 본 지노가 베니를 보았다.

"베니, 넌 마이클하고 왼쪽 저택을 뒤져라."

지노가 진에게로 고개를 돌렸다.

"진, 넌 날 따라와."

그러고는 발을 떼었다.

"20분 후에 다시 여기서 모인다."

끝까지 존을 찾겠다는 의지다.

길을 뛰어 건넌 지노가 시멘트 건물 잔해 속으로 들어섰다.

이곳은 목표에서 벗어난 지역이다. 지노의 팀뿐만 아니라 다른 팀도 목표가 정해져 있다. 그곳이 대부분 탈레반의 간부, 오사마 빈 라덴의 거처인 것이다. 그래서 이곳 시멘트 건물은 폭격으로 부서진 후에 매복병도 배치되지 않았다.

"존!"

지노가 잔해 속에서 소리쳤다. 뒤를 진이 따른다.

건물은 크다. 정통으로 폭탄을 세 발이나 맞아서 지름 10미터 정도의 웅덩이가 3개나 파였고 잔해는 그 주위로 산처럼 쌓였다.

10분쯤 시간이 지났을 때다.

"대장!"

날카로운 진의 목소리에 지노가 깜짝 놀랐다. 예감 때문이다. 그쪽으로 몸을 돌린 지노가 다시 진의 목소리를 듣는다.

"여기!"

지노가 안쪽으로 뛰었다. 허물어진 벽 옆에 한쪽 무릎을 세우고 앉아 있는 진의 윤곽을 보았다. 다가간 지노가 벽에 기대고 앉은 존을 보았다. 지노가 존의 앞에 무릎을 꿇고 앉았다. 존은 눈을 부릅뜨고 있었는데 어둠 속이었지만 눈빛이 흐리다.

시체다. 수없이 시신을 본 터라 바로 알 수 있다.

"여기까지 걸어온 것 같아요."

진이 낮게 말했다.

"지저스 크라이스트."

존의 옷깃을 젖힌 지노가 잇새로 말했다. 방탄조끼 옆쪽의 어깨가 뭉개져 있다. 왼쪽 팔이 거의 떨어질 정도가 되어 있었던 것이다. 과다출혈이다.

죽음을 예감한 존이 왜 이곳까지 온 것인가? 고개를 든 지노가 진을 보았다.

"우리한테 폐 끼치지 않으려는 거야."

진이 눈만 껌뻑였고 지노의 말이 이어졌다.

"쫓아갈 수는 없고 앉아서 기다리기는 싫었던 것이지."

지노가 손을 뻗어 존의 눈을 감겼다.

"잘 가라, 존."

존의 목에서 군번을 뜯어낸 지노가 몸을 일으켰다.

"갓댐. 무전기를 들고 이곳까지 왔군."

혼잣말을 한 지노가 무전기를 집어 들더니 어깨에 메었다.

지노와 진이 돌아오자 기다리고 있던 마이클이 먼저 물었다.

"존은?"

"저쪽에 앉아 있더라."

지노가 메고 온 무전기를 마이클에게 넘겨주었다.

"네가 메."

"죽었어?"

무전기를 받아든 마이클이 확인하듯 묻자 지노가 한마디씩 말했다.

"그래. 움직이다 죽은 거야."

"자식. 얼굴이나 보여주고 가지."

그때 지노가 베니에게 말했다.

"베니, 네가 앞장서라. 온 길을 돌아 나간다."

오전 3시 35분이다.

오전 5시 45분. 카불 동북방 2킬로 지점.

이곳은 군 기지가 있었던 곳으로 파괴된 건물 잔해가 흩어져 있을 뿐 인적은 없다. 동녘 하늘이 부옇게 밝아오는 중이다.

작전 때는 추위를 느끼지 못했는데 지금은 춥다. 그렇다고 불을 피울 상황도 아니었기 때문에 팀원 5명은 건물 잔해 사이에 묻혀 몸을 웅크리고 있다. 골짜기에 파묻힌 기지는 이제 폐허다. 지노가 마이클에게 말했다.

"6시 정각에 본부와 통신이다."

"우리가 하는 거야?"

"그래. 대기해."

벽에 등을 붙이고 앉은 지노가 뱉듯이 말했다.

"갓댐. 둘을 잃고 다섯이 남았어."

커크 링컨과 존 해포드다. 모두 입을 다물었고 지노의 목소리가 폐허 위를 훑고 지나갔을 뿐이다.

6시 정각.

통신은 바로 연결되었다.

"G팀장 지노입니다."

지노가 말했을 때 곧 특전단장 멀홀랜드 대령의 목소리가 울렸다.

"목표는?"

"실패했습니다."

"S지점까지 도착했나?"

"예, 단장님. 확인했습니다."

"상황은?"

"폭파되어서 흔적이 없었습니다."

"나도 확인했다. 피해는?"

"2명 전사. 시신은 두고 왔습니다."

"갓댐. 12시까지 좌표 277.144 지점으로 이동할 것."

"알겠습니다."

"수고했다. 이상."

그러고는 통신이 끊겼다. 마이클에게 송수화기를 건네준 지노가 지도를 꺼내 펼쳤다.

이동이다.

좌표 277.144 지점은 골짜기에서 직선거리로 14킬로 지점이다. 그러나 산악지역을 통과해야 한다.

지금은 전시(戰時)다. 어제 미 공군의 폭격으로 카불 근교의 군부대는 모두 폭격을 받아 괴멸되었다. 그러나 탈레반이 다 괴멸된 것이 아니다. 소부대 단위로 움직이는 탈레반이어서 언제 어디서 마주칠지 모른다.

더구나 한낮이다. 한낮에 움직이면 기다리는 매복조에게 타깃이 되는 것이다.

이번에는 지노가 앞장을 섰고 마이클, 진, 폴, 베니의 순서로 골짜기를 타고 나아가고 있다. 모두 탈레반 전사 차림. 밤새도록 전투를 치른 후라 거지꼴인 것이 영락없는 탈레반 전사다.

2001년 10월 7일, 오전 8시. 쉬지 않고 나아간 지 2시간째.

지노가 앞쪽에 펼쳐진 황무지를 응시하면서 걸음을 멈췄다.

"휴식."

이곳은 바위산이 끝나는 지점. 은신처가 많다. 팀원이 주위에 흩어졌을 때 베니가 다가왔다.

"대장, 2시간 동안에 5킬로를 걸었어. 12시까지는 충분히 도착하겠어."

옆에 앉은 베니가 말했다.

"성과는 없고 팀원만 둘 잃었군."

지노는 주위를 둘러본 채 대답하지 않았지만 베니는 말을 잇는다.

"대장, 지난번 작전에서도 셋을 잃었지?"

"……"

"이번에 둘까지 다섯이군. 속이 상하겠어."

"……"

"난 지난번에 카불 남쪽 파슈툰 지역으로 작전을 나갔는데 팀장이 당했어. 제24지대 소속의 오디 멀튼 대위였는데, 알아?"

"모르는 이름이야."

"웨스트포인트 출신인데."

"그러니까 더 모르지, 병신아."

"그렇군. 대장은 장교학교 출신이지."

그때 베니가 배낭에서 비상식량을 꺼내 지노에게 내밀었다. 비닐봉지에 든 350칼로리의 쇠고기 스프다. 지노가 봉지를 받아들며 물었다.

"그럼 네 팀은 분해된 건가?"

"8명 중 5명이 죽었으니까. 셋이 모두 다른 팀으로 흩어졌지."

팀장을 포함해서 반수 이상이 당하면 그 팀은 해체된다. 남은 팀원은 타 부대로 배치되는 것이 규칙이다. 같은 부대에 두면 사기에 영향이 있기 때문이다.

"예상보다 손실이 많군."

"전사자 수를 속이는 거지. 여론이 나빠질 테니까."

고개를 끄덕인 지노는 베니가 정보력이 있다는 것을 깨닫는다. 지난번에 전사한 부팀장 헨리 커트만은 우직했고 손발이 잘 맞았다. 베니는 융통성이 많은 것 같다. 그래서 작전에도 융통성을 부리려고 했겠지.

그때 지노가 고개를 들고 하늘을 보았다. 은근한 진동음을 들었기 때문이다.

"앗!"

하늘을 올려다보던 누군가의 외침이 울렸다.

"수송기다!"

"왔구나!"

베니가 이어서 외쳤다. 지노가 숨을 들이켰다. 남쪽 하늘에서 한 무리의 수송기 편대가 다가오고 있는 것이다.

수송기가 뭔가? 바로 특전단을 싣고 오는 것이다.

"오늘이야!"

지노도 따라 소리쳤다. 어제는 폭격이었고 오늘은 특전단을 수송기에서 투하하려고 한다. 폭음이 더 크게 울리면서 수송기 무리는 어느덧 수십 대로 늘어났

96

다. 5특전단의 공수부대 5천 명이 오늘 카불로 강하하는 것이다.

지노가 이제는 허리를 펴고 팀원을 둘러보았다.

"자, 가자."

수송기의 폭음이 커서 지노가 힘껏 소리쳤다.

다시 7킬로를 전진했기 때문에 목적지까지는 2킬로 지점. 이곳은 평탄한 구릉. 잡초가 우거졌지만 전장(戰場)과 조금 떨어졌기 때문에 다섯의 발걸음은 무겁지만 긴장이 조금 풀린 상태. 구릉 주위는 조용하고 인기척은 오래전부터 없다. 수송기 대열은 카불을 향해 날아갔다가 꺾어져서 돌아간 것 같다.

2001년 10월 7일이다.

9.11 테러가 일어난 지 아직 한 달도 안 되었다.

이번에는 폴이 앞장을 섰고 진과 지노, 마이클, 베니의 순서다. 마른 잡초가 엉덩이까지 닿는 구릉이다. 좌표상 지점까지 눈으로 보였기 때문에 이제는 속도가 난다. 더구나 이곳은 전략적 요충지도 아니다. 탈레반의 초소가 있거나 순찰대가 지날 루트도 아니다.

오전 11시.

목적지 7백 미터 남쪽 지점. 여전히 잡초가 우거진 황무지의 구릉 위를 다섯 명이 종대로 전진하고 있다. 팀원 간 간격은 10미터 정도. 태양이 중천에 떠있고 화창한 날씨. 고원지대여서 서늘한 기온. 하늘에도 구름 한 점 없다.

바람결에 잡초가 흔들렸고 짙은 풀냄새가 맡아졌다. 그 순간.

"타앙!"

구릉을 울리는 총성. 총성은 메아리도 없이 길게 꼬리만 끌고 멀리 퍼져나갔다. 그때 지노는 맨 앞에 가던 폴이 보이지 않는 것을 알아차렸다.

"엎드려!"

저도 모르게 소리친 지노가 풀숲에 엎드렸다. 앞쪽 진이 뒹굴듯이 엎드리더니 고개를 돌려 지노를 보았다. 두 눈이 둥그레져 있다. 진의 시선을 받으면서 지노가 소리쳤다.

"폴!"

대답이 없다.

"폴!"

그때 뒤에서 마이클과 베니가 포복으로 다가왔다. 베니가 헐떡이며 묻는다.

"대장, 뭐야?"

"저격이야. 폴이 당한 것 같다."

눈을 치켜뜬 지노가 베니와 마이클에게 지시했다.

"좌우로 흩어져."

그러고는 진을 돌아보았다.

"진, 넌 여기 있어."

"대장, 저격병 위치는?"

베니가 묻자 지노가 몸을 돌리면서 말했다.

"전방이야. 좌표 지점 부근이다."

"갓댐."

마이클이 거칠게 욕을 했다. 좌표 지점에 적이 매복했다면 철수로를 차단당한 것이나 같다.

풀숲이 허리 높이까지 우거졌기 때문에 폴이 사라진 위치까지 포복으로 접근할 수 있었다.

그 순간 지노는 풀숲에 넘어진 폴의 다리부터 보았다. 탈레반 전사(戰士) 차림의 허름한 바지. 풀 더미를 젖혔더니 상반신이 드러났다. 순간 지노가 숨을 들이켰다. 폴의 눈 사이에 동전만 한 구멍이 뚫려 있었던 것이다.

폴은 눈을 크게 뜨고 있었는데 놀란 표정이다. 입이 반쯤 벌어졌고 입가에 핏줄기가 흘러내리는 중이다. 지노가 손을 뻗어 폴의 눈을 감기고는 앞으로 전진했다. 바닥에 납작 엎드린 채 눈을 치켜뜨고 나아가고 있다.

"갓댐."

버트 레인이 고개를 들고 찰스 헤이든을 보았다.

"대장, 사라졌어."

"흩어진 거다."

찰스가 망원경을 눈에 붙이고 말했다.

"다섯 명이었어. 한 놈을 맞혔으니까 넷 남았다."

"재빠른 놈들이야."

버트가 스코프에 다시 눈을 붙였다. 그러나 눈앞에 잡초 숲만 펼쳐져 있을 뿐 탈레반은 사라졌다. 그때 옆쪽에 엎드려 있던 자이로 크림튼이 찰스에게 물었다.

"대장, 수색하는 게 어때?"

"놔둬. 그럴 필요 없다."

찰스가 손목시계를 보았다.

"12시에 연락이 올 거다."

"그놈들이 도망쳤을까?"

"도망쳤겠지."

찰스가 주위를 둘러보면서 말을 잇는다.

"저격병 앞으로 다가올 미친놈들은 없어."

바람결에 잡초가 흔들리면서 파도 소리를 내었다. 사방 1킬로 정도가 잡초로 뒤덮인 구릉이다. 그때 저격수 버트가 스코프로 앞쪽을 둘러보며 말했다.

"이 평지로 기어든 놈들이 미친놈들이지."

버트는 545미터 거리에서 맞혔다.

지노의 스코프에 사내의 옆얼굴이 드러났다. 덥수룩한 수염, 탈레반 차림이었지만 백인이다. 특수팀인 것이다.

지노의 어금니가 저절로 물려졌다. 저놈이 전우를 죽였다. 동료를 죽인 것이다.

거리는 544미터. 그때 뒤에서 인기척이 나더니 진이 포복으로 다가왔다.

"대장, 보여요?"

헐떡이며 물은 진이 AK-47의 스코프에 눈을 붙였다가 숨을 들이켰다.

"아, 저기……."

"닥쳐, 진."

짧게 나무란 지노가 잇새로 말했다.

"넌 못 본 것으로 해."

"대장, 어떻게 하시려고."

그 순간 지노가 스코프에 눈을 붙인 채로 방아쇠를 당겼다.

"타앙!"

총성이 울렸지만 지노는 기다렸다.

1초, 2초.

다음 순간 스코프에 드러난 사내의 옆머리가 부서졌다.

"악!"

이쪽은 버트가 옆으로 벌떡 몸을 젖히고 나서 총성을 들었다. 버트 왼쪽에 엎드려 있던 자이로 크림튼이 놀라 소리쳤을 때다.

"엎드려!"

찰스가 소리쳤다. 버트 옆으로 다가가던 자이로가 움직임을 멈췄다.

"위치가 탄로 났다!"

찰스가 말하고는 옆쪽으로 위치를 옮겼다. 바람결에 피 냄새가 쏟아지듯 맡아졌다. 옆으로 쓰러진 버트의 뇌에서 피와 함께 흰 뇌수가 쏟아져 나오고 있다.

"선오브비치."

이를 악문 찰스가 눈을 부릅떴다. 갑자기 온몸에 소름이 돋아나면서 한기가 덮였다. 이제는 이쪽이 타깃이 되어 있는 것이다. 그 순간이다.

"퍽!"

둔탁한 충격음이 울리더니 버트 옆쪽에 엎드려 있던 자이로의 머리 위쪽이 부서졌다. 수박이 깨지는 것 같다. 다음 순간.

"타앙!"

총성이 울렸다. 1초 반. 약 5백 미터 거리.

"대장, 어떻게 된 거야?"

옆으로 다가온 베니가 묻는다. 옆으로 흩어졌던 베니가 서둘러서 다시 돌아온 것이다.

지노가 약 10초 간격으로 2발을 쏘았기 때문에 반사적으로 다가왔다. 그때 풀숲 사이로 앞쪽을 보던 베니가 스코프에서 눈을 떼었다.

"대장, 550미터 거리에 뭐가 있어."

"내가 두 놈 맞혔어."

지노가 엎드린 채 대답했다.

"지금 한 놈 남았다."

"탈레반이야?"

"그런 것 같다."

뒤쪽에 엎드려 있던 진이 숨을 들이켰다. 그때 오른쪽으로 포복해 온 마이클이 거친 숨을 뱉었다.

"폴이 눈 사이를 맞았어."

폴의 시체를 보고 온 것이다.

"갓댐. 탈레반 저격수야?"

"맞아."

대답은 베니가 했다.

"대장이 두 놈 맞혔고 한 놈 남았다는 거야."

"어디야?"

"그쪽에서 2시 방향이다. 노란 풀줄기가 서너 개 서 있는 곳. 거리가 560미터 정도."

마이클이 AK-47에 부착된 스코프로 앞쪽을 보았다.

바람이 불면서 마른 잡초가 파도가 지나는 소리를 내었다. 그러나 마이클은 잘 안 보이는 모양이다. 그때 지노가 말했다.

"다시 흩어져서 좌표 지점으로 접근한다. 베니는 오른쪽, 마이클은 왼쪽."

좌표 지점이 바로 탈레반이 잠복하고 있는 곳이다. 거리는 약 600미터. 지노가 말을 이었다.

"각각 50미터 거리로 흩어져서 접근하도록. 타깃이 보이면 저격해라."

지노가 베니와 마이클을 번갈아 보았다.

"자, 서둘러."

12시가 되어가고 있다.

중앙으로 지노와 진이 포복으로 접근하고 있다.

접근하면서 표적을 찾았지만 보이지 않는다. 황무지의 구릉, 굴곡이 많은 곳이어서 낮은 지역의 전진 속도는 빠르다. 낮은 지역을 구르듯이 내려간 지노가 뒤에서 따르던 진이 뒹굴었기 때문에 다리를 잡아 세웠다.

이제는 낮은 비탈을 오르면서 진이 고개를 돌려 지노를 보았다.

"대장, 다른 팀일까요?"

진은 스코프로 타깃을 본 것이다. 지노가 잠자코 비탈을 오르자 진이 다시 물었다.

"셋이었어요?"

진의 시선을 받은 지노가 고개를 끄덕였다.

"하나 남았다."

비탈을 오른 둘이 이제는 나란히 엎드렸다. 이제 좌표까지의 거리는 4백 미터.

11시 35분.

25분 남았다. 지노가 진을 보았다.

"그놈도 죽일 거다."

"대장, 그것이 알려지면 곤란하잖아요?"

"난 모르고 죽인 거야."

"그놈들은 모르고 한 것 같은데."

"나도 그렇다니까?"

다시 발을 뗀 지노가 진을 쏘아보았다.

"내 뒤로 따라와."

찰스 헤이든이 가쁜 숨을 고르고는 손목시계를 보았다.

11시 37분.

이제 23분 남았다. 통신을 할 필요는 없다. 수송 헬기는 정각에 올 것이었다. 이곳은 좌표에서 우측으로 1백 미터쯤 떨어진 구덩이 안.

버트와 자이로가 당한 후에 이쪽으로 옮겨온 것이다.

"지저스 크라이스트."

비스듬히 누운 자세로 AK-47을 움켜 쥔 찰스가 탄식처럼 말했다.

찰스 헤이든은 특공팀장으로 대위. 팀원 7명과 함께 카불에 침투했다가 셋이 살아남아서 귀환하려던 중이었다.

몸을 돌린 찰스가 주위를 둘러보았다. 탈레반은 보이지 않았다.

찰스는 이곳에서 헬리콥터를 기다리기로 결심했다. 좌표에서 떨어졌지만 헬기가 오면 탈레반을 위아래에서 협공할 수 있을 것이다. 탈레반이 지나갔는지도 모르지만.

좌측으로 전진했던 베니는 15분 만에 3백여 미터를 전진했다. 이제 좌표와는 1백여 미터. 이쪽은 자갈이 많은 땅이어서 뛰다 기다 했기 때문에 목에서 쉿소리가 났고 온몸이 땀으로 젖었다.

11시 40분.

베니는 잡초 사이에 엎드려서 가쁜 숨을 뱉었다. 탈레반은 보이지 않는다. 하나 남았다는데 도망친 것 같다. 베니는 다시 상반신을 일으켰다. 그리고 허리를 굽힌 상태로 5미터쯤 전진했다.

잡초가 허벅지까지 닿았기 때문에 허리를 굽히면 머리끝이 잡초에 스치고 있다. 그 순간 베니는 옆쪽 흙더미에 비스듬히 몸을 눕히고 있는 탈레반을 보았다. 옆에 AK-47을 내려놓았는데 시선이 오른쪽으로 향해 있다.

저놈. 베니가 AK-47을 겨누었다. 거리는 10미터 정도. 쏘면 맞는다.

순간적으로 결심한 베니가 AK-47을 겨누었다. 발도 두 발짝 더 떼었다. 허리까지 폈기 때문에 잡초가 몸에 부딪치는 소리가 요란했다. 그 순간 탈레반이 고개를 돌렸다.

시선이 마주쳤다.

가쁜 숨을 겨우 고르던 찰스가 풀숲 흔들리는 기척에 고개를 들었다. 그 순간 찰스가 숨을 들이켰다. 앞으로 탈레반 한 놈이 다가오고 있다.

다음 순간 찰스가 반사적으로 옆에 놓인 AK-47에 손을 뻗었다가 곧 움직임을 멈췄다. 이미 탈레반의 AK-47의 총구가 자신을 겨누고 있는 것이다. 자신이 총구만 움직인다면 총탄이 빗발처럼 쏟아질 것이다. 그때 탈레반이 한 걸음 더 다가왔고 시선이 마주쳤다.

"앗."

찰스의 입에서 외침이 터졌다. 텁수룩한 수염, 탈레반 옷차림.

그런데 낯이 익다.

와락 다가간 베니가 방아쇠에 걸린 손가락에 힘을 주었을 때다.

사내와 시선이 마주쳤다. 그 순간 사내가 눈을 치켜뜨면서 놀란 외침을 뱉었다. 동시에 베니는 머릿속이 텅 비워진 느낌을 받는다. 그러나 방아쇠를 당기는 대신 입에서 외침이 터졌다.

"손들어!"

영어다. 그러나 그 순간 비스듬히 누워있던 사내가 번쩍 두 손을 들었다. 그리고 소리쳤다. 영어로.

"나, 특공팀장이다!"

11시 55분.

지노와 진, 그리고 마이클까지 모였다. 베니가 소리쳐 불렀기 때문이다. 지노와 진이 맨 나중에 왔다. 잡초를 헤치고 지노가 나타났을 때 베니가 소리치듯 말했다.

"대장, 탈레반이 아니었어!"

베니가 엉거주춤 서 있는 찰스를 손으로 가리켰다.

"카불에 침투했던 팀장이야! 대위라구!"

그때 찰스가 눈을 가늘게 뜨고 지노를 보았다.

"소령, 소령이 내 팀원을 쏘았소?"

"네가 내 팀원을 쏘았나?"

바로 되물은 지노가 표정 없는 얼굴로 찰스를 보았다.

"넌 확인도 하지 않고 먼저 내 팀원을 쏘았어."

"소령, 소령이라도 그랬을 거요."

찰스가 어깨를 부풀렸다가 내렸다.

"우리는 당신 팀과 같은 좌표에서 만난다는 연락도 받지 못했소."

"그건 나도 그렇다."

지노가 한 걸음 다가섰다.

"하지만 확인도 하지 않고 쏴죽이지는 않았을 거다. 스코프에는 얼굴이 다 드러나."

"소령, 당신은 내 부하 둘을 죽였어."

그때다. 지노가 아직까지 쥐고 있던 AK-47을 불쑥 찰스에게 겨누더니 방아쇠를 당겼다.

"타타타탕."

바로 3미터 거리다.

찰스가 이마에 한 발, 가슴에 세 발을 그대로 맞고 뒤로 벌떡 넘어졌다. 허름한 양복저고리 밑에는 방탄조끼를 입고 있었지만 이마를 뚫고 들어간 총탄이 뇌를 부수고 뒤통수를 절반이나 부쉈다.

아연한 베니와 마이클이 그대로 서서 이미 시체가 된 찰스 헤이든을 내려다보았다. 그러더니 베니가 고개를 들고 지노를 보았다. 눈동자가 흔들리고 있다.

"대장, 어쩌려고……."

"난 탈레반을 죽인 거다."

지노가 손목시계를 내려다보았다.

"입 닥치고 있어, 상사."

그때 헬기의 로우터 소리가 들렸다.

4시간 후.

페샤와르의 제5특전단 사령부 안.

방금 공군기지에 도착한 G팀의 팀장 지노 소령이 사령부 지휘실에 들어와 섰다. 지휘실 안에는 사령관 존 멀홀랜드 대령이 서서 지노를 바라보는 중이다. 주위에는 참모 대여섯 명이 둘러서 있다.

오후 4시 10분.

지금 카불은 전쟁 중이다. 5시간 전에 아프간에 투하된 제5특전단과 다국적군은 6천여 명. 며칠간 집중적인 폭격으로 아프간 군(軍)을 초토화시킨 후에 투하된 것이다. 존이 입을 열었다.

"소령, 수고했다. 당분간 쉬도록."

존이 손을 내밀어 악수를 청했다.

"잘 돌아왔다."

지노는 존의 시선을 담담한 표정으로 받는다. 다시 팀원 셋을 잃었다. 커크,

107

존, 폴.

경례를 한 지노는 몸을 돌렸다. 주위에 둘러섰던 참모 하나가 지노의 어깨를 치면서 뭐라고 말을 했지만 들리지 않았다.

막사로 돌아온 지노에게 진이 다가왔다. 막사에는 진 혼자뿐이어서 을씨년스럽다.

본래 8인용 막사였는데 첫 팀 7명 중에서 빌리, 헨리, 사일러가 전사했고 넷이 남았다. 거기에 베니, 진, 폴이 증원되었지만 이번에 커크와 존, 폴이 전사했으니 다시 넷이다. 첫 멤버에서는 마이클 하나만 남은 셈이다.

"대장, 문제가 있어요."

진이 말했을 때 지노가 권총 벨트를 풀어 접이식 침대 위에 던졌다. 그때 지노의 옆모습에 대고 진이 말을 이었다.

"베니가 헌병 참모를 만나러 갔어요."

고개를 든 지노와 진의 시선이 마주쳤다. 진이 똑바로 지노를 보았다.

"대장이 찰스 대위를 사살한 것을 신고하러 간 겁니다."

"……."

"대장 심정도 이해하지만 이대로 묻어둘 수는 없다는군요."

"……."

"어쩌죠?"

그때 지노가 빙그레 웃었다.

"진, 내가 코리안인 거 알지?"

"알아요, 대장."

"난 별로 미국에 대한 애국심이 없는 것 같다. 선서는 했지만 말야."

"……."

108

"대신 팀원에 대한 집착이 강해. 내 가족 같은 생각이 들어."

"……."

"내 아버지가 미국 놈이었지. 코리안인 내 어머니를 버린 놈이야."

지노가 진을 응시했지만 초점이 흐리다.

"내 가족 같은 팀원을 실수로라도 죽인 놈은 죽어 마땅한 거야. 그 팀장 놈도."

"대장, 실수로 쐈다고 내가 증언할게요."

"됐어, 중사."

지노가 지그시 진을 보았다.

"끌려들지 마, 중사."

그때 막사의 문이 열리더니 헌병 둘이 들어섰다. 앞장선 헌병이 둘을 번갈아 보다가 지노에게 시선을 굳혔다.

"여기 지노 소령 계십니까?"

"나다."

"전 특전단 헌병대 카슨 상사입니다."

헌병이 절도 있게 경례를 했다.

"헌병대에 가셔야겠습니다."

주머니에서 서류를 꺼낸 헌병이 지노에게 내밀었다.

"출두영장을 가져왔습니다, 소령님."

"그래. 잠깐 기다려 주겠나?"

"예, 소령님."

상사가 경례를 하더니 몸을 돌리면서 말했다.

"밖에서 기다리겠습니다, 소령님."

"고맙네."

헌병들이 막사를 나갔을 때 지노가 진을 보았다. 쓴웃음을 띤 얼굴이다.

"진, 짐 정리를 해야겠다. 여긴 돌아오지 못할 것 같아서 그래."

"자, 그만 쉽시다."

이야기를 그친 지노가 카밀라를 보았다.

오후 4시 반.

아직 해가 지지 않았다.

"3시간은 쉬어야지."

그때 카밀라가 길게 숨을 뱉었다. 이야기에 빠져서 시간 지나는 것을 잊었다.

오후 6시 반.

어느덧 주위는 어둠에 덮였다. 지노가 바위틈에서 새우잠을 자는 카밀라의 어깨를 흔들어 깨웠다.

"카밀라, 갑시다."

카밀라가 퍼뜩 눈을 뜨더니 상반신을 일으켰다. 몸에 활기가 배어 있다.

떠날 준비는 간단하다. 이미 배낭은 꾸려 놓았기 때문에 배낭을 메고 손에 AK-47을 쥐었다. 목표는 서쪽의 구비탄 시. 직선거리로 25킬로.

"걸을 수 있어요."

차도르 차림인 카밀라가 꼿꼿이 서서 말했다.

"이제는 안 업혀요."

고개를 끄덕인 지노가 앞장섰다. 구비탄에서 버스를 타고 남쪽으로 이동할 계획이다.

목표는 요르단 입국.

지도에서 고개를 든 깁슨이 둘러선 참모들을 보았다.

오후 7시 10분.

"아직 국경에서 반경 1백 킬로 이상은 벗어나지 않았어."

시리아의 국경마을 안. 주택의 응접실에는 10여 명의 참모가 둘러서 있다. 이곳이 깁슨의 시리아 본부다.

"이것들의 루트는 요르단이야. 남쪽을 막아야 돼."

깁슨이 손으로 요르단과의 국경을 짚었다.

"이곳의 숙박 시설, 버스 정류장, 도로, 산길까지 다 수색해야 돼."

깁슨은 아르카디 용병단의 24개 팀을 시리아에 투입했다. 용병단의 거의 절반에 가까운 전력을 이곳으로 끌고 온 것이다. 거기에다 본부장인 깁슨이 직접 지휘하고 있다.

"지노."

뒤에서 카밀라가 불렀다. 몸을 돌린 지노에게 카밀라가 말을 잇는다.

"아버지는 지금 괜찮을까요?"

몸을 돌린 지노가 다시 발을 떼었다. 그들은 지금 가파른 산을 올라가는 중이다. 카밀라가 지노의 등에 대고 묻는다.

"연락을 못 한 지 열흘 되었어요."

이제 한숨 돌리게 되었으니까 아버지 생각을 하게 된 것이다.

산은 조용하다. 나무가 우거진 산이어서 나뭇가지를 잡고 오른 지노가 손을 내밀었다. 카밀라가 내민 손을 잡아당긴 지노가 입을 열었다.

"아버지한테 작별인사 했지요?"

"했어요."

"그럼 잊어요."

카밀라의 손을 놓은 지노가 다시 몸을 돌려 앞장을 섰다.

"당신 앞날이나 생각해요."

"그럼, 우리 어떻게 할 거죠?"

카밀라가 다시 지노의 등에 대고 물었다.

"요르단으로 들어가면 여기보다는 안전할까요?"

"......"

"그놈들이 요르단에서 기다리고 있을 것 같아요."

"......"

"우리가 어디로 갈지, 어떻게 할지를 다 알고 있는 놈들이니까."

가파른 바위가 나왔기 때문에 지노가 몸을 돌려 다시 손을 내밀었다. 어둠 속에서 시선이 마주쳤다.

산길이어서 카밀라는 차도르를 벗어 허리에 감았고 바지에 점퍼 차림이다. 카밀라의 손을 당기면서 지노가 말했다.

"카밀라, 구비탄에서 버스를 타면 수와이다까지 5시간이면 도착해요."

그렇다. 수와이다에서 요르단 국경까지는 30킬로 거리다. 카밀라를 끌어올린 지노가 말을 이었다.

"나는 구비탄에서 버스를 타지 않을 겁니다."

놀란 카밀라가 눈을 크게 떴을 때 지노가 말을 이었다.

"놈들이 구비탄은 물론 요르단 국경에 펼쳐져 있을 거요."

"......"

"난 구비탄에서 동쪽으로 돌아갈 거요."

"동쪽이라고요?"

카밀라가 가쁜 숨을 몰아쉬며 물었다.

"어딘데요?"

112

"이라크 국경으로."

"이라크? 이라크로 돌아가요?"

"오히려 그쪽이 더 안전해요."

지노가 고개를 돌려 카밀라를 보았다.

"이라크로 들어가 남하하는 것이 오히려 더 안전할 것 같아요."

"……."

"요르단도 안심할 수가 없어."

"그럼 어떻게 해요?"

"사우디를 거쳐 이집트로 가야겠어."

"……."

"카이로에 가면 서방 기자들을 더 모을 수가 있겠지요."

"……."

"암만은 너무 좁아. 일을 벌이기에 적당한 장소가 아냐."

걸음을 늦춘 지노가 몸을 돌려 카밀라를 보았다.

"긴 여정이 될 거요, 카밀라."

그때 카밀라가 입을 열었다.

"같이 가요, 지노."

3장 추적

오전 4시까지 9시간 가깝게 걸었는데 마지막 2시간은 지노가 카밀라를 다시 업었다. 평탄한 길이었기 때문에 힘이 들지는 않았다. 둘이 쉰 곳은 작은 마을이 내려다보이는 구릉 위의 풀숲이다.

지도를 펼쳐놓은 지노가 만년필 형 플래시로 살펴보다가 고개를 들었다.

"여기서 구비탄까지는 6킬로. 이라크 국경까지는 32킬로."

지노가 손으로 아래쪽 길을 가리켰다.

"저기서 이라크 쪽 국경마을 아크라말까지 가는 버스가 있을 거요. 여기서 기다렸다가 버스를 탑시다."

깜빡 잠이 들었던 지노가 눈을 떴다. 아직 주위는 어둡다.

1시간쯤 잔 것 같다. 가슴에 얹힌 중압감 때문에 깬 것이다. 카밀라의 머리가 가슴에 붙어 있다. 고원지대여서 추웠기 때문에 풀 더미를 베어다 깔고 구덩이 속에 나란히 누워 있었던 것이다. 카밀라는 몸까지 딱 붙이고 있다.

지노는 다시 눈을 감았다. 카밀라의 몸을 밀지는 않았다. 붙여진 아랫배에서 카밀라의 숨결이 느껴졌다. 규칙적이다.

지노는 소리 죽여 숨을 뱉고는 카밀라의 숨결에 맞춰 호흡하기 시작했다.

오전 7시 반.

114

눈을 뜬 카밀라가 고개를 들었다. 그때 이쪽에 등을 보이고 엎드려 있는 지노가 보였다. 햇살이 비추고 있어서 주위는 어느덧 어둠이 가셨다. 그때 기척에 몸을 돌린 지노가 말했다.

"카밀라, 이곳 도로의 검문소 상황을 모르니까 당장 버스 타는 건 보류해야겠어."

카밀라는 대답하지 않았고 지노가 말을 이었다.

"내가 먼저 내려가서 알아보고 올 테니까 당신은 여기서 기다려요."

"내가 가는 것이 낫지 않을까요?"

"아니. 이번에는 내가."

지노가 수염투성이의 얼굴을 펴고 웃었다.

"걱정할 것 없어요. 내 얼굴을 봐요. 그리고 내 아랍어도 어색하지 않아요."

"그럼 물 좀 가져와요. 마시고 좀 씻어야겠어요."

카밀라가 말했을 때 지노가 자리에서 일어섰다.

도로 가의 마을은 60호쯤 되었는데 그중 절반이 상점이었고 안쪽의 주택은 20여 호, 그 뒤쪽에 양과 염소를 기르는 농가 7, 8채가 산재해 있다. 뒤쪽은 낮은 산기슭에 붙은 비탈 지역이어서 가축을 기르기에 적당하다.

지노는 구릉을 내려가 마을 밑쪽 2백 미터 지점에서 길을 건넜다. 이쪽 구릉은 경사진 데다 바위투성이의 척박한 토양이어서 민가가 세워질 조건이 아니다.

길을 건넌 지노가 곧장 마을 뒤쪽 산기슭의 비탈 지역으로 다가갔다. 목표로 정하고 다가간 곳은 염소를 기르는 외딴 농가.

지노의 행색은 후줄근한 재킷 차림으로 밑에 잿빛 숌을 걸쳤고 배낭을 메었다. 낡은 작업화를 신었는데 영락없는 가난한 농민이다.

망원경으로 본 외딴 농가에는 노인 부부 2명이 거주하고 있다.

"누구요?"

다가온 지노를 본 로칸이 물었다. 염소 축사를 정리하고 있던 참이었다. 다가간 지노가 로칸을 보았다.

"노인, 나하고 내 처가 지금 미군에게 쫓겨 도망 중이오."

로칸이 눈만 껌벅였고 지노가 한 걸음 다가섰다.

"우리는 이라크에서 도망쳐 나왔는데 3, 4일 쉴 곳이 필요해요."

지노가 주머니에서 100불짜리 지폐 5장을 꺼내 내밀었다.

"이것을 숙박비로 드리겠소."

로칸의 시선이 지폐로 옮겨지더니 한동안 떼어지지 않았다. 이윽고 고개를 든 로칸이 물었다.

"미군이 찾아다닌단 말이오? 여긴 시리아인데?"

"예, 지금도 미군이 이라크군을 찾아다니고 있지 않습니까?"

"시리아까지 들어와서?"

"예, 노인."

"당신 처는 어디 있는데?"

"저쪽에서 기다리고 있습니다."

"여기서 며칠 있을 건데?"

"3, 4일 정도."

"물론 그동안 우리도 함께 있어야겠지?"

"그렇죠."

"나도 군대에 있어서 물정은 안다네."

"그러신 것 같습니다."

"내가 안방을 치워놓지. 물론 염소 한 마리를 잡아서 나흘 동안 식사를 대지."

"1백 불을 더 드리지요."

지노가 주머니에서 구겨진 1백 불짜리 지폐를 꺼내 5백 불과 합쳐 내밀었다.

"고맙네. 돈도 없을 텐데 이것으로 됐네."

로칸이 더러운 손을 뻗어 지노의 손에서 6백 불을 가로채듯이 가져갔다.

1시간 만에 지노가 돌아왔기 때문에 카밀라가 긴장한 표정으로 보았다. 지노가 길을 건너 산기슭의 외딴 농가로 들어가는 것을 본 것이다.

"무슨 일 있어요?"

"당신이 씻지 못했다는 말이 떠올라서."

지노가 카밀라의 배낭을 집어 들며 말했다.

"저쪽 축사에서 3, 4일 쉬고 갑시다."

"내가 물이나 가져오라고 했는데."

"저기서 씻고 옷도 빨아 입고 가는 거지. 서둘 것 없어요."

그때 카밀라가 길게 숨을 뱉었다.

"그래요. 고마워요."

고맙다는 말이 저절로 나왔지만 어색하게 들리지는 않는다.

수와이다의 저택 안.

이곳이 깁슨의 사령부가 되었다. 수와이다는 요르단 국경에 인접한 도시로 국경경비대 본부가 위치한 곳이다.

오전 10시 반.

깁슨이 카터의 보고를 받는다.

"아래쪽에 12개 팀을 배치했습니다. 쿠나이트라 쪽 국경에는 4개 팀입니다."

깁슨이 고개를 끄덕였다. 그리고 6개 팀은 국경으로 향하는 도로, 통로의 검문을 맡고 있다. 나머지 2개 팀은 비상 출동반으로 깁슨 옆에서 대기 중이다.

"이놈, 지노 장이 교활한 놈이야. 시리아로 뛰어들었지만 언제 어디로든 다시 뛸 수도 있어."

"하지만 갈 곳은 뻔합니다. 요르단으로 가는 길은 다 막았습니다."

카터가 말을 이었다.

"앞으로 3, 4일이 고비입니다. 그때까지 그놈이 국경에 도착할 테니까요."

"카밀라하고 붙어있으니까 표시가 날 거야."

깁슨의 시선이 벽에 붙은 상황판으로 옮겨졌다.

"이건 국가의 위상이 걸린 작전이야. 만일 그놈이 후세인의 테이프를 터뜨리면 세계가 떠들썩해질 테니까."

카터는 대답하지 않았다. 미국이 이라크를 이유 없이 침공한 셈이 될 테니까.

엄청난 사건이다.

뒤쪽 우물가에서 빨랫감으로 주위를 막은 후에 카밀라는 열흘 만에 목욕을 했다. 비누를 빌려 옷도 빨고 신발까지 빨았다. 그동안에 지노는 로칸에게서 국경까지의 도로 검문 상황을 들었다.

이곳에서 이라크 국경까지는 50여 킬로 정도. 검문소는 3곳이라고 했는데 가는 방향은 차단봉이 올려진 채 검문하지 않는다는 것이다. 국경에서 오는 차량이나 행인을 검문하고 요즘은 검문이 철저하다고 했다.

"내가 사료를 사려고 국경 근처의 사료공장에 가본 적이 있어."

로칸이 말을 이었다.

"여기서 버스를 타면 3시간이 걸려. 사료공장에서 국경까지는 4킬로쯤 될까? 국경 검문소까지 말야."

지노가 고개를 끄덕였다.

"영감님, 내일 저하고 사료 사러 가십시다. 내가 영감님 아들 행세하면 되겠네."

로칸의 시선을 받은 지노가 말을 이었다.

"내가 사료도 사 드리지요."

그날 밤 지노와 카밀라는 로칸이 내준 안방에 앉아 있다. 바닥에 낡은 양탄자가 깔렸고 벽에 붙은 화덕에서 통나무가 타오르는 중이다. 어젯밤의 구덩이 속 잠자리에 비교하면 지옥과 천국이다.

탁자를 사이에 두고 마주 보며 앉은 지노가 입을 열었다.

"내일 로칸과 함께 사료를 사와야겠어."

"내일요?"

"사료공장이 국경 근처에 있다는 거요."

지노의 설명을 들은 카밀라가 물었다.

"그럼 내일 돌아와요?"

"사료를 갖고."

"올 때 위험하지 않을까요? 검문을 받는다는데."

"할 수 없지."

"나 때문에 갔다 왔다 하는 거라면 내일 같이 가요."

카밀라가 말을 이었다.

"내일 함께 내려갔다가 영감님만 올라오면 되지 않을까요?"

지노와 카밀라의 시선이 마주쳤다. 이윽고 카밀라의 시선을 받은 채 지노가 천천히 고개를 끄덕였다.

"그럽시다."

밤. 이번에는 양탄자 위에 모포를 덮고 누웠다.

119

방은 따뜻하다. 탁자를 사이에 두고 떨어져 누워있지만 상대방의 숨소리까지 들리는 방 안이다. 바위틈이나 구덩이 안, 잡초 속에서 자는 것하고는 다른 분위기다.

사지를 뻗고 반듯이 누운 지노가 호흡을 조정했다. 그린베레는 저격 훈련을 받는다. 그 기본이 호흡 훈련이다. 방아쇠를 당길 때 이 호흡이 가장 중요하다.

지노의 숨소리가 규칙적이 되었을 때 카밀라는 거칠어졌다. 고르게 호흡하려고 노력했지만 제대로 안 되는 것이다. 그때 숨소리를 딱 멈춘 카밀라가 입을 열었다.

"이집트에서 언론사를 부르는 거죠?"

"그렇죠."

지노가 바로 대답했다.

"시카고 포스트, 뉴욕타임스는 물론 워싱턴 포스트, 그리고 영국과 프랑스 언론사도 부를 예정이오."

"우리가 암만에서 만나기로 한 영국의 런던타임스 기자는?"

"런던타임스에 연락은 해야겠지."

지노가 말을 이었다.

"아르카디가 이미 암만에 진을 치고 있을 거요. 암만에 들어가는 건 함정으로 들어가는 것이나 같아요."

"카이로는 잘 아세요?"

"지리는 좀 압니다. 그리고 그곳은 넓고 피신할 곳이 많으니까."

"아르카디가 방해하겠죠?"

"당연히."

지노가 천장을 향한 채 말을 이었다.

"기를 쓰고 나를 죽여 증거를 없애려고 하겠지요."

120

"……."

"그래서 내가 전장(戰場)으로 카이로를 고른 겁니다."

"……."

"내가 혼자 싸우는 거지."

"제가 도와드릴게요."

지노가 천장만 보았다.

방 안에는 벽에 기름 등 하나만 있어서 어둑했다. 그때 지노가 자리에서 일어나 기름 등의 불을 불어서 껐다. 방 안이 금세 어두워졌고 지노는 다시 양탄자 위에 몸을 눕혔다.

"잡시다."

지노가 말했지만 이번에는 카밀라가 입을 열지 않았다.

오전 8시 반.

로칸과 지노, 카밀라는 축사에서 나와 마을로 내려왔다.

지노는 터번을 머리에 두르고 쑵 위에 군용 점퍼를 입었는데 등에는 낡은 배낭을 메었다. 배낭 안에는 비닐로 단단하게 포장된 테이프 20개와 달러 뭉치, 개머리판을 분해한 AK-47을 넣었다.

카밀라는 차도르 차림으로 뒤를 따른다. 카밀라도 차도르 밑으로 허리를 두른 주머니를 찼는데 안에 권총 2자루와 달러 뭉치, 옷가지까지 들어 있다. 허리가방을 찬 셈이다.

버스정류장에는 서너 명의 손님이 모여 있었는데 로칸이 알은체를 했다. 사람들의 시선이 지노와 카밀라에게 모였지만 이상하게 보는 것 같지는 않다.

곧 낡은 버스가 털털거리면서 도착했고 지노는 카밀라와 함께 버스에 올랐다. 로칸이 셋의 요금을 내었는데 운전사하고 안면이 있는지 떠들썩하게 이야기를 했다.

45인승 버스에 손님은 절반쯤이다. 버스는 곧 요란한 엔진음을 내면서 출발했다.

이곳에서 46킬로 떨어진 아크라말까지는 약 2시간 반. 정류장은 15곳에서 20군데. 길가에서 손님이 손을 들면 태우기도 한다.

검문소는 3곳. 로칸의 말대로라면 차단봉이 올려진 상태로 버스는 그냥 통과한다는 것이다.

"이라크로 가고 있다니."

버스가 출발한 지 20분쯤 되었을 때다.

창가에 앉아 밖을 내다보던 카밀라가 지노의 귀에 대고 속삭이듯 말했다. 카밀라의 입김이 귀에 닿았기 때문에 지노가 몸을 굳혔다. 카밀라가 말을 이었다.

"괜히 들뜬 기분이 들어요. 기쁘고, 슬프고 목이 메어요."

지노는 앞만 보았고 카밀라가 계속해서 말을 잇는다.

"문득 다 놔두고 아버지한테 돌아가고 싶다는 생각도 들어요."

"……."

"이 짓을 하는 것도 부질없다는 생각도 들고. 언론에 터뜨려도 이라크가 다시 살아나고 아버지가 다시 대통령이 될 가능성도 없지 않아요?"

"……."

"아버지 동상을 쓰러뜨리는 장면을 TV로 보았어요, 아버지와 함께."

"……."

"아버지가 물끄러미 그것을 보시더라고요. 그렇게 믿었던 국민들인데."

그때 고개를 돌린 지노가 카밀라의 눈에 고인 눈물을 보았다. 지노의 시선을 받은 카밀라가 눈을 깜박였다.

122

그 순간 눈물이 흘러내려 차도르 밑으로 자취를 감추었다.

과연 첫 번째 검문소의 차단봉은 올라가 있었다. 버스는 차단봉 밑을 그냥 통과했다.

그런데 건너편의 검문소 앞에는 차량들이 10여 대나 멈춰 서 있다.

내려진 차단봉 앞에서 검문을 하는 병사가 10여 명이나 되었다.

국경까지 12킬로가 남았을 때 마침내 버스가 고장이 났다. 털털거리면서 가다가 멈췄다가 하더니 길에서 멈춰 선 것이다.

운전사가 투덜거리더니 보닛을 열고 수리하기 시작했다. 다행인 것은 이런 일이 한두 번이 아닌 모양이고 운전사가 고장을 고칠 수 있는 것 같았다.

버스 승객은 40명 가깝게 되었는데 버스를 고치는 동안 길가에 앉아 쉬었다. 목적지가 가까운 몇 명은 짐을 들고 떠나갔기 때문에 손님은 대여섯 명이 줄었다.

로칸 노인은 길가의 나무 밑에 누워서 잠을 잤고 지노와 카밀라는 길 아래쪽의 바위 밑에 등을 붙이고 나란히 앉았다.

오전 11시가 되어가고 있다.

"엔진을 보았더니 30분쯤 후에는 떠날 수 있을 것 같아요."

지노가 카밀라에게 말했다. 운전사가 고치는 것을 보고 온 것이다.

"내가 도와주고 싶었지만 이상하게 볼 것 같아서 놔두고 왔습니다."

"오늘은 아크라말에서 쉬고 이라크 국경을 넘는가요?"

"아크라말은 국경도시라 검문이 철저할 겁니다. 로칸과 함께 사료공장에 갔다가 그곳에서 헤어져야 할 것 같습니다."

카밀라가 고개를 끄덕였다.

다시 국경이 가까워지고 있다. 카밀라의 얼굴이 어두워졌다. 조금 전의 들뜬 표정은 사라졌다.

한 시간 후 다시 출발한 버스는 한 시간 반쯤 후에 국경도시 아크라말 외곽에 멈춰 섰다.

로칸이 마을로 들어서는 입구에서 하차한 것이다. 지노가 로칸에게 물었다.

"로칸 영감님, 여기서 국경까지는 얼마나 됩니까?"

"4킬로쯤 되네."

로칸이 손으로 서쪽을 가리켰다.

"저 앞쪽 산을 넘어가면 바로 이라크야. 그러니까 산기슭에 있다가 밤에 떠나게나."

"그렇군요."

지노가 로칸이 가리키는 산을 바라보다가 주머니에서 100불짜리 지폐 2장을 꺼내었다.

"영감님, 여기 이 돈으로 사료를 사 가세요."

"또 주는가?"

로칸이 물기에 번들거리는 눈으로 지노를 보면서 물었다. 이제는 냉큼 손을 내밀지 않는다.

"돈이 모자라지 않는가?"

"괜찮습니다."

지노가 돈을 내밀자 로칸이 받아 쥐고서 말했다.

"내가 죽는 한이 있더라도 비밀 지킬 테니까 걱정하지 말게."

"영감님은 믿고 있었습니다."

"꼭 살아남게나."

"고맙습니다, 영감님."

로칸의 시선이 카밀라에게 옮겨졌다.

"부디 살아서 견디시기 바라오."

"예?"

놀란 카밀라가 물었을 때 로칸이 두 손을 모으고 말했다.

"귀하신 분인 줄 알고 있소. 누구신지는 모르지만 이 사람이 모시고 가는 분 아닙니까?"

로칸이 눈으로 지노를 가리켰다. 그때 지노가 쓴웃음을 지었고 당황한 카밀라의 눈동자가 흔들렸다. 로칸이 다시 지노를 보더니 고개를 끄덕였다.

"그럼 나는 가네."

산기슭의 바위틈에 숨어서 다시 밤이 되기를 기다렸다.

도망자의 일상은 '기다리는 것'이다. '밤이 되기'를 기다리고 감시가 '사라지기'를 기다리고 '힘이 나기'를 기다리고 '기회가 오기'를 기다리는 것이다.

이제는 카밀라도 익숙해져서 바위에 어깨를 기대고는 눈을 감고 있다. 산을 넘기 쉽도록 차도르는 접어서 지노가 배낭에 넣었고 점퍼에 바지 차림이다.

오후 4시.

로칸의 부인이 싸준 빵과 삶은 염소고기로 늦은 점심을 먹고 식곤증이 온 것 같다. 그 옆에서 지노가 AK-47을 분해해서 기름걸레로 닦는 중이다.

뒤쪽의 산은 잡초가 무성한 해발 3백 미터 정도. 지도상으로 이곳은 국경에서 2킬로 떨어진 곳이었으니 산을 넘고 1킬로는 더 나아가야 한다.

"내가 누군지 알았을까요?"

자는 줄 알았던 카밀라가 불쑥 물었기 때문에 지노가 고개를 들었다. 카밀라와 시선이 마주쳤다.

거리가 50센티 정도밖에 안 되어서 속눈썹까지 선명했다. 화장기가 없는 얼굴이었지만 매끄러운 피부, 붉은 입술, 잘 정돈된 이목구비가 눈이 부시도록 아름답다.

저절로 시선을 내린 지노가 대답했다.

"누군지는 몰랐을 겁니다. 그저 주종 관계처럼 보였겠지요."

"주종관계?"

카밀라의 목소리에 웃음기가 섞였다.

"난 당신한테 끌려가는 것 같았는데."

"로칸이 정확하게 본 거죠."

"남자하고 이렇게 긴 시간을 함께 있는 건 처음이에요."

"나도 그렇습니다."

"결혼 안 했어요?"

"내 이야기 들었지 않습니까?"

"하다가 말았지 않아요?"

지노가 결합한 AK-47의 노리쇠를 후퇴시켰다가 놓으면서 카밀라를 보았다.

"이 필름 전해준 후에 어떻게 할 예정입니까?"

"그것까지는 생각해보지 않았어요."

카밀라의 눈동자가 흔들렸다.

"그때까지 살아있을지도 알 수 없고."

"카이로는 인구 1천만이 넘는 도시죠. 숨어 살기 적당해요."

"당신은?"

"난 다시 용병으로 돌아가고."

카밀라의 시선을 받은 지노가 쓴웃음을 지었다.

"그때까지 살아 있다면."

"돈은 충분하지 않아요? 계좌에……."

"죽으면 다 헛짓이지."

지노가 고개를 저었다.

"나는 이제 비탈길을 굴러 내려가는 마차 신세가 되었어요, 카밀라."

카밀라의 시선을 받은 지노가 한마디씩 잘라서 말했다.

"하지만 마지막까지 내 일은 계속 할 겁니다."

그러고는 잠깐 주춤했다가 덧붙였다.

"주인."

그때 숨을 들이켰던 카밀라가 풀썩 웃었지만 지노는 고개를 돌린 후였다. 그래서 그 웃음도 못 보았다.

오후 7시.

산기슭에 어둠은 갑자기 찾아온다. 배낭을 멘 지노가 AK-47을 쥔 채 앞장을 섰고 뒤를 카밀라가 따른다.

산은 험하지 않았지만 길이 없었기 때문에 바위와 나뭇가지를 헤치며 올라가야 한다.

"천천히."

지노가 카밀라의 손을 잡아끌면서 말했다.

"시간은 충분해요."

"마치 고향으로 돌아가는 것처럼 가슴이 설레요."

카밀라가 딴소리를 했다.

"물론 반기는 사람은 없지만."

나뭇가지에 발이 걸린 카밀라가 앞으로 엎어졌지만 지노가 상반신을 부둥켜 안아 세웠다. 다시 바위틈을 돌아 산을 오르면서 지노가 말했다.

"국경초소가 있을지도 모르니까 조심해요, 카밀라."

지도에는 국경초소가 표시되지 않았다.

"닉, 어떻게 된 거냐?"

프랭크 이스트우드가 소리쳐 물었다.

오후 8시 10분. 뉴욕은 오후 12시 10분이다.

"아르카디가 대부분 빠져나갔습니다."

닉 윌링이 보고했다. 닉은 짐 하드웰의 후임으로 지금 티크리트에서 프랭크와 통화를 하고 있다.

티크리트의 제7사단 사령부 안.

닉이 말을 이었다.

"시리아와 요르단 국경 쪽으로 배치되었다는 소문입니다."

"지노를 수색한단 말이지?"

"그렇죠. 그런데 지노가 카밀라 후세인하고 같이 있다는 겁니다."

"갓댐."

프랭크의 목소리가 높아졌다.

"그, 다른 놈들도 알겠지? 다른 언론사들 말야."

"물론이죠. 소문이 다 났는데요."

"지노가 자료를 다 갖고 있겠군."

"그러니까 아르카디가 대거 투입된 것 아닙니까?"

"그런데 넌 아직도 티크리트에서 오입질이나 하고 있단 말이지?"

"아니, 프랭크, 왜 이러십니까?"

"내가 여기서 다른 기자를 보낼까? 네가 힘들 것 같아서 그러는데."

"어떤 놈을 보내려고? 내가 다 차려놓은 밥상에 입만 가지고 달려든단 말

128

요?"

"좋아. 그럼 네가 시리아로 가."

"갓댐."

닉이 화를 냈다.

"시리아 어디요? 무조건 달려가면 지노를 만날 수 있을 것 같습니까?"

전화기를 고쳐 쥔 닉이 말을 이었다.

"기다리고 있으면 연락이 올 겁니다. 지노가 찾는 건 나요. 난 여기 있어야 해요, 프랭크."

맞는 말이다.

그래서 프랭크가 말을 잇지 못하고 있다.

국경을 넘고 10킬로쯤 내륙으로 들어왔다. 다시 이라크 땅으로 돌아온 것이다.

오전 4시 반.

지노와 카밀라는 야산의 중턱에서 아래쪽을 내려다보고 있다. 아래쪽 산기슭은 어둠에 덮여 있으나 도로의 윤곽은 선명하게 드러났다.

"저 길을 따라 남하하는 거요."

지노가 길을 보면서 말했다.

"이곳에서 사우디 국경까지는 250킬로 정도. 직선거리요."

"또 걸어야 되나요?"

카밀라가 혼잣소리처럼 말했다.

이곳까지 올 때도 세 시간 동안은 다시 지노가 업고 왔다. 카밀라가 다시 다리를 절었기 때문이다.

"이곳은 미군 제5사단 관할 지역이오."

지노가 말을 이었다.

"하지만 미군보다 민병대나 반란군을 헤치고 나가야 되겠지."

고개를 돌린 지노가 배낭을 내려놓았다.

"우선 쉽시다."

밤새도록 걸어서 국경을 돌파한 것이다.

눈을 떴을 때는 오전 8시 반.

세상이 환해져 있다. 야산 아래쪽 도로에도 드문드문 행인이 보였는데 차량도 오가고 있다. 지노가 옆에 누워 있는 카밀라를 힐끗 보고는 몸을 일으켰다.

아래쪽 바위 뒤로 돌아간 지노가 한동안 마을을 내려다보고는 발을 떼었다. 지노는 터번에 숄을 걸친 차림으로 작업복 밑에는 AK-47을 메었다.

산에서 2백 미터 거리였지만 내려가는 데 20분쯤이 걸렸다. 30호쯤의 마을은 도로변에 가게가 10여 개 늘어섰고 길가에 차도 3대나 주차되어 있다. 9시가 조금 지난 시간이어서 가게는 문을 열기 시작했고 행인들이 오가고 있다.

이윽고 옷가게 앞에 세워진 승용차로 다가간 지노가 주위를 둘러보았다. 옷가게 주인과 시선이 마주쳤을 때 지노가 물었다.

"이 차, 누구 거요?"

"내 차요. 그런데 누구시오?"

40대쯤의 주인은 다리 하나가 없다. 군 출신이다. 옷가게에는 사람이 없었기 때문에 지노가 안으로 들어서며 물었다.

"이 차로 날 태워줄 수 있소?"

"어디까지?"

"버스 정류장까지."

"바르사까지 가야 버스 정류장이 있어."

"돈은 내겠어."

그때 주인이 눈썹을 모으고 지노를 보았다.

"30킬로 거리야. 미화로 50불."

"도둑놈이군."

"당신, 수배범이지?"

불쑥 주인이 물었기 때문에 지노가 쓴웃음을 지었다.

"처음부터 알고 있는 줄 짐작은 했어."

"난 이라크 정예 4사단 정보대 상사 출신이야. 쿠웨이트에서 철군할 때 부상을 입고 전역했어."

10년 전이다. 고개를 끄덕인 지노가 주인을 보았다.

"난 지금 미군에 쫓기고 있어."

"옳지."

"내 동행하고 둘이 이 지역에서 벗어나야 돼."

"저기 위쪽 시리아 쪽 국경이 시끄럽다는 소문이 들렸는데, 당신 때문인가?"

"그럴 거야."

"그러다가 나를 찾아왔군."

"산 위에서 내려다보니까 당신이 눈에 띄었어. 다리를 저는 것이 말야."

"옳지. 군 출신인 줄 알았군."

"제대 군인 같았지."

"100불을 내면 더 아래쪽까지 데려다주지. 바르사는 검문이 많아서 위험해."

"그래 주겠나?"

"두당 1백 불이야."

"도둑놈이군."

"걸리면 나도 위험해. 여긴 미군보다도 미군에 붙은 민병대 놈들, 반란군들이 더 위험하다고."

"알았어. 그럼 내가 동행을 데려오지."

지노가 정색하고 사내를 보았다.

"난 빌리야. 당신 이름은?"

"핫산."

사내가 번들거리는 눈으로 지노를 보았다. 가명인지도 모른다.

산으로 올라왔더니 기다리고 있던 카밀라가 서두르듯 물었다.

"가게에 들렀어요?"

"내려다보았군요."

다가간 지노가 배낭을 집어 들면서 말했다. 위에서 내려다보이는 것이다.

"당신이 가게로 들어가는 것도 보았어요."

"갑시다."

지노가 카밀라에게 말했다.

"이제 차도르를 입어요, 카밀라."

핫산은 나무다리를 빼고 의족으로 갈아 끼웠는데 다리만 조금 절었을 뿐 표시가 나지 않았다. 바지까지 갈아입은 것이다. 카밀라를 본 핫산이 지노를 향하여 말했다.

"부인이시군."

"맞아, 핫산."

"난 동행이라고 해서 남자인 줄 알았지."

둘이 말을 주고받는 동안 카밀라는 외면하고 서 있다. 지노가 재촉했다.

"자, 가지."

132

"먼저 선금을."

핫산이 손을 내밀었다.

"기름도 사야 해서."

지노가 작업복 주머니에서 구겨진 100불짜리 지폐 2장을 꺼내 내밀었다. 핫산이 지폐를 빼앗듯이 낚아채더니 구겨진 부분을 펴서 한동안 들여다보고 나서 주머니에 넣었다.

가게 안에는 사내 하나가 더 있었는데 종업원 같다. 가게 안으로 들어간 핫산이 사내에게 수군거리고 나서 돌아왔다.

"자, 갑시다."

승용차는 한국산 '현대'차다. 시트는 찢어졌고 유리창에 금이 가서 테이프를 붙였지만 잘 달렸다. 비포장도로여서 차는 덜컹거리다가 속력을 뚝 떨어뜨리기를 반복하고 있다. 지노와 핫산은 앞자리에 앉았고 카밀라는 뒷자리에 탔다.

2003년 11월 20일. 오전 11시.

비포장도로를 달린 지 30분이 지났을 때 바르사 근처의 첫 검문소가 나타났다. 민병대다.

"내가 아는 놈들이야."

핫산이 차의 속력을 줄이면서 말했다. 검문소 앞에는 차가 4대 멈춰 서 있었고 민병대는 10여 명이다. 핫산이 말을 이었다.

"특별한 일은 없으니까 신경 쓸 것 없어."

지노가 봐도 민병대는 안을 기웃거리기만 하고 손을 흔들어 통과시키고 있다. 지노가 작업복 깃을 조금 벌렸다. 안에 베레타를 넣었기 때문이다.

"어, 핫산."

운전석에 앉은 핫산을 보자 민병대원 하나가 소리쳤다. 손에는 AK-47을 앞에 총 자세로 쥐고 있다.

"어디 가는 거야?"

"사트라니. 옷 가지러 가는 거야!"

핫산이 대답하자 다가온 민병대원 둘이 지노와 카밀라까지 훑어보았다.

"장사는 잘돼?"

핫산 옆에 선 사내가 다시 물었다.

"아유, 죽겠어, 아바스."

"큰일 났다. 나도 이 짓 그만두고 뭘 해야 할 텐데."

"일 끝나면 놀러와."

"동행은 누구야?"

"내 외사촌 부부야."

"오, 그렇군."

뒤에 트럭 한 대가 멈춰 섰기 때문에 사내가 한 걸음 물러서며 가라고 손짓했다.

"내가 놀러갈게, 핫산."

"저놈들이 수시로 강도가 돼."

검문소를 빠져나가면서 핫산이 말했다.

"모르는 사람한테는 가차 없이 약탈하고 반군 가족을 찾아가 강도 짓을 하지. 저놈들은 미군한테서 일당을 받지만, 보급품은 다 팔아먹어."

지노는 대답하지 않았다. 내막은 지노가 더 잘 알고 있기 때문이다.

미군도 민병대와 결탁해서 보급품을 횡령하는 것이다. 유령 민병대를 만들어

134

서 엄청난 물자를 팔아먹는다. 그때 핫산이 지노에게 물었다.

"빌리, 당신은 부대에서 사고 친 거야?"

지노의 시선을 받은 핫산이 빙그레 웃었다.

"위쪽에서 소문이 났어. 미군 탈영병을 잡으려고 대대적인 수색대가 파견되었다고 말야."

"……."

"그게 당신 아냐?"

"……."

"엄청난 사고를 쳤다는데, 누구 죽였어?"

"……."

"그 탈영병이 시리아로 들어갔다면서 모두 따라갔다는데."

고개를 돌린 핫산이 지노를 보았다.

"그놈들을 시리아로 유인해놓고 다시 이라크로 빠져나왔을 수도 있지."

"……."

"목적지는 요르단이라고 했는데 여기서 남하하면 요르단을 지나게 되는데."

"핫산, 당신 정보부대 상사로 제대했다고 했나?"

지노가 묻자 핫산이 고개를 끄덕였다.

"정보부대에만 근무했어. 내 다리는 쿠웨이트에서 퇴각하다가 미군 포탄을 맞은 거야."

"그렇군."

"내가 당신을 아래쪽 사우디 국경까지 데려다줄 수가 있어, 빌리."

"……."

"요즘 그곳까지 가보지는 않았지만 아마 검문소가 10개는 더 있을 거야. 아까 검문소는 증명서 조사를 안 했지만 다음부터는 조사할 거야."

"방법이 있나?"

지노가 묻자 핫산이 고개를 끄덕였다.

"민병대라면 방법이 있어, 내가 통행증이 있으니까. 내 통행증이면 당신들은 그냥 넘어갈 수 있어."

지노의 얼굴에 웃음이 떠올랐다.

"핫산, 목숨을 걸고 하는 일이야."

"알아, 빌리."

"얼마를 바라나?"

"사우디 국경 근처의 마을인 오구스까지 모셔다드리는 데 1천 불."

차의 속력을 줄인 핫산이 지노를 보았다.

"물론 둘 합쳐서 1천 불을 받겠어."

"……."

"이건 내가 목숨을 걸고 제의하는 거야."

20킬로쯤 남하하고 나서 핫산은 작은 마을 안에서 차를 세웠다. 핫산의 마을에서 50킬로쯤 달린 후다.

오후 2시 반.

식당 앞이다. 핫산이 말했다.

"여기서 점심을 먹지."

고개를 끄덕인 지노가 주위를 둘러보았다. 도로변의 작은 마을이다. 가게는 10여 개 정도. 핫산의 마을보다 작다.

차에서 내린 셋이 식당 안으로 들어섰다. 안에는 손님이 한 사람도 없었기 때문에 주인이 반색했다. 식탁이 5개인 작은 식당이다.

양고기꼬치와 우유를 시키고 나서 카밀라가 화장실을 간다면서 일어섰다. 식당에 둘이 남았을 때 핫산이 지노에게 물었다.

"빌리, 당신 미군이 쫓는 탈영병 맞아?"

"맞아."

지노가 똑바로 핫산을 보았다.

"이제는 내가 묻자. 핫산, 당신 이라크군 4사단 출신 맞아?"

"맞아."

"그게 어떤 사단인지 말해 봐."

"정보부대야. 그냥 4사단으로 불러."

고개를 끄덕인 지노가 다시 물었다.

"부대명이 '사담'이었지?"

놀란 핫산이 정색했다.

"잘 아는군."

"후세인 대통령에게 충성을 맹세한 사단이야. 맞지?"

"맞아."

"지금도 그런가?"

그때 숨을 들이켠 핫산이 고개부터 끄덕였다.

"변하지 않았어."

"……"

"미국은 9.11 사건의 보복을 하려고 이라크를 이유 없이 침공했어. 우리 대통령 각하는 미국에 배신당한 거야."

"……"

"부시는 그 대가를 받을 거야."

그때 지노가 입을 열었다.

"방금 화장실에 간 여자가 후세인 대통령의 딸 카밀라야."

핫산이 지노를 보았는데 눈동자가 흐려져 있다. 입도 조금 벌어져서 입 끝으로 침이 흘러내릴 것 같다. 지노가 말을 이었다.

"듣고 있나? 내가 지금 대통령의 딸 카밀라를 말하는 거야."

"그, 그게 사실이야?"

핫산의 목소리가 갈라져 있다. 어느새 이마에서 땀이 났고 가쁜 숨이 뱉어졌다. 황급히 입을 다물었지만, 입가에서 흘러내린 침 두 방울이 떨어졌다.

그때 화장실에 갔던 카밀라가 돌아와 지노의 옆자리에 앉았다. 핫산이 고개를 들었다가 서둘러 시선을 내렸다. 지노가 카밀라에게 말했다.

"카밀라, 당신 본색을 말했습니다."

카밀라는 눈만 크게 떴고 지노가 말을 이었다.

"카밀라, 핫산은 지금도 후세인 대통령께 충성을 맹세하고 있어요. 핫산한테 이야기해주시죠."

그때 카밀라가 핫산을 보았다.

"핫산, 부끄럽습니다. 도와주세요."

그 순간 핫산이 고개를 들고 카밀라를 보았다. 시선이 마주친 순간이다.

핫산의 눈빛이 와락 흐려지면서 입이 쩍 벌어졌다. 그러더니 두 눈에서 눈물이 주르르 흘러내렸다. 핫산이 말을 하려고 입을 벌렸다가 딸꾹질을 했다. 이윽고 핫산이 눈물범벅이 된 얼굴로 말했다.

"제가 목숨을 바쳐 도와드리겠습니다, 공주님."

건성으로 점심을 먹고 나서 셋은 다시 출발했다.

핫산은 출발하기 전에 마을 사람들에게 앞쪽 길을 꼬치꼬치 물어본 후에 지노와 카밀라의 차림새도 모두 바꿨다. 카밀라의 차도르도 남쪽 부족용으로 샀고 지노도 다른 옷으로 바꿔 입었다. 핫산의 충고를 받아 사 입은 것이다.

"검문소는 제가 먼저 체크를 하고 나서 통과하도록 하겠습니다."

핫산이 그렇게 말했다. 더 조심하겠다는 말이다.

"시간이 좀 걸리더라도 안전하게 모셔야지요."

말투도 바뀌어 있다. 공주 앞인 것이다.

민병대 초소 3곳을 통과했다. 핫산이 혼자 초소를 통과했고 지노와 카밀라는 걸어서 초소를 피해간 것이다.

이러니 3곳을 통과하는 데 시간이 훨씬 많이 걸렸다. 먼저 빠져나간 핫산이 기다렸다가 둘을 태우고 갔기 때문이다. 그래서 100킬로를 남하하는 데 5시간이 걸렸다.

오후 6시 반.

사우디 국경까지 100킬로 정도 남은 지점.

민가가 5, 6채 있는 도로변에 핫산은 차를 세웠다.

"여기서 저녁을 드시고 다시 앞쪽 도로를 체크해야겠습니다."

차에서 내린 일행이 길가의 하나밖에 없는 식당으로 들어섰다. 의자가 6개뿐인 어둡고 지저분한 식당이다.

다가온 주인 남자에게 음식을 주문한 핫산이 물었다. 주인과 핫산은 아는 사이다.

"검문소 민병대는 그대로 있어?"

"1주일마다 다른 놈들로 바꿔. 왜 그래?"

대뜸 주인이 되물었기 때문에 핫산이 입맛을 다시면서 대답했다.

"귀찮아서 그러지. 저 위쪽 검문소에서 민병대한테 통행료 5불을 뜯겼어."

"그만하면 양반이지."

주방에서 등만 보인 채 사내가 말을 이었다.

"지난달부터 강도질을 일삼아. 교대하는 놈들도 똑같아. 그놈들 때문에 이쪽 길로 차가 댕기지 않아."

핫산이 입을 다물었고 지노와 카밀라도 서로의 얼굴을 보았다.

검문소 때문에 통행인이 끊긴 상태여서 도로상의 가게는 장사가 안 되는 것이다.

"두 분이 검문소를 우회해서 피해 가시면 이번에도 제가 먼저 건너가서 기다리지요."

양고기를 먹으면서 핫산이 목소리를 낮추고 말했다.

"이곳을 지나면 다음 검문소까지 30킬로쯤을 더 전진할 수 있습니다."

"그럽시다."

지노가 고개를 들었다.

"그 방법밖에 없어."

지노의 시선을 받은 카밀라도 고개를 끄덕였다.

마을에서 떠났을 때는 8시가 되어갈 무렵이다. 이제 주위는 짙은 어둠에 덮여 있다.

마을을 떠나 산모퉁이를 지났을 때 핫산이 차를 세웠다. 검문소까지 2킬로쯤 남았을 때다.

"검문소를 지나 1킬로쯤 떨어진 길가에 차를 세워놓고 기다리겠습니다."

핫산이 차에서 내리는 지노와 카밀라에게 말했다.

"2시간쯤 걸리겠지요? 그럼 10시에 다시 뵙지요."

그때 지노가 핫산에게 물었다.

"핫산, 그 가게 주인 믿을 만한가요?"

"예, 그 주인도 군 출신으로 저하고 여러 번 만난 사이입니다."

그들은 길가에 서서 이야기를 했다.

"그런데 우리들에 대해서는 묻지 않더군. 시선도 주지 않았어."

"그런가요?"

핫산이 어깨를 부풀렸다가 내렸다.

"어쨌든 그놈이 신고를 한다고 해도 내가 잡힐 겁니다."

핫산이 어둠 속에서 번쩍이는 눈으로 지노를 보았다.

"제가 기다리는 곳에 접근할 때 조심하세요. 그리고 제가 2시간 후에도 보이지 않으면 그냥 가십시오."

지노가 고개를 끄덕였다.

"알겠소, 핫산."

다시 둘이 되어서 지노는 카밀라와 함께 길을 벗어났다.

지노는 배낭을 메었고 카밀라는 차도르를 벗고 점퍼에 바지 차림이다.

길 좌우는 낮은 구릉이다. 구릉 사이로 길을 뚫은 것이다. 우선 구릉을 올라 길과 1백 미터쯤의 간격을 두고 나서 둘은 남진했다.

길도 없는 바위투성이의 구릉 위인 데다 별빛도 보이지 않는 짙은 밤이다.

앞장선 지노의 뒤를 따르면서 카밀라가 말했다.

"핫산 덕분에 100킬로는 남하했어요. 검문소를 세 개나 지났고요."

가쁜 숨을 뱉으면서 카밀라가 말을 이었다.

"이제 이곳만 지나면 30킬로는 더 나가는 셈이네."

지노는 대답하지 않았다. 배낭에서 꺼낸 AK-47을 조립해서 한 손에 쥐고 있었기 때문에 카밀라가 손을 뻗어 지노의 배낭을 잡고 걷는다.

아래쪽의 길이 보였다가 안 보였다가 한다. 길에 차량이 다니지 않았지만 흰 흔적은 보인다.

핫산은 벌써 지나갔는가?

검문소와의 거리가 2킬로 정도라고 했으니 여기서는 짐작으로 건너는 수밖에 없다.

오른쪽은 요르단 국경 쪽이다. 직진으로 남하해야 사우디 서북방, 네푸드 사막이 나올 것이다.

1킬로쯤 전진했던 지노가 발을 멈추고는 카밀라를 보았다.

"이제 도로로 접근합시다."

카밀라가 고개를 끄덕였다.

주위는 조용하다. 고지대였지만 차량 소음도 들리지 않는다.

이렇게 네 번째 검문소를 피한다.

"어디 가는 거야?"

민병대원이 소리쳐 묻자 핫산이 창밖으로 고개를 내밀고 대답했다.

"카르사."

카르사는 이곳에서 25킬로 떨어진 마을이다. 차 주위로 민병대원 세 명이 더 몰려와 둘러섰다.

"어디서 온 건데?"

"바르샤 위쪽 가르다나 마을."

"멀리서 왔는데."

민병대원이 손을 내밀었다.

"신분증."

수염투성이의 민병대원이 신분증을 받더니 플래시로 비춰보았다.

주위에 둘러선 민병대원들이 옆쪽 차 문을 열고 안을 뒤지고 있다.

"트렁크 열어 봐!"

사내 하나가 소리쳤기 때문에 핫산이 버튼을 눌러 트렁크를 열었다. 그때 신분증을 훑어보던 민병대원이 말했다.

"차를 옆으로 빼고 내려."

"왜?"

"수색해야겠어."

"알았어."

고개를 끄덕인 핫산이 차를 발진시켰다. 차를 5미터쯤 전진시키고 나서 길가에 주차했다.

핫산이 차에서 내리자 신분증을 쥐고 있던 사내가 손짓을 했다.

"이쪽으로 와."

여유 있는 표정이다.

다가간 핫산이 앞에 섰을 때다. 민병대 둘이 핫산의 몸을 뒤지기 시작했다. 사내 하나가 핫산의 손을 올렸기 때문에 손을 들고 서 있어야 했다.

핫산의 주머니에서 내용물이 쏟아졌다. 주머니에서는 달러가 나오지 않았다. 모두 집에 두고 왔기 때문이다.

국경까지 데려다주는 대금은 아직 받지 않았다. 그때 내용물을 살피던 지휘관 격 사내가 핫산을 보았다.

"차에 남녀를 싣고 있다던데, 어떻게 된 거야?"

그 순간 핫산이 숨을 들이켰다. 식당 주인이 밀고했다.

"모르는 사람들인데 도중에 내려주었어."

"도중에 내려줘?"

"왼쪽 골짜기 안의 마을에 사는 사람들 같아."

"거짓말 아냐?"

"내가 왜 거짓말을 해?"

이맛살을 찌푸린 핫산이 지휘관을 노려보았다.

"내가 무슨 잘못이 있다는 거야?"

핫산은 이곳까지 위쪽의 수색 지시가 내려오지 않았다는 것을 알 수 있었다.

카밀라와 지노를 찾는 것은 아르카디 용병단이다. 이곳 민병대는 미군의 용역을 받는 잡군인 것이다.

지휘관이 땅바닥에 흩어진 핫산의 소지품을 내려다보았다. 지갑에는 이라크 화폐로 달러로 환산하면 10불 미만이다. 그때 지휘관이 아직도 들고 있던 핫산의 신분증을 내밀었다.

"4사단 출신이라니, 놀랐어. 나도 4사단 지원대 출신이거든"

신분증은 4사단 예비역 증명서다. 이라크에서는 예비역 신분증이 통용된다.

위쪽에서 내려오는 차량통행이 뚝 끊겨 있었기 때문에 길은 한적하다.

오후 10시 10분.

길가에 주차되어 있던 '현대차' 옆으로 지노가 다가갔다. 지노가 운전석 옆쪽 문을 열자 운전석에 앉아 있던 핫산이 고개를 들었다.

"왔군요."

"별일 없었어요?"

"지갑에 있던 이라크 디나르는 다 빼앗겼어요. 당신이 걱정했던 것처럼 그 식당 놈이 밀고했습니다."

고개를 끄덕인 지노가 밖으로 나와 주위를 둘러보았다.

이곳은 평지다. 사방이 트여 있었기 때문에 미행해 온 사람은 없다. 검문소는 뒤쪽으로 1킬로쯤 거리인 것이다.

지노가 손짓을 하자 길가에서 쪼그리고 앉아 있던 카밀라가 다가왔다.

144

"별일 없어요?"

다가온 카밀라가 물었다. 카밀라한테서 배낭을 받아든 지노가 어깨를 늘어뜨렸다.

5킬로쯤 달리던 핫산이 옆자리에 앉은 지노를 보았다.

"샛길로 갑시다."

"샛길?"

"서쪽으로 들어가는 샛길이 있는데 돌아가지만 검문소는 없습니다."

"갑시다."

지노가 대번에 승낙했다. 곧 우측으로 꺾어지는 샛길이 나왔고 차는 우회전했다.

비포장도로인 데다 보수도 안 해서 시속 30킬로 이상을 달릴 수 없다.

도로는 골짜기를 따라 올라가다가 산기슭을 돌았고 황폐한 구릉으로 이어져 있다. 대여섯 채의 마을을 지났고 안쪽으로 다시 꺾어지는 샛길도 있었지만 핫산은 쉬지 않고 차를 몰았다.

낡은 '현대차'는 끈질긴 엔진음을 내면서 기운차게 달리고 있다. 그렇게 3시간쯤 달렸을 때 핫산이 지노를 돌아보았다.

"저기, 저 능선만 넘으면 사우디요."

핫산이 나무 한 그루 없는 산기슭 밑에 차를 세웠다. 그때 뒷자리에서 잠이 들었던 카밀라도 깨어났다. 지노가 앞에 펼쳐진 능선을 보았다. 아직 짙은 밤이다.

오전 3시 25분.

차 안에서 지도를 편 지노는 이곳이 사우디에서 5킬로쯤 지역이라는 것을 보았다.

"왼쪽으로 가세요."

핫산이 손으로 왼쪽 능선을 가리켰다.

"저쪽은 초소도 없고 경계선도 없습니다. 메마른 황무지가 10킬로쯤 펼쳐졌고 30킬로쯤 가면 사우디의 투라이프가 나오지요."

핫산이 말을 이었다.

"내가 정보부대에 있었기 때문에 국경 지역은 머릿속에 다 입력되어 있습니다."

"고맙소, 핫산."

주머니에서 지폐를 꺼낸 지노가 핫산에게 건네주었다.

"핫산, 1만 불이오."

놀란 핫산이 눈만 크게 떴다. 손도 내밀지 않는다. 그때 지노가 돈뭉치를 핫산의 주머니에 집어넣었다.

"핫산, 열심히 사시오. 고맙소."

"고맙습니다, 핫산 씨."

뒤에 앉아 있던 카밀라가 말했을 때 핫산이 고개를 돌렸다. 금방 눈이 번들거리고 있다.

"부디 무사히 가시기를."

핫산이 떨리는 목소리로 말했다.

"알라의 가호가 있으시기를 빕니다."

지노와 카밀라는 배낭을 들고 차에서 나왔다.

1시간 반을 걸어서 사우디 영내로 들어왔다.

바위투성이의 맨땅이었지만 평지였기에 5킬로를 나아갈 수 있었다.

오전 5시가 되어가고 있다. 마침 구릉 사이의 골짜기가 있었고 작은 개울이 흐르고 있었기 때문에 지노는 개울가로 내려갔다.

"여기서 씻고 날이 밝을 때까지 쉽시다."

지노가 배낭을 내려놓으면서 말했다.

"그동안 내가 주변을 돌아보고 올 테니까요."

하루 만에 250킬로를 남하해서 사우디로 들어왔다.

핫산이라는 이라크군 출신 가게 주인을 만난 덕분이다. 그리고 그가 아직도 후세인에게 충성을 하고 있는 애국자이기 때문일 것이다.

"흔적이 보이지 않습니다."

카터가 말하자 깁슨이 외면했다.

오전 6시 반.

방금 카터는 시리아 남쪽의 요르단 국경에서 돌아온 것이다.

이곳은 시리아 남쪽 수와이다의 본부 상황실이다. 본부는 시내 주택을 사용하는 중이었는데 깁슨의 주위에는 간부들이 둘러서 있다. 카터가 말을 이었다.

"어디 숨어서 움직이지 않거나 이미 요르단으로 넘어갔을 가능성도 있습니다."

"다시 이라크로 들어갔을 가능성은?"

깁슨이 묻자 카터가 고개를 기울였다.

"동쪽으로 움직였다는 보고가 있지만 증거를 찾지는 못했습니다."

동쪽이라면 이라크 쪽이다.

"요르단으로 갔다면 암만은 금방이야."

깁슨이 입술도 달싹이지 않고 말했다.

"암만에서라도 잡아야 돼."

"국경에 배치된 팀은 당분간 놔둬야겠지요?"

"당연하지."

깁슨이 고개를 돌려 벽에 붙은 상황판을 보았다.

시리아, 이라크, 요르단 지도다.

"이 뱀 같은 놈."

깁슨이 지도를 응시하면서 말했다.

"네놈이 숨어있을 수만은 없을 것이다."

그때 상황실로 사내 하나가 들어섰다. 손에 메모지를 들고 있다.

"이라크 5사단 구역에서 민병대 검문소에 신고가 들어왔습니다."

사내가 지휘봉으로 이라크 남서쪽의 한 곳을 짚었다.

"여기 민병대 제21검문소인데 근처 마을의 가게 주인이 승용차에 탄 수상한 남녀 3명이 남하한다고 신고했습니다."

"……."

"남자 둘, 여자 하나인데 민병대가 신고 내역을 5사단에 보고를 한 겁니다."

깁슨의 반응이 없자 사내가 지휘봉을 내리고 말끝을 흐렸다.

"그런데 검문소에서 검문을 했는데 운전사 한 명만 타고 있었다는군요."

그때 깁슨이 고개를 들었다.

카터는 이쪽으로 몸까지 돌렸다.

"내버린 오토바이를 샀습니다."

다가온 지노가 말했기 때문에 카밀라가 눈만 크게 떴다.

오전 10시 반.

카밀라는 3시간쯤 자고 일어나서 얼굴이 상큼하다. 옆쪽 개울에서 손발도 씻고 머리까지 감았기 때문이다.

"오토바이가 있었어요?"

"마을의 외딴집에 버려져 있었는데 내가 150불을 주고 샀어요. 거저 얻은 것이나 같아요."

지노의 얼굴에 웃음이 떠올랐다.

"지금도 고장 난 상태지만 내가 고칠 수 있을 것 같습니다. 자, 갑시다."

지노가 서둘렀다.

골짜기를 2킬로쯤 내려와 모래언덕을 다시 2킬로쯤 횡단했을 때 돌무더기 밑에 세워둔 오토바이가 보였다.

이곳은 건조한 지역으로 자갈투성이의 대지가 펼쳐져 있다. 뜨겁고 건조한 날씨다. 4킬로를 전진했는데 2시간 가깝게 걸렸다. 카밀라가 헐떡였기 때문에 도중에 세 번이나 쉬어야 했다.

"여기서 좀 쉬어요."

지노가 바위 밑의 그늘을 가리키며 말했다. 오토바이로 다가간 카밀라가 굽어보았다. 낡았지만 125시시 형으로 바퀴도 단단하게 붙어 있다.

"아래쪽 가게에 부속이 있으니까 가서 고쳐야겠어."

"고칠 수 있겠어요?"

"부속 몇 개만 갈면 됩니다. 중요한 부품은 그대로 있어요."

지노가 오토바이를 잡으면서 말했다.

"위쪽 베드윈 양치기한테서 샀는데 헛간에 일제 SUV가 있더군요. 이 오토바이는 내버려져 있는 것을 내가 고쳐 쓰겠다고 헐값에 가져온 겁니다."

차도 살 수 있었지만 그런다면 의심을 받을 것이다.

"여기서 또 기다려요?"

카밀라가 묻자 지노가 고개를 끄덕였다.

"당신하고 마을을 내려가면 모두 이상하게 볼 테니까 내가 혼자 이놈을 끌고 가서 수리해 오지요."

지노가 이마의 땀을 닦으면서 말했다.

"그리고 카밀라, 이곳에서는 아무래도 당신이 남장을 해야 할 것 같습니다."

"남장을요?"

"차도르 차림의 당신을 뒤에 싣고 달리는 것이 눈에 띌 것 같아서."

"그러죠."

카밀라가 선선히 동의했다. 티크리트에서도 점퍼 차림으로 숨어 다녔다.

오토바이를 끌고 2킬로쯤 모래투성이의 황무지를 내려갔더니 오아시스 마을이 나왔다. 우물을 중심으로 20여 호의 민가가 널찍하게 벌려진 마을인데 이라크 쪽과는 다른 분위기다.

저택은 흰 페인트를 칠한 사각형 시멘트 건물이고 뒤쪽에는 널찍한 축사가 세워졌다. 축사에는 낙타와 양이 수십 마리씩 사육되고 있다.

지노는 땀을 뻘뻘 흘리면서 끝 쪽의 가게로 다가갔다. 주유소와 의류 가게까지 겸하고 있는 곳이다.

길가에 서너 대의 차량이 주차되어 있었는데 더운 날씨 때문에 오가는 행인은 없다. 지노가 다가가자 가게 안에 있던 사내가 쓴웃음을 짓고 말했다.

"함마드 오토바이를 샀다면서?"

"그래. 고치려고 왔어."

오토바이를 가게 안에 들여놓자 사내가 지노를 훑어보았다.

"이라크에서 넘어온 거야?"

"많이 넘어오나?"

지노가 되묻자 사내는 고개를 끄덕였다.

"하루에도 대여섯 명."

"그렇군."

"그런데 고장 난 오토바이를 산 사람은 당신이 처음이야."

"내가 기술자여서."

"그럼 이거 어디가 고장인지 알아?"

그제야 사내가 오토바이에 시선을 주었다. 지노가 보기에 사내는 이집트인으로 가게 고용인이다. 지노가 오토바이 엔진을 가리키며 말했다.

"퓨즈가 두 개 나갔어. 여기 부속 하나만 끼우면 돼."

오토바이는 지노의 취미다. 입대 전부터 오토바이를 탔다.

다시 잠이 들었던 카밀라는 엔진 소음 때문에 놀라 눈을 떴다.

고개를 든 카밀라는 모퉁이를 돌아오는 오토바이를 보았다. 지노는 헬멧까지 쓰고 있었는데 앞에 멈춰 서더니 카밀라에게 말했다.

"자, 갑시다. 기름도 가득 넣었으니까 2백 킬로는 달릴 수 있겠어."

뒤에는 카밀라의 헬멧도 실려 있다.

제대로 고친 오토바이는 잘 뚫린 국도를 맹렬하게 달렸다.

곧 국경에서 80킬로 거리인 투라이프까지 1시간 만에 도착했는데 그곳에서 지노와 카밀라는 변신을 했다.

오토바이를 버리고 베드윈족 차림도 벗어 던진 후에 눈처럼 흰 쑵과 자수가 놓인 터번, 잘 닦인 구두까지 산 것이다.

여관에 들어가서 말끔하게 씻고 머리까지 다듬었는데 전혀 다른 사람이 되었다. 그동안 카밀라도 실크로 만든 차도르를 샀고 여행용 명품 가방까지 갖췄다.

그날 오후, 네푸드 사막을 횡단하는 버스를 타고 알자라미드를 거쳐 사막의

도시 알자우프에 도착했을 때는 다음 날 오전 7시다. 사막용 버스는 낮에 뜨겁기 때문에 밤에 운행한다.

알자우프는 국경에서 300킬로나 떨어진 사우디 내륙도시다.

"여기서 낮에 쉬고 밤에 타보크로 떠납시다."

지노가 알자우프의 여관에서 말했다. 둘은 부부 행세로 한방을 쓴다.

"타보크에서 다시 홍해의 두바로 가는 겁니다."

이곳, 알자우프에서 타보크까지는 300킬로, 타보크에서 두바는 150킬로 정도다.

카밀라가 지노를 보았다.

"지노, 피곤해요."

"낮에 푹 쉬어요. 맛있는 걸 먹고."

카밀라가 고개만 끄덕이더니 차도르를 벗었다. 그 순간 지노가 숨을 들이켰다.

차도르는 남편 앞에서만 벗는 것이다. 지금까지 20일 가깝게 함께 지냈지만, 카밀라가 앞에서 옷을 벗지는 않았다.

하지만 이곳은 방 안이다. 알자우프에서 가장 깨끗한 여관이지만 방 2개짜리 특실은 없다. 그렇다고 화장실에서 벗을 수는 없지 않겠는가?

차도르를 벗은 카밀라는 엷은 아랍식 바지저고리를 입었다. 지노의 표정을 본 카밀라가 정색하고 말했다.

"지노, 난 이미 당신한테 몸을 준 것과 같아요. 그러니까 어색할 것 없어요."

쓴웃음을 지은 지노가 고개만 끄덕였고 카밀라가 말을 이었다.

"난 언제라도 당신을 받아들일 준비가 되어 있어요, 지노."

카밀라가 시선을 주고 있었기 때문에 지노의 얼굴도 굳어졌다. 이윽고 지노가 엷은 바지저고리 차림의 카밀라를 훑어보았다.

152

"카밀라, 피곤하다고 했는데 먼저 쉬어요."

그러고 나서 덧붙였다.

"당신 같은 여자를 싫어할 남자는 없을 겁니다, 카밀라."

지노가 몸을 돌렸을 때 카밀라가 등에 대고 말했다.

"당신의 생각을 말해요, 지노."

그러나 지노는 잠자코 밖으로 나왔다.

"사우디로 넘어가는 이라크군 수배자나 주민이 하루에 수백 명입니다."

사우디 국경과 가장 가까운 초소에서 초소장이 보고했다. 카터는 듣기만 했고 초소장이 말을 이었다.

"이미 수만 명이 넘어가서 사우디에 퍼져 있습니다."

고개를 든 카터가 앞쪽 국경선을 보았다. 철도망도, 표시도 없는 국경선이다. 그때 옆으로 젠슨이 다가왔다.

"부관님, 신고자가 지노와 카밀라를 확인했습니다."

다급하게 말한 젠슨이 번들거리는 눈으로 카터를 보았다. 21검문소에 신고한 식당 주인에게 카밀라와 지노의 사진을 보여준 것이다.

"지노를 싣고 간 놈하고는 안면만 있을 뿐이라고 했습니다. 차는 '현대'차 맞습니다. 흰색입니다."

그러나 21검문소에는 지노와 카밀라가 나타나지 않았다. 그리고 그 아래쪽 검문소는 현대차가 통과하지 않은 것이다.

이라크에는 현대차가 많다. 그중에도 승용차는 흰색이 가장 많다. 몸을 돌린 카터가 헬리콥터 쪽으로 다가가며 말했다.

"사우디로 팀원을 보내야겠다."

카터의 목소리는 늘어져 있다.

"누구요?"

프랭크 이스트우드가 소리치듯 물었을 때 수화기에서 잡음이 울리더니 사내의 목소리가 울렸다.

"뉴욕타임스 편집국장이시죠?"

"모르고 전화한 거요?"

오전 6시.

프랭크는 아직 침대에서 일어나지 않았다. 어젯밤의 숙취로 머리가 지끈거리고 있었기 때문에 신경질을 내었다. 그때 사내가 말했다.

"지금 술 처먹고 술이 덜 깼으면 전화 끊지."

"뭐라고? 너 누구야?"

프랭크가 버럭 소리쳤을 때 사내가 말했다.

"나, 지노다. 후세인 대통령의 테이프를 갖고 아르카디 용병단 놈들한테 쫓기는 중이지."

순간 숨을 들이켠 프랭크가 벌떡 일어나 앉았다. 순식간에 술이 깼고 머릿속이 텅 비워졌다.

"지, 지노."

"술 깼나?"

"술 안 마셨어. 지금 어디야?"

"도망 중이야. 그걸 말할 수는 없지. 도청당할 수도 있으니까 집으로 연락한 거야."

"어, 어떻게……."

"그건 아는 수가 있고. 내가 다시 연락할 테니까 닉 윌링을 준비시켜."

"알았어. 언제 연락할 건데?"

"곧."

154

그러고는 통화가 끊겼기 때문에 프랭크는 길게 숨을 뱉었다.

대박이다, 잘 되면.

"카밀라, 괜찮아요?"

지노가 묻자 카밀라가 고개만 끄덕였다.

여관방 안. 오후 4시 20분.

카밀라는 점심을 절반쯤 먹고 다시 침대에 누워 있다가 일어났다. 오후 6시 출발의 사막 횡단 버스를 타야만 한다.

다가선 지노가 카밀라를 내려다보았다. 카밀라가 침대에 걸터앉은 채 입을 열었다.

"조금 피곤해서 그래요."

그때 지노가 카밀라의 이마에 손바닥을 붙였다가 떼었다. 지노의 얼굴이 찌푸려졌다.

"뜨거운데. 병원에 가보는 게 낫겠어요."

"아니, 과로해서 그래요."

"일단 병원에 갑시다."

지노가 카밀라의 팔을 잡아 일으켰다.

"아니, 버스를 타겠어요."

카밀라가 고개를 저었다.

"타보크까지는 참을 수 있어요. 타보크에서 병원에 가요."

"티무르, 503호실 부부가 체크아웃했다고?"

마크마가 묻자 티무르는 고개를 끄덕였다.

오후 5시 반.

알자우프의 보안군 상사 마크마가 여관 로비에 서 있다.

"그래. 가방 들고 나갔어."

'데푸드 여관' 지배인 티무르가 짜증난 표정으로 대답하자 마크마가 다시 물었다.

"어디로 간 거야?"

"그걸 내가 아나?"

"사우디 국적 맞아?"

"맞는 것 같아."

티무르가 말을 이었다.

"하르밧 부족이야. 여자가 말했어."

하르밧 부족은 사우디 서북쪽 산악지대에 사는 유랑민족이다. 팔레스타인 계통의 혼혈계통으로 호전적인 부족이어서 시아파, 수니파를 막론하고 기피 대상이다.

하르밧 부족이란 말에 마크마가 주춤했다.

"젠장. 하르밧 놈들이 여긴 왜."

"장식품 사러 온 것 같아. 여자가 장신구 가게를 물었어."

티무르가 눈을 가늘게 떴는데 초점이 흐려져 있다.

"내가 그렇게 아름다운 여자는 처음 보았어. 남자는 거의 말을 안 했고 귀족 같았어."

"이 영감이 마침내 더위를 먹었군."

입맛을 다신 마크마가 몸을 돌렸다.

이곳은 사우디 내륙지방이다. 국경에서 3백여 킬로 거리다.

이라크 전쟁 이후로 사우디 국경 지역 검문검색이 심했으나 지금은 느슨해진 상태다. 내륙지역 사막도시인 알자우프의 검문은 의례적일 수밖에 없다.

버스가 출발했을 때는 오후 6시 10분이다. 10분 늦었다.

버스는 밤에 사막을 달려 3시간 만인 오후 9시에 타보크에 도착할 것이었다. 밤 버스는 좌석을 침대식으로 길게 눕힐 수 있다.

버스가 사막으로 들어섰을 때 지노가 고개를 돌려 옆에 앉은 카밀라를 보았다.

"카밀라, 괜찮습니까?"

카밀라가 고개만 끄덕였을 때 지노가 위로했다.

"긴장이 풀려서 그래요. 타보크에 도착하는 대로 병원에 갑시다."

"고마워요."

입술만 달싹이며 말한 카밀라가 눈을 감았다. 그러더니 갑자기 손을 뻗어 지노의 손을 쥐었다. 지노가 카밀라를 보았지만, 카밀라는 눈을 뜨지 않았다.

카밀라의 손은 따뜻했다. 그리고 부드러웠다.

"사우디로 들어갔어."

깁슨이 쓴웃음을 짓고 말했다.

오후 10시.

지금 깁슨은 이라크 남쪽 국경도시 아르루트바에 와 있다. 이곳이 미군 제18연대 지휘부가 위치한 도시다. 남서쪽 국경을 담당한 부대다.

"사우디는 넓지만 인구가 적어서 금방 드러날 수 있는 곳이야."

막사 안에 둘러선 간부들의 표정은 어둡다. 지금까지 허탕만 쳤기 때문이다.

시리아 영내까지 진입해서 요르단 국경을 막는 소동까지 벌였다. 지금도 3개 팀은 요르단 영내로 들어가 있다. 그때 깁슨이 말을 이었다.

"지금부터 소수 정예로 추적한다. 조를 개편해서 각 지역으로 분산시킬 것이다."

시간이 지날수록 다급해지는 상황이다.

깁슨의 옆에 선 사내는 팔짱을 낀 채 입을 열지 않았다. 국무부 관리다.

국무부 차관 리차드 해리슨이 보낸 특사다.

타보크에 도착했을 때는 오후 9시 반이다.

버스에서 내린 지노가 가방을 든 채로 택시에 카밀라를 태우고 병원으로 달렸다. 카밀라의 몸이 불덩이처럼 뜨거웠기 때문이다.

타보크는 큰 도시다. 응급실로 데려갔을 때 카밀라를 진단한 의사가 지노에게 말했다.

"말라리아요, 입원해야 됩니다."

"그럼, 지금 당장."

다급해진 지노가 의사를 보았다.

"도와주십시오, 닥터."

카밀라는 눈을 크게 뜬 채로 지노를 응시하고 있다. 열기 띤 두 눈이 흐려져 있다.

'타보크 종합병원'이다. 현대적 시설에 규모가 컸고 의사의 수준도 높다.

그러나 신원조사가 철저했기 때문에 지노는 자신의 여권을 제시하지 않았다. 카밀라는 출발할 때 요르단 여권을 소지하고 있었는데 물론 정품이다. 이라크가 망하기 전에 보유했던 여권으로 이름은 가명을 썼다.

아니샤 카시미. 카밀라의 요르단 여권 이름이다. 아니샤 이름으로 카밀라를 입원시킨 후에 지노는 병실에서 위태위태한 하룻밤을 보냈다.

오전 10시.

링거를 팔에 꽂은 채 잠에서 깨어난 카밀라가 침대 옆에 앉아 있는 지노를 보더니 입술 끝을 올리며 미소를 지었다.

158

눈이 맑아졌고 웃음이 밝다. 그러나 아직 얼굴은 상기되어 있다.

"지노, 미안해요."

"조금 전에 의사가 다녀갔는데 나아진다고 했어요."

지노가 카밀라를 내려다보았다.

"점심때쯤은 일어날 수 있답니다."

"몸이 조금 가벼워진 것 같아요."

"다행이오."

1인실이어서 방 안에는 둘뿐이다. 카밀라가 손을 뻗어 지노의 손을 쥐었다. 이제는 손을 잡는 것이 자연스럽다.

"지노, 여기서 잤어요?"

"아니, 호텔에 가방을 놓고 온 거요."

"언제?"

"조금 전에."

사실은 어젯밤 12시경부터 지금까지 꼬박 이곳에서 밤을 새운 것이다. 지노가 말을 이었다.

"카밀라, 당신 이름이 놈들한테 파악되었는지 아직 확신할 수 없어요. 조심해야 됩니다."

"여기서 나가요, 지노."

카밀라가 잡힌 손을 흔들면서 말했다.

"내가 조금 열이 내렸어요, 지노. 오한이 있을 뿐이에요."

"안 됩니다."

지노가 카밀라의 손을 힘주어 잡았다.

"의사가 3일은 더 있어야 된다고 했어요, 카밀라."

몸을 일으킨 지노가 말을 이었다.

"카밀라, 나 잠깐 나갔다 오겠습니다. 몇 시간 걸릴 겁니다."

알자우프 보안군 대장 구르칸 소령이 앞에 선 조장들을 보았다.

"지금 나눠준 사진의 남녀를 찾아라. 투라이프를 거친 건 확인되었으니까 여기에 왔을 가능성이 있어."

조장들이 손에 쥔 사진을 보았다. 바로 지노와 카밀라의 사진이다.

"자, 서둘러!"

구르칸이 소리치자 모두 몸을 돌렸다. 조장들이 상황실을 나갔을 때 카터가 구르칸에게 물었다.

"대장, 여기서 사막을 빠져나가려면 보통 어디로 갑니까?"

"타보크나 타이마, 하일입니다."

구르칸이 바로 대답했다.

"매일 밤 그곳으로 떠나는 버스가 있습니다. 모두 3시간 거리지요."

"그렇군."

카터가 고개를 끄덕였다.

오전 11시 반.

알자우프에 도착한 카터는 6개 팀을 이끌고 있다.

"맞아, 이 여자야. 이 남자도 맞고."

티무르가 고개를 끄덕이며 사진을 보았다. '데푸드 여관'의 로비에서 보안군 상사 마크마와 지배인 티무르가 서 있다. 티무르가 말을 이었다.

"하르밧 부족의 여자가 맞아."

"젠장. 둘이 어디로 갔다고?"

"그걸 내가 어떻게 알아?"

마크마가 말이 끝나기도 전에 몸을 돌렸다.

"어제 오후에 이곳을 떠났군."
마크마의 보고를 들은 카터가 번들거리는 눈으로 팀장들을 보았다.
"하루 차이다. 쫓아라!"
카터가 벽에 붙은 사우디 지도로 다가가 지휘봉으로 3곳을 짚었다.
타보크, 타이마, 하일이다.
"3개 팀씩 나눠서 출발이다."
현재 카터는 6개 팀을 지휘하고 있다.
팀장들이 흩어지자 카터가 바로 깁슨에게 연락한다. 깁슨은 지금도 요르단의
국경 지대에서 머물고 있다. 지노가 요르단으로 갈 줄 믿고 있기 때문이다. 깁슨
이 바로 전화를 받는다.
"본부장님, 지노가 알자우프를 통과했습니다. 그것이 어제 오후입니다."
"갓댐."
깁슨이 버럭 소리쳤다.
"교활한 놈. 이라크로 돌아가 사우디로 들어간 것이 맞았어."
"알자우프에서 빠져나갈 도시는 타보크, 타이마, 하일, 이 3곳이 유력합니다.
3곳으로 각각 2개 팀을 보냈습니다."
"나도 그곳으로 가지."
깁슨이 바로 결정했다.
"2시간 안에 도착하겠다."

오후 2시 반.
뜨거운 햇살이 마치 폭탄처럼 떨어지는 것 같다.

침대에 누워 창밖을 바라보던 카밀라가 노크 소리에 고개를 들었다. 지노가 들어서고 있다.

"지노."

카밀라가 상반신을 일으켰다. 아직도 팔에 링거를 꽂고 있어서 조심스럽다. 그때 다가선 지노가 말했다.

"카밀라, 옷 갈아입고 나갑시다."

"그래요."

카밀라의 눈이 반짝였다.

"도망치는 거죠?"

"입원비를 선금으로 냈으니까 돈 안 내고 도망가는 건 아닙니다."

지노가 들고 온 옷 가방을 내려놓았다.

"옷 갈아입으세요, 카밀라, 나가서 기다릴 테니까."

"여기 있어요, 지노. 몸만 돌리면 되지 않아요?"

팔에서 링거를 뽑으면서 카밀라가 일어나 가방을 열었다.

"여기서 다시 버스를 타나요?"

"아니, 이번에는 승용차로. 현금을 주고 신형 벤츠를 빌렸습니다."

몸을 돌린 지노가 창밖을 향한 채 말을 잇는다.

"2, 3일 더 병원에 머물러야겠지만 이곳은 사방이 사막이라 피할 곳이 없어요."

그렇다. 은신처가 없다. 그래서 정면 대결을 해야 한다.

"그놈이 사우디에 머물 리는 없어. 여기까지 왔다면 어디로 가겠나?"

알자우프의 보안군 막사에서 깁슨이 카터를 노려보았다. 카터가 시선만 주었고 깁슨이 말을 이었다.

162

"요르단으로 되돌아갈 것 같으면 여기까지 안 왔다, 카터."

"그럼 이집트겠군요."

"그렇다. 카이로야."

깁슨이 얼굴을 일그러뜨리며 웃었다.

"인구 1,500만이 되는 카이로에 숨으면 모래밭에 들어간 모래가 된다."

"홍해를 건너야 합니다."

"지금쯤 홍해를 향해 달리고 있을 거다."

"가까운 항구가 두바입니다."

"그곳에 팀을 보내."

깁슨이 탁자 위에 펼친 지도에 손가락을 짚었다.

"이곳, 와지에도."

홍해 바닷가 쪽 사우디의 두 도시다. 고개를 든 깁슨이 카터를 보았다.

"놈은 비행기를 못 타. 그러니 우리가 먼저 가서 항구를 막아야 돼."

두바로 향하는 승용차 안.

뒷자리에 비스듬히 누운 카밀라가 천장을 바라보고 있다. 편안한 표정. 긴팔 셔츠에 면바지를 입었고 신발도 벗은 채다.

벤츠는 사막과 황무지가 드문드문 이어지는 고속도로를 시속 150킬로 속도로 질주하는 중이다.

오후 4시 10분.

이제 두바가 20킬로 거리로 다가왔다. 그때 카밀라가 고개를 돌려 운전석에 앉은 지노에게 물었다.

"놈들이 우리 행로를 알고 있을까요?"

"알고 있을 겁니다."

지노가 백미러를 보았지만 카밀라는 보이지 않았다. 지노가 말을 이었다.

"시간 싸움이지. 놈들이 가로막기 전에 움직여야 돼요."

"……."

"두바에서 우리를 기다리고 있을지도 모르지."

차 안은 시원하고 소음도 없다. 고속도로에는 오가는 차량이 드물었기 때문에 차는 더 속력을 내었다.

오후 5시 반.

두바의 선착장 안. 난간에 기대선 우든이 패트릭에게 말했다.

"이 정도면 됐어. 배도 파악했고 감시선을 항구 앞에 띄워놓으면 나갈 수 없어."

그때 선착장으로 150톤급 쾌속 감시선이 다가왔다. 사우디 연안 감시정이다.

곧 감시선이 선착장에 옆구리를 붙이더니 장교들이 내렸다. 선장이 앞장서서 이쪽으로 다가온다. 그때 우든의 뒤쪽에 있던 팀원들도 다가왔다.

"우든 씨입니까?"

대위 계급장을 붙인 선장이 우든에게 물었다.

"그렇습니다."

우든이 손을 내밀어 악수를 청했다.

"선장, 잘 부탁합니다."

"사령부에서 연락받았습니다."

선장의 시선이 뒤쪽 팀원들에게 옮겨졌다. 우든의 팀은 우든 포함 10명. 모두 중무장을 한 데다 미군 군복 차림이다.

"모두 10명이오."

우든이 말하자 선장이 고개를 끄덕였다.

"탑승하시지요."

이제 우든의 팀은 사우디 쾌속 감시정을 타고 두바항 밖에서 출항하는 배를 수색할 것이다. 이것은 깁슨의 부탁을 받은 국무부 관리 마크 커튼이 사우디 정부에 요청했기 때문이다. 깁슨이 부탁한 지 30분도 안 걸렸다.

우든이 감시선에 탑승했다는 보고를 받은 깁슨이 옆에 선 로빈에게 지시했다.

"나머지 팀은 선착장과 앞쪽 도로에서 대기하도록."

"예, 본부장님."

이곳은 두바 선착장 위쪽의 여관방 안. 방 안에는 간부요원 서너 명이 모여 있다. 두바에 도착한 지 한 시간 반밖에 안 되었지만, 순식간에 그물을 쳐 놓았다.

그리고 아래쪽 항구도시 와지에는 카터와 3개 팀을 보냈고 그 아래쪽의 얀부 알바르에도 1개 팀을 보냈다.

막강한 기동력과 배경을 이용한 국가적인 작전이다.

오후 6시 10분.

차에서 내린 지노에게 케빈이 다가왔다.

"지노, 고생이 많구나."

지노가 잠자코 팔을 벌려 케빈의 어깨를 감싸 안았다. 케빈도 지노를 안는다. 그때 차 뒷문이 열리더니 카밀라가 나왔다.

"오, 동행이시군."

카밀라와 시선을 마주친 케빈이 눈인사를 했다.

이곳은 격납고다. 커다란 창고형 격납고 안에는 쌍발 프로펠러 비행기 1대가

165

세워져 있었는데 창문이 3개짜리 5인승이다.

비행기로 다가간 지노가 둘러보고 나서 감탄했다.

"갓댐. 오랜만에 보는 쌍발기로군."

"시속 650킬로지. 시간당 2만 불이야, 지노."

"10시간 요금을 주지."

"그렇다면 파리까지 갈 수 있어, 지노."

"좋아. 그럼 출발해, 케빈."

"오케. 정비하는 데 1시간만 기다려."

케빈이 카밀라의 가방을 대신 들면서 먼저 비행기에 올랐다. 뒤를 따라 비행기에 오른 지노의 얼굴에 웃음이 떠올랐다.

좌석 5개와 소파까지 배치된 관광용 비행기다. 조종실에서 계기판을 점검하던 사내가 지노를 보더니 손을 들어 인사를 했다.

"부기장 무싼이야."

케빈이 소개하더니 조종실로 들어갔다.

의자에 앉은 카밀라가 길게 숨을 뱉었을 때 지노가 손목시계를 보았다.

이곳은 두바 서쪽 20킬로 지점의 폐비행장 안이다. 2차 대전 때 만든 비행장 건물은 다 해체되었고 격납고 하나만 남아 있었는데 주위에는 민가도 없다.

활주로에 잡초만 무성한 곳에 케빈이 비행기를 몰고 날아온 것이다.

케빈은 레인저 출신으로 현역 시절에 지노와 함께 작전을 여러 번 치른 적이 있다. 지금은 카이로에서 여행기 한 대를 갖고 관광 사업을 하는 중이다.

의자를 눕히고 몸을 눕힌 지노가 혼잣소리처럼 말했다.

"지금쯤 아르카디가 항구를 장악하고 있는지 모르겠다."

카밀라는 눈을 감은 채 대답하지 않았다.

이제 카밀라는 두말없이 지노가 이끄는 대로 따르고 있다.

166

4장 용병과 공주

오전 11시 40분.

전화기를 든 뉴욕타임스 편집국 부국장 에디 머피가 응답했다.

"아, 리차드, 무슨 일이오?"

"에디, 요즘 어때요? 바쁘지요?"

부드럽게 물은 사내는 국무부 차관 리차드 해리슨. 국무부의 실세다.

상반신을 일으킨 에디가 눈썹을 모았다.

"나야 항상 바쁘지."

"요즘은 아프간 뉴스가 줄어든 것 같은데."

"글쎄, 그런 곳에서 뉴스가 줄어든 것이 나라에 좋은 일이지."

"저녁 식사나 같이 합시다, 에디."

"무슨 일이 있는 모양이군."

"맨해튼의 '그린'바가 어때요? 오늘 저녁 8시에."

"좋지. 그 비싼 곳에 간다면 일이 없어도 가야지."

"그럼 거기서 봅시다."

통화가 끝났을 때 에디가 인터폰을 눌렀다. 그러자 곧 샌디의 목소리가 울렸다.

"네, 편집국장실입니다."

"계셔?"

"아뇨, 지금 골프 치러 가셨는데요."

"참, 그렇군. 오늘 영감하고 골프 약속이 있지."

사주인 모리스 불룸버그와 골프 약속이 있는 것이다. 전화기를 내려놓은 에디의 눈동자가 흐려졌다.

생각할 때의 버릇이다.

오후 7시 40분.

잡초에 덮인 활주로를 박차고 날아오른 비행기가 홍해를 향해 날아간다. 불도 켜있지 않은 활주로였지만 케빈은 거침없이 비행기를 이륙시킨 것이다.

케빈은 일단 서쪽으로 기수를 틀었는데 지노가 부탁했기 때문이다. 홍해를 따라 남하한 비행기는 이집트 룩소르를 거쳤다가 마르세유로 날아갈 계획이다.

비행기가 홍해 상공을 날고 있을 때 카밀라가 지노에게 말했다.

"지노, 부탁이 있어요."

지노는 시선만 주었고 카밀라가 말을 이었다.

"당신 등에 업혀 오면서부터 생각했던 일인데요."

옆자리에 앉은 카밀라의 두 눈이 반짝였다. 카밀라가 지노를 똑바로 보았다.

"무리한 부탁인데요."

"뭡니까?"

"제 아버지를 구해주세요."

"지금도 그렇게 하고 있지 않습니까?"

"우리가 파리에서 이걸 넘겨도 이라크는 다시 일어날 수 없어요."

"……."

"지노."

카밀라가 이름을 부르더니 지노의 손을 잡았다.

168

섬세한 손가락, 말랑한 촉감, 따뜻한 기운. 이제는 카밀라의 감촉이 익숙하다. 손잡는 것도 익숙해져서 지노는 손을 잡힌 채 놔두었다. 카밀라가 지노의 손을 힘주어 잡았다.

비행기가 조금 흔들리면서 엔진음이 크게 울렸다.

"지노."

"말해요, 카밀라."

"파리에서 테이프를 언론매체에 넘긴 후에 아버지를 구해주세요."

놀란 지노가 눈썹을 모으고는 카밀라를 보았다.

이제는 엔진음도 들리지 않는다. 그러나 비행기가 다시 출렁거렸다. 위아래로, 좌우로. 그러나 둘은 서로의 눈을 응시한 채 손을 마주 잡고 있다. 그때 카밀라가 말을 이었다.

"아버지를 이라크에서 **빼내주세요.**"

"……."

"파리에서 용병을 모을 수도 있지 않을까요? 자금은 얼마든지 있어요."

"……."

"억울해요. 미국의 음모에 그대로 당해서 이라크가 멸망할 수만은 없어요. 아버지는 살아서 나와야 돼요."

"갓댐."

마침내 지노가 낮게 욕설을 뱉었다. 그것으로 미흡했기 때문에 한마디 덧붙였다.

"지저스 크라이스트."

"지노."

"카밀라, 손 좀 놓아요."

지노가 손을 **빼내면서** 말했지만 다시 잡혔다.

"지노."

"갓댐."

"티크리트에 2호가 있어요."

지노가 손을 잡힌 채 카밀라를 보았다. 카밀라의 목소리에 열기가 띠어졌다.

"2호를 놔두고 아버지를 빼내는 거예요. 그러고는 아버지 얼굴을 성형한 후에 다른 사람으로 사는 겁니다."

"……."

"지노, 지노처럼 유능한 용병을 고용해서 아버지를 구해주세요."

"……."

"파리에서 테이프를 넘긴 후에 바로 시작해 주세요."

"카밀라."

지노가 정색하고 카밀라를 보았다.

"지쳤어요, 나는. 그리고."

이번에는 지노가 손을 거칠게 빼내었다.

"지금 이 일도 어떻게 될지 모릅니다. 이 일부터 끝내고 봅시다."

카밀라는 이제 입을 열지 않았다. 지노는 외면했다.

정직하게 말한다면 의욕이 일어나지 않는다고 해야 할 것이다. 그러나 카밀라의 간절한 표정 앞에서 입이 떨어지지 않았다.

사우디 젯다 서북쪽에 미 공군 제214부대가 있다.

사막에 세워진 기지에는 정찰위성 2개를 사용하고 있었는데 중동지역 전역이 위성의 영향권 안이다.

오후 8시 40분.

정찰위성 상황실 담당 모린 중위는 홍해를 서진(西進)하는 비행체를 보았다.

시속 645킬로, 발진지는 사우디 중부다. 민항기. 현재 홍해에는 14기의 민항기가 떠있다.

모린이 상황표를 보았다. 예정된 스케줄상의 비행체는 14기 중 7기. 나머지는 민항기다. 이것은 민항기 스케줄로 확인해야 된다.

컴퓨터를 두드렸더니 '비행체 보고'가 떠 있지 않았다. '비행체 보고'란 스케줄에 없는 비행체를 체크, 보고하는 것이다.

모린은 비행체에서 시선을 떼었다. 사우디에는 거부(巨富), 왕족들이 타고 다니는 수백 대의 전용기가 있다.

그중 하나겠지.

맨해튼의 '그린'바 안.

리차드 해리슨과 에디 머피가 구석 쪽 소파에 나란히 앉아 있다. 앞쪽 탁자에 위스키 한 병이 놓여 있는 것은 종업원이 오가는 것을 성가시게 여긴다는 표시다.

바 안은 어둑하고 조용하다. 양탄자가 깔린 넓은 홀 안은 군데군데 장식품, 조각상이 세워져서 잘 은폐되었다. 이곳은 콜걸도 오지 않는 고급 사교장이다. 음악이 들릴 듯 말 듯 울리고 있었는데 딴 데서 나는 소리 같다.

술잔을 든 리차드가 고개를 돌려 에디를 보았다.

"에디, 테이프 가지고 있지?"

"무슨 말이야?"

놀랐지만 에디가 리차드의 시선을 맞받았다.

둘은 알고 지낸 지 10년이 넘는다. 리차드가 지금은 차관으로 국무부 실세지만 국장보로 빌빌거렸을 때부터 만난 사이다.

리차드가 한 모금 술을 삼키더니 말했다.

"다 알고 있어. 지노 장이라는 놈의 연락을 기다리고 있다는 것을 말야."

"또 워터게이트 사건이 일어나겠군."

"이번은 그때와 달라, 에디."

"그래서 어쩌자는 거야?"

"에디, 지금 후세인의 육성 증언이 국익에 도움이 되리라고 생각하나?"

리차드가 되묻자 에디가 쓴웃음을 지었다. 술잔을 든 에디가 리차드를 보았다.

"그건 법이 판단해 줄 거야. 다 알면서 딴소리 말라고."

"여론을 선동해서 국론을 분열시키는 상황이 될 거야."

"그것도 법의 테두리 안이야."

에디가 말을 이었다.

"우리는 진실을 밝힐 책임이 있어. 특종만을 원하는 게 아니라고."

그때 리차드가 에디의 잔에 술을 따르면서 웃었다.

"자, 에디, 본론으로 들어가자고."

리차드가 시선을 떼지 않은 채 목소리를 낮췄다.

"내가 그 사건의 주역이야. 이미 미국은 대통령의 주도하에 수백억 불의 전비를 썼고 수만 명의 병력을 동원했어. 그리고 이라크는 이미 멸망했네. 이건 현실이야, 역사라고. 역사는 되돌릴 수 없어."

"갓댐, 리차드, 서론이 길군."

"오늘 편집국장 프랭크는 사주 모리스하고 골프 치면서 이야기를 들었을 거야. 무슨 이야기인지 짐작하겠지?"

"갓댐."

"에디, 후세인의 마지막 발악에 휘둘리면 우리만 흙탕물을 뒤집어쓰는 거야."

"……."

172

"도와주면 잊지 않겠어. 그 대가가 바로 올 거네."

"……."

"지금 내 말을 녹음해서 퍼뜨려도 돼. 자네 말대로 난 떳떳해. 청문회에서 자네가 녹음한 이 말을 떳떳하게 들을 수 있다는 말이야."

"갓댐, 리차드, 많이 컸군."

에디가 눈을 흘겼다.

"이라크 전쟁은 네가 일으킨 거야. 증거를 조작해서 말야. 이 말도 녹음이 되었어, 리차드."

"글쎄, 괜찮다니까 그러네."

리차드가 얼굴을 펴고 웃었다.

룩소르를 거쳐 카이로, 다시 지중해를 날아 프랑스의 마르세유 근처 사설 비행장까지 날아갔다.

마르세유, 프랑스 남단의 항구도시.

비행기가 착륙한 곳은 경비행기용 소형 공항이다. 이곳에도 입출국 세관이 있었기 때문에 지노와 카밀라는 이집트에서 날아온 관광객으로 통관 절차를 받았다.

지노와 카밀라가 수속을 마치고 입국장으로 나왔을 때 따라 나온 케빈이 말했다.

"지노, 또 연락해라. 기다리고 있을게."

"알았다, 케빈."

지노가 케빈을 껴안았다. 케빈은 위험을 무릅쓰고 둘을 실어온 것이다. 둘이 무엇 때문에 도망치고 있는지도 묻지 않았다.

케빈과 헤어진 둘은 시골 버스 정류장 같은 대합실을 나왔다.

자, 이곳은 프랑스다.

지노는 카밀라의 얼굴이 밝아져 있는 것을 보았다.

희망이 보였기 때문일까?

택시에서 내린 로간이 사무실로 들어섰다.

오전 9시 반.

'로이트 택시'의 사무실은 운전사들로 북적거리고 있다. 교대 시간이기 때문이다. 입금을 하고 인계를 마친 로간이 사무실 밖으로 나왔을 때다.

"로간."

뒤에서 부르는 소리에 로간이 몸을 돌렸다가 숨을 들이켰다.

"대장."

지노가 뒤에 서 있었다. 다가간 지노가 로간을 안았다.

"갓댐, 지노."

마주 안은 로간이 아직도 얼떨떨한 표정이다.

"대장, 미국으로 돌아간 줄 알았는데."

어깨를 움켜쥔 로간이 묻자 지노가 쓴웃음을 지었다.

"사연이 길어. 나가자."

로간 스미스. 그린베레 출신으로 지노하고 작전을 치른 팀원이었다. 상사로 제대한 후에 고향인 프랑스로 돌아왔는데 지노와 만난 것이다.

회사 앞 카페에서 마주 앉은 로간이 눈을 가늘게 뜨고 지노를 보았다.

"대장, 하사로 강등되었다가 제대했다면서?"

"그래, 상사."

"다행이다. 난 그 꼴이 안 되었으니."

174

로간이 이를 드러내고 웃었다.

갈색 머리의 백인. 체격이 커서 185의 신장에 120킬로의 거구다. 그러나 몸이 빠르고 작전 능력이 뛰어났다.

로간이 흐려진 눈으로 지노를 보았다. 지난날을 떠올리는 것 같다.

"하긴, 대장이 날 내보내지 않았다면 난 지금도 군 형무소에 있을 거야."

지노의 얼굴에도 쓴웃음이 떠올랐다.

성질이 불같은 로간은 작전 중에 오인 사격을 하는 아군 헬기를 대전차 로켓포인 AT-4로 격추해 버린 것이다.

아프간 전쟁 때다. 그러나 그 장면을 근처에서 작전하던 다른 팀이 보았고 곧 지노의 팀은 조사를 받았다.

로간은 아군 헬기인 줄 알면서도 쏜 것이었다. 지노가 제지했어도 명령을 어기고 쏘았다. 그러나 지노는 자신이 쏘라고 지시했다고 주장했다.

가끔 아프간 반군의 러시아제 헬기가 나타나던 때였다. 그러나 조사단은 믿지 않았고 지노는 하사로 강등되었고 로간은 예편했다.

"대장, 여기까지 날 찾아오고. 무슨 일이야?"

커피 잔을 쥔 로간이 그제야 물었다. 밤새도록 일했기 때문에 눈이 충혈되어 있다. 그동안 배가 나온 것 같고 체중이 더 불어 있었다. 지노가 물끄러미 로간을 보았다.

"로간, 여자 있니?"

"있지."

로간이 대번에 대답했다.

"내가 잘 가는 바에 가면 하루에도 셋을 만날 수 있어."

"어머니는?"

"작년에 돌아가셨어."

"유감이다, 로간."

"고마워, 대장."

"나하고 같이 일하지 않을래?"

"하지."

로간이 고개를 끄덕였다. 무슨 일이냐고 묻지도 않는다.

"밥만 먹여주면 할게."

"이거, 또 빠져나간 거 아냐?"

마침내 깁슨이 이맛살을 모으고 말했다.

두바의 선창이 보이는 여관방 안. 깁슨이 몸을 돌려 카터를 보았다.

"그놈이 지금까지 사우디에 남아 있을 리는 없어."

"제 생각도 그렇습니다."

카터가 이마의 땀을 손수건으로 닦았다.

오후 1시.

열린 창문으로 바닷바람이 들어왔지만 열풍이다. 사우나 안에서 바람이 부는 것 같다. 그때 깁슨이 말을 이었다.

"그놈이 뉴욕에도 연락을 안 해. 그것은 아직도 이동 중이거나 다른 작전을 세우고 있다는 증거야."

"사고가 났을 리는 없겠지요?"

"그럴 가능성은 없고."

깁슨이 탁자 위의 지도를 내려다보았다.

"이집트로 빠져나갔다면 비행기밖에 없어."

"사우디는 넓습니다. 인구가 적긴 하지만 말입니다."

카터의 시선은 사우디 쪽에 머물러 있다.

176

"예멘이나 카타르, 두바이 쪽으로 빠져나갔을 수도 있지요. 거기서 배를 타면……."

"갓댐."

카터의 말을 자른 깁슨이 눈을 치켜뜨고 어깨를 폈다.

"놈의 목적지를 아는 이상 서둘 것 없다. 그물을 정밀하게 치고 있는 거야, 이중 삼중으로."

파리. 오페라극장 근처의 거리.

지노와 로간이 '베이드' 카페로 들어섰을 때는 오후 8시 반이다. 카페 안은 소란했고 매연으로 가득 차 있었는데 로간은 익숙하게 사람들을 헤치면서 안쪽으로 들어갔다.

백 평쯤 되는 홀에는 손님이 가득 찬 데다 어둡다. 그러나 로간은 구석 쪽 기둥 옆에 앉은 사내를 용케 찾아내었다.

"대장, 저놈이야."

로간이 멈춰 서서 소리쳐 말했다.

"외인부대 출신의 전과자지. 악랄한 놈이지만 믿을 만해."

지노는 로간의 시선이 가리키는 사내를 보았다.

이제 두 번째 팀원을 만나려고 한다.

"바질."

다가간 로간이 부르자 사내가 고개를 들었다.

검은 머리, 덥수룩한 수염의 백인. 번들거리는 두 눈이 로간과 옆쪽 지노를 스치고 지나갔다. 그때 사내의 입술 끝이 비틀려졌다.

"로간, 여기 웬일이야?"

"널 찾아왔어."

"나를?"

사내가 다시 힐끗 지노를 보았다.

"너 택시 운전하다 사고 났구나. 그래서 다른 사업 하려고?"

"역시 머리 회전은 빠르구나. 어쨌든 인사해라."

로간이 눈으로 지노를 가리켰다.

"내 보스였던 분이야."

"역시 사업이군."

지노를 흘겨본 바질이 고개를 끄덕였다. 쓴웃음을 지은 지노가 손을 내밀었다.

"나 지노야."

"난 바질."

"너 전과자라며?"

불쑥 지노가 묻자 바질이 고개를 끄덕였다.

"전처의 남편을 패서 중상을 입혔거든. 1년 반 살았어."

"잘했다."

셋은 테이블에 둘러앉았다. 지나가는 종업원에게 맥주를 시킨 지노가 20불 지폐를 꺼내 들었더니 바질이 낚아챘다. 그러고는 제 주머니에서 구겨진 프랑화를 꺼내 종업원에게 건네주었다.

"저놈들은 잔돈을 가져오지 않아."

20불 지폐를 제 주머니에 넣으면서 바질이 말했다. 그러자 로간이 풀썩 웃었다.

"그래서 잔돈은 네가 먹는 거냐?"

"난 요즘 수산시장에서 짐 날라주고 산다, 로간."

"그래서 말인데."

소음 때문에 로간이 소리쳐 말했다.

"바질, 같이 일할 테냐? 용병 일인데."

"어느 회사야?"

"지노 회사."

"처음 듣는데."

"우리 보스 이름이야."

로간이 눈으로 옆에 앉은 지노를 가리켰다. 종업원이 맥주 3병을 내려놓고 돌아갔다. 바질이 지노를 보았다.

"당신이 날 고용한다고?"

"그래."

맥주병 마개를 뜯으면서 지노가 물었다.

"네 특기는 전처 남편 패는 것 외에 뭐가 있어?"

"폭발물 제조, 설치. 슈퍼마켓만 있으면 폭탄을 만들 수 있어."

"이놈은 근접 살인의 명수야."

로간이 덧붙였다.

"볼펜으로도, 휴지로도 사람을 죽였어."

"갓댐."

이맛살을 찌푸린 지노가 바질을 보았다.

"난 그따위 재주로 사람을 고르지 않아."

한 모금 맥주를 삼킨 지노가 물었다.

"군에서 계급은?"

"중사로 제대했어."

"직책."

"분대장."

"전투 경험은?"

"베이루트, 시리아에서 1백 번쯤."

"지노, 몇 명 죽였나 물어봐."

옆에서 로간이 말했지만 지노는 다시 물었다.

"널 1년만 고용할 텐데 작전이 그 안에 끝날 수도 있어. 그래도 1년 수당은 주지."

"굿."

"무슨 일인가 물을 건 없고, 알려주지도 않겠지만."

"목숨을 거는 건데 그거면 됐지 뭐."

"1년 수당으로 얼마 받을 거냐?"

"10만 불."

미리 머릿속에 넣어 놓았는지 바질이 바로 대답했다. 그때 지노와 로간의 시선이 마주쳤다. 그것을 본 바질이 바짝 다가가 앉았다.

"9만 불로 깎아줄 수는 있어."

"……."

"8만 불. 더 이상은 안 돼. 내가 어머니한테 6만 불은 주고 가야 하거든."

"……."

"어머니가 77세야. 아직 멀쩡하지만 혼자 사니까 그 정도는 있어야 돼."

"……."

"좋아, 7만 불. 그거 안 되면 난 알제리라도 가서 용병이 될 거야."

"거긴 선금 안 줘, 바질."

로간이 말했을 때 지노가 맥주병을 내려놓고 말했다.

"좋다. 계약하자."

"7만 불이야?"

"20만 불을 주지."

지노가 손을 내밀었다.

"네 목숨 값으로."

숙소인 빌라로 돌아왔을 때는 오후 11시 반이다. 응접실에 앉아 기다리던 카밀라가 지노를 맞았다.

"하나 더 고용했어요."

앞쪽에 앉은 지노가 재킷을 벗어 옆에 놓았다. 오래된 빌라지만 침실 3개, 응접실과 거실에 가구가 다 갖춰져 있다. 카밀라는 시선만 주었고 지노가 말을 이었다.

"내일부터 테이프를 넘길 거요, 카밀라."

"내가 도와드려요?"

카밀라가 묻자 지노는 고개를 저었다.

"내일 하루에 다 끝낼 테니까 당신은 여기서 기다려요. 우리 셋이서 행동할 테니까."

탁자 위에는 종이가 놓여 있었는데 카밀라가 그동안 조사한 언론사, 방송국 내역이다.

주요 신문사 7개, 통신사 3곳, 방송국 2개가 목표다. 그곳 책임자를 만나 후세인의 육성 테이프를 건네주고 보도를 약속받아야만 한다. 그것을 목표로 천신만고 끝에 이곳까지 온 것이다. 그때 카밀라가 지노를 보았다.

"지노, 이 일 끝나면 이라크로 돌아가는 거죠?"

후세인 탈출 작전을 말한다. 카밀라의 시선을 받은 지노가 숨을 들이켰다.

"조건이 있어요, 카밀라."

카밀라의 시선을 받은 지노가 한마디씩 말했다.

"그래서 내가 팀원 둘을 구했는데."

"……."

"당신은 빠져요, 카밀라."

"……."

"당신이 따라간다면 짐이야. 여기까지 오면서 느꼈을 거요."

"……."

"나한테 맡기고 여기서 기다려요, 카밀라. 이곳이 마땅치 않다면 다른 곳에서 기다리든지."

카밀라가 고개를 끄덕였다.

"여기서 기다릴게요."

"좋아. 그럼 해봅시다."

"그럼, 여기서 성형 수술 준비를 하고 있을게요. 2호를 수술한 의사를 알거든요."

자리에서 일어선 지노가 카밀라를 보았다.

"내일 팀원들을 만나 아침부터 작전을 시작해야 하니까, 이만."

오전 10시.

르몽드지의 편집국장실 안. 편집국장 베르니가 방으로 들어선 지노를 맞는다.

"어서 오시오."

베르니는 54세. 종군기자 생활도 10여 년간 거친 베테랑 기자 출신. 2년 전부터 편집국장을 맡는 동안에 체중이 10킬로나 늘었다.

지노를 안내해 온 국제부장 얀센이 베르니에게 보충 설명을 한다.

"글쎄, 이라크전 특종이라고만 해서요. 국장님한테 직접 말씀을 드려야만 한다니 어쩝니까? 티크리트에 가 있는 모건도 알고 있더라고요."

베르니가 손을 들어 얀센의 말을 막았다.

"됐고. 이분 이야기를 듣자."

지노에게 자리를 권한 베르니가 지그시 시선을 주었다.

"티크리트에서 오셨다고?"

"예, 용병으로 가 있다가 이렇게 되었지요."

지노가 쓴웃음을 짓고 베르니를 보았다.

"제가 이래 봬도 유명인사입니다. 미국의 아르카디 용병단 전체가 날 쫓고 있으니까요."

"아르카디."

베르니의 눈썹이 모아졌다.

"그럼 당신이?"

"그렇죠. 알고 계시군요."

"나도 종군기자 출신이오. 르몽드의 정보력이 그 정도는 되고."

"그럼 제가 후세인의 육성 테이프를 갖고 있다는 것도 알고 계시는 겁니까?"

"갖고 있습니까?"

"내가 멘 배낭에 3개 들었지요."

베르니의 시선이 지노의 등으로 옮겨졌지만 배낭 끈만 보였다.

"어떤 테이프입니까?"

"미국 국무부의 음모. 9.11에 대한 복수 대상을 찾으려고 꾸민 음모의 내막을 후세인이 육성으로 증언했습니다."

"나한테 주려고 온 것이죠?"

베르니가 손부터 내밀면서 물었을 때 지노가 배낭을 벗으면서 대답했다.

"즉시 보도를 한다는 약속을 한다면 드리지요."

"우선 들읍시다."

베르니가 상기된 얼굴로 말하더니 고개를 들고 얀센을 보았다.

"부국장, 그리고 주간, 야크린도 불러와! 물론 내막은 말하지 말고!"

30분 후.

르몽드사 현관을 나온 지노가 길가에서 기다리던 택시에 탔다. 로간이 운전하는 택시다.

"파리마치로."

로간에게 말한 지노가 길게 숨을 뱉었다.

30분 후.

파리마치 신문사의 현관 안.

접수대에서 지노가 편집국장을 찾았지만 외출 중이다. 그래서 옆쪽 공중전화로 다가가 버튼을 눌렀다.

"여보세요."

응답한 사내는 사주 올랑드. 저택에서 전화를 받는다. 직통전화다.

"올랑드 씨?"

"응, 누구야?"

올랑드는 야당인 사회당 원로로 전직 노동부 장관. 지금은 파리마치 사주(社主)로 한 달에 한 번 정도 신문사에 출근한다. 78세. 취미가 사냥으로 아직도 승마를 즐긴다. 그때 지노가 대답했다.

"난 이라크 티크리트에서 도망쳐 온 용병 지노라고 합니다."

"티크리트 용병이라. 그런데?"

"미국 용병단 아르카디가 날 쫓고 있지요. 내가 가지고 있는 후세인 대통령의 육성 녹음테이프 때문이죠."

184

"당신이 갖고 있다고?"

"예, 후세인 대통령의 부탁을 받았습니다. 그래서 딸 카밀라하고 같이 테이프를 갖고 이곳까지 도망쳐 온 겁니다."

"육성 테이프야?"

올랑드는 호기심이 일어난 듯 목소리가 높아졌다.

"후세인이 직접 녹음했어?"

"내가 옆에서 지켜봤습니다."

"어떤 내용인데?"

"9.11 테러에 대한 보복으로 이라크에 핵이나 화학무기가 있는 것처럼 미국이 조작했다는 증언입니다. 그 증거를 테이프에서 밝히고 있습니다."

"테이프 목소리는 확실해?"

"나도 30분 전에 르몽드 편집국장실에서 간부들하고 그 테이프를 들었습니다. 목소리는 확실합니다."

"잠깐. 르몽드라고 했나?"

"그렇습니다, 올랑드 씨!"

"르몽드에 그 테이프를 주었단 말인가?"

"그렇습니다. 그쪽에서 먼저 접근해서요."

"지금 당신 어디 있나?"

"파리마치사 로비 안 공중전화 박스입니다."

"왜 거기 있어?"

"편집국장이 자리에 없고 책임자도 찾기 힘들었기 때문에 사주께 직접 전화한 겁니다."

"그 밥버러지 같은 놈들."

씹어뱉듯이 말한 올랑드가 서둘렀다.

"당장 나한테로 오게."

"예. 위치가 어디죠?"

"택시 운전사한테 말해. 오페라의 올랑드 저택으로 가자고 해! 그럼 알아."

"신문사에 안 가도 됩니까?"

"내가 신문사야!"

올랑드가 버럭 소리쳤다.

"그, 국장 놈부터 부장, 기자, 서기까지 싹 이곳으로 부르면 돼!"

2시간 후.

택시 1대가 올랑드의 대저택을 빠져나와 시내로 들어섰다.

"이번에는 방송국이야."

손목시계를 본 지노가 로간에게 말했다.

"지금쯤 아르카디가 이곳에 손을 써 놓았을 거야."

로간은 고개만 끄덕였다.

그사이에 바질이 파리타임스, 인터내셔널타임스 2곳의 신문사에 테이프를 전했다. 인터내셔널타임스는 영국 런던이 본사인 신문사다. 파리 지부에 테이프를 넘긴 것이다.

오후 4시.

전화기를 귀에 붙인 카밀라가 물었다.

"베네딕트 씨, 저 카밀라인데요."

"앗, 카밀라 양."

깜짝 놀란 목소리의 주인은 파리 제1은행의 부행장 베네딕트다. 52세. 10년

전, 파리 제1은행 바그다드 지점장이었을 때 이라크의 해외자금을 예금시키는 공적을 세워 승승장구한 인물. 그때 베네딕트가 물었다.

"지금 어디십니까?"

"파리에 왔어요."

"아아, 마침내 오셨군요."

"예금 정리를 해야 될 것 같아서요."

"그러셔야죠."

"만나야 되겠죠?"

"예. 그래야 됩니다. 잘 아시겠지만……."

"그럼 언제가 좋을까요?"

"오늘 밤이 어떻습니까?"

"좋아요."

"제가 저녁에 인터컨티넨탈호텔에서 약속이 있습니다. 9시쯤 그곳 로비로 연락을 해주시면 됩니다."

"그러죠."

전화기를 내려놓은 카밀라가 옆에 놔두었던 쇼핑 가방을 모아들고 공중전화 부스를 나왔다. 카밀라는 귀부인으로 변신해 있다. 고급 의상으로 몸을 감싼 카밀라에게 주위의 시선이 모였다. 빼어난 미인이기도 했기 때문이다.

거리로 나온 카밀라는 거침없이 지나는 택시를 세웠다. 이곳에서 카밀라를 쫓는 사람은 아직 없다.

"후세인의 육성 증언요?"

마르셀이 되묻고는 쓴웃음을 지었다.

"그거 진짜요?"

이곳은 파리 제1방송의 제3스튜디오 제작부장실 안.

마르셸이 앞에 앉은 지노를 보았다. 마르셸은 38세. 파리 제1방송에서 가장 뜨는 PD 겸 제작부장이다. 지금 마르셸이 연출한 '우연한 만남'이 시청률 1위를 기록하고 있어서 눈에 보이는 것이 없는 상황이다.

그때 지노가 함께 들어온 기자 유로스를 보았다.

유로스는 지노를 이곳까지 데려왔다. 지노가 파리 제1방송의 정문에서 이곳까지 오는 데 45분이 걸렸다. 유로스에게 신분을 밝히고 목적까지 다 말해야 했기 때문이다. 유로스는 지노가 쥐고 있는 테이프의 가치를 인정한 셈이다.

"유로스 씨, 다른 책임자는 없습니까? 여기서 시간 낭비하는 건 싫은데."

지노가 말하자 마르셸이 풀썩 웃었다. 희고 고른 이가 환하게 드러났다.

"나 아니면 안 될 텐데, 미스터."

마르셸이 고개까지 저었다.

"그거 후세인의 육성이 맞는지 대조하려면 한 달쯤 걸릴 것이고 또 그 내용이 맞는지도 확인해야 될 테니까."

"……"

"그냥 가져가요, 미스터."

눈을 가늘게 뜬 마르셸이 지노를 보았다.

"그리고 그 테이프 가격을 아직 말하지 않았는데 우린 그걸 구입할 예산도 없거든."

그때 지노가 방 안을 둘러보았다. 면회실에는 셋뿐이다. 자리에서 일어선 지노가 마르셸에게 손을 내밀면서 말했다.

"미끄러져서 목뼈가 부러진 것으로 합시다."

지노가 내민 손을 엉겁결에 잡았던 마르셸이 그 말을 듣고 눈썹을 모은 순간이다. 지노가 와락 마르셸의 손을 끌어당겼다. 마르셸이 가슴 앞까지 끌려왔을 때 지노가 머리통을 움켜쥐었다. 두 손으로 양 볼을 움켜쥔 지노가 옆으로 몸을 비틀면서 불끈 힘을 주었다.

"뿌드득!"

뼈 부러지는 소리가 들리더니 마르셀의 얼굴이 등 쪽으로 돌려졌다. 그때 지노가 마르셀의 몸을 땅바닥에 눕히면서 유로스를 보았다.

"당신, 그 자리에 가만있어."

유로스는 이미 굳어 있다. 42세. 15년 경력의 기자지만 아직 정식 PD도 되지 못하고 잡일만 해왔던 유로스다. 후배인 마르셀에게 무시를 당하면서 지내왔지만 갑작스러운 사고에 심장이 터질 것 같다. 그때 지노가 유로스에게 다가가 섰다. 유로스가 몸을 젖혔지만 뒤는 벽이다.

"이봐, 정신 차려."

"당, 당신……."

"저놈은 뒤로 자빠지면서 의자에 부딪쳐 목이 부러진 거야."

"당, 당신은……."

"이 테이프를 무시한 놈은 살려둘 수가 없어."

지노가 배낭에서 봉투를 꺼내 유로스에게 내밀었다.

"저놈은 넘어져 죽은 것이고 당신은 이것으로 출세를 해 봐. 전화위복이야."

봉투를 탁자 위에 던진 지노가 유로스를 노려보았다.

"이렇게까지 만들어 주었는데 네가 기회를 잡지 못한다면 너도 이 세상에서 없어져야 돼."

"죽었다고?"

지노의 말을 들은 로간이 버럭 되묻더니 택시의 속력을 줄였다.

오후 4시 45분.

택시는 막 방송국 앞을 빠져나온 참이다. 로간이 백미러로 지노를 보았다.

"테이프가 가짜라고 했다고 담당 PD를 죽이고 왔단 말야?"

"응. 목을 부러뜨렸어."

"오 마이 갓."

"목뼈가 연해서 닭 목뼈 분지르는 것 같았다."

"옆에 누가 있었다고?"

"날 안내한 PD."

"가만있었어?"

"정신이 나간 것 같더군."

"지저스 크라이스트."

"그놈 정신이 들도록 이야기해줬다."

"어떻게?"

"기회를 잡으라고."

지노가 눈을 가늘게 떴다.

"화가 나서 참을 수 없었어. 만일 그 PD도 소란을 피웠다면 그 자리에서 같이 죽일 뻔했다."

"……."

"그놈이 운이 좋은 거야. 그래서 살아난 거지. 더구나 테이프까지 손에 쥐고."

지노가 결론을 냈다.

"이렇게 운명이 정해지는 거야."

빌라에 도착했을 때는 오후 7시 반경이다.

주택 앞 공터 끝 쪽 벤치에 앉아 있던 바질이 택시에서 내리는 둘에게 다가왔다.

"파리 상업방송에다 테이프를 주고 왔어. 회의를 하고 나서 방송을 하겠다는데."

바질이 고개를 기울였다.

"확답은 해줄 수 없다는 거야."

"그것이 정직한 대답이다."

지노가 고개를 끄덕였다. 셋은 택시 트렁크 옆에 둘러섰다. 불을 밝힌 빌라 쪽에서 음식 냄새가 맡아졌다. 그때 지노가 로간에게 말했다.

"로간, 트렁크 열어."

로간이 트렁크를 열자 지노가 검은색 가방 2개를 꺼내었다.

"이거, 너희들 수당이다."

가방은 묵직했다. 둘이 제각기 가방을 받아 들었을 때 지노가 말을 이었다.

"잠깐 여기서 기다려라, 내가 카밀라 씨하고 이야기 하고 올 테니까."

"그러지."

로간이 돈 가방을 들어 보이면서 웃었다.

"오늘 한잔해야겠군."

각각의 가방 안에는 20만 불이 들어있는 것이다. 그때 바질이 말했다.

"난 엄마한테 돈을 드리고 와야겠어. 이거 돈 가방이 생기니까 몸뚱이가 3개는 되는 기분이군."

문을 열고 안으로 들어선 지노에게 카밀라가 말했다. 카밀라는 외출복 차림이다.

"기다리고 있었어요."

"왜?"

"인터컨티넨탈호텔에서 파리 제1은행 부행장 베네딕트를 만나기로 했어요."

다가선 카밀라가 지노를 보았다.

"테이프 다 뿌렸어요?"

"두 곳 남았는데 그건 우편으로 보내도 될 것 같아서요."

지노가 말을 이었다.

"이젠 아르카디가 우릴 잡아도 늦었어요."

고개를 끄덕인 카밀라가 손목시계를 보았다.

"은행의 내 계좌에서 예금을 분산 이체해야겠어요. 그러려면 베네딕트를 직접 만나야 돼요."

"믿을 만한 사람입니까?"

"10년 전부터 우리 비자금을 관리해 왔으니까요. 그리고 정부 자금도 모두 그가 관리하도록 맡겨서 은행 부행장까지 승진했거든요."

지노가 카밀라의 시선을 받더니 쓴웃음을 지었다.

"마침 둘을 밖에서 기다리라고 했는데 잘됐네."

지노가 혼잣소리처럼 말했다.

"오늘 밤 둘한테 수당 나눠주고 한잔할 생각이었거든요."

오후 9시 반이 되었을 때 로비에 있던 베네딕트에게 지배인이 다가와 말했다.

"부행장님, 전화가 왔습니다."

베네딕트의 시선을 받은 지배인이 말을 이었다.

"밀라 씨라고 합니다."

카밀라다. 베네딕트가 자리에서 일어섰다. 카밀라라는 이름이 특별하지는 않다. 그러나 카밀라는 조심하느라고 '밀라'라고 했겠지.

로비에는 손님이 많았기 때문에 베네딕트는 사람들을 헤치고 카운터로 다가갔다.

전화기를 든 베네딕트가 응답했을 때 곧 카밀라의 목소리가 울렸다.

"베네딕트 씨, 어디서 만나죠?"

"예. 호텔 건너편 골목 안에 '르망'이라는 카페가 있습니다. 거기서 30분 후에 뵙지요."

"르망이라고 했어요?"

"예. 골목 안으로 50미터만 들어가시면 오른쪽에 붉은색 간판이 보입니다. 2층 건물이죠. 거기서 절 찾으시면 됩니다."

"알겠습니다."

전화기를 내려놓은 베네딕트가 손목시계를 보았다.

"저기, 저놈."

바질이 손으로 가리킨 곳. 르망 카페가 보이는 샛길의 입구에서 얼쩡대는 사내. 가게 종업원이다.

앞쪽 골목은 카페와 식당이 즐비해서 통행인이 많다. 폭 5미터 정도로 차량 통행은 금지되었기 때문에 관광객이 절반은 된다. 식당, 카페 골목이다.

바질이 말을 이었다.

"그리고 그 건너편 카페 안에 앉아 있는 두 놈. 모두 셋이야."

지노가 고개를 끄덕였다. 얼굴에 웃음이 떠올라 있다.

"믿을 놈이 없다니까?"

"은행 놈이야?"

바질이 고개를 돌려 지노를 보았다. 둘은 골목 건너편 식당 안에 들어가 담장 틈으로 바라보고 있는 중이다.

"그래. 카밀라 씨가 비자금을 예치한 은행 부행장이다."

"그럼……."

"카밀라를 제거하면 그 비자금이 제 몫이 될 테니까."

"저런 개 같은."

"저놈들은 해결사다."

지노가 눈으로 골목을 가리켰다.

"카밀라가 오면 사고사로 위장해서 처리하겠지."

"혼자 오지는 않으리라고 예상할 텐데."

바질이 눈을 가늘게 떴을 때 지노가 지시했다.

"우리가 선수를 치기로 하지."

오후 10시 45분.

현관 앞에서 차가 멈추자 베네딕트가 로안에게 말했다.

"좋아. 내일 보자."

"그럼 오전 8시에 모시러 오겠습니다."

절을 한 로안이 계단 옆쪽에 주차된 자신의 소형차에 타더니 정문을 빠져나
갔다. 자동 장치가 되어 있어서 안에서 차가 나갈 때는 저절로 문이 열린다. 계단
을 오른 베네딕트가 현관문을 열고 소리쳤다.

"나야."

2층 대저택이다.

하녀 둘에다 아내 소냐, 두 딸 이브와 미레네까지 여자 다섯에다 정원사 겸
경비원 에밀까지 여섯이 저택 안에 있을 것이다. 그때 주방에서 사내 하나가 나
왔다. 그 순간 베네딕트가 숨을 들이켰다. 사내가 손에 쥔 권총으로 안쪽을 가리
켰다.

"안으로 들어가."

"너, 너, 누구야?"

그 순간.

"퍽!"

둔탁한 발사음이 울리더니 옆쪽 탁자 위에 놓인 중국산 청자가 박살이 났다. 소스라친 베네딕트에게 사내가 권총을 휘두르며 말했다.

"두말 안 한다, 은행쟁이. 응접실로 들어가, 이 개새끼야."

응접실로 들어선 베네딕트는 얼굴이 하얗게 되면서 어지럼증이 왔기 때문에 비틀거렸다.

응접실에 식구가 다 모여 있다. 아내와 두 딸이 나란히 앉아 있었는데 모두 손발이 묶여 있다. 딸들은 울고 있어서 두 눈이 빨갛다. 아내는 정신이 나간 것 같고, 그리고 안에 사내 하나와 여자가 있다.

머리를 흔든 베네딕트가 눈동자의 초점을 잡고 여자를 다시 보았다.

"카밀라."

베네딕트의 시선을 받은 카밀라가 소파의 1인용 의자 등받이에 등을 붙였다. 그러나 입을 열지는 않았다. 시선만 준 채 입을 다물고 있다. 그때 딸 미레네가 먼저 말했다. 14살짜리 막내딸.

"아빠, 무서워."

"오, 미레네."

말을 잇지 못한 베네딕트가 딸꾹질을 했을 때 이번에는 아내 소냐가 말했다.

"여보, 어떻게 된 거야."

"소냐."

"에밀이 죽었어."

그 순간 베네딕트가 숨을 들이켰을 때 미레네가 흐느꼈다.

"아빠, 무서워."

그때 베네딕트가 카밀라를 보았다.

"카밀라, 왜 이러십니까?"

그 순간이다.

"퍽!"

발사음이 울리더니 미레네가 비명을 질렀다. 총탄이 미레네 바로 옆쪽 소파를 뚫고 간 것이다.

"아! 그만!"

베네딕트가 소리쳤다.

"좋아. 내가 시킨 거요! 됐소?"

털썩 주저앉은 베네딕트가 사내를 올려다보았다.

"내 가족만 살려주시오!"

그때 지노가 말했다.

"네가 보낸 세 놈, 현장에서 사살됐다."

베네딕트 앞으로 다가간 지노가 발끝으로 턱을 들어 올렸다.

"너 같은 놈은 불에 태워 죽여야 되는데 왜 살려두고 있는지 알지?"

"압니다."

베네딕트가 턱이 치켜 올려진 채 대답했다.

"은행 예치금 때문입니다."

"어떻게 할 거냐?"

"내일 은행에 가서 처리하지요."

"그래?"

눈을 가늘게 뜬 지노가 베네딕트를 보았다.

"참고삼아 말하는데 이 개 같은 놈아."

지노의 시선이 소냐와 이브, 미레네를 훑고 지나갔다.

"네 가족이 셋뿐만이 아냐. 샤르트르에 사는 네 부모까지 내일 죽여 버릴 거야. 오늘 밤에 그곳으로 사람을 보낼 작정이거든."

"아이구."

베네딕트가 절규했다.

"뉘우치고 있습니다. 제발."

"네놈 때문에 해결사 셋에다 정원사까지 벌써 넷이 죽었다. 내일은 어떻게 되는가 보자."

지노의 목소리가 응접실을 울렸다.

다음 날 아침.

베네딕트는 카밀라, 지노와 함께 은행에 출근했다. 부행장실로 함께 들어간 베네딕트는 곧 카밀라의 예금을 분산 예치했다.

총 12억 불의 예금을 12개의 은행 계좌에 분산시켰는데 그중 1개 계좌는 지노의 명의였다. 지노에게 1억 불을 예치시킨 것이다. 지노는 시티은행의 계좌로 1억 불의 작전 비용을 받은 셈이다.

부행장실에서 담당을 불러 직접 처리한 일이어서 각 은행의 입금 확인을 마치는 데까지 한 시간도 걸리지 않았다. 일을 마친 지노와 카밀라가 일어섰을 때 베네딕트가 물었다.

"무사하겠지요?"

부행장실 안에는 셋뿐이다. 베네딕트의 시선을 받은 지노가 쓴웃음을 지었다.

"30분 후에 집으로 연락해 봐."

"믿겠습니다."

베네딕트가 간절한 표정으로 지노를 보았다.

"저도 약속 지켰으니 살려주십시오."

지노는 대답하지 않았고 베네딕트는 잠자코 현관까지 둘을 배웅했다.

오전 10시가 되었을 때 파리마치지가 특보를 했다. 이른바 호외를 날린 것이다. 수백만 장의 호외가 프랑스 전역에 뿌려졌고 국민은 '쇼크' 상태가 되었다.

제목이 이렇다.

'후세인의 육성 폭로'

그리고 후세인의 육성 테이프 내용이 호외 전문에 적혀 있는 것이다. 미국의 음모, 미 국무부 차관 리차드 해리슨의 실명까지 기록된 폭로 호외다.

그 시간에 베네딕트는 자택에 전화를 했다. 그러고는 가족을 인질로 잡고 있던 사내들이 떠난 것을 확인하고는 어깨를 늘어뜨렸다.

"에밀 시체가 문간방에 있어. 어떻게 하지?"

소냐가 아직도 떨리는 목소리로 묻자 베네딕트가 서둘러 말했다.

"내가 갈게, 기다려."

가서 강도가 왔다고 신고하는 수밖에 없다.

11시에 파리 제1방송이 '후세인 특종'을 터뜨렸다. '파리마치'가 종이신문으로 호외를 퍼뜨린 것에 자극을 받은 것이다.

파리 제1방송은 어제 오전, 제작부장 마르셀이 '허망하게' 실족사하는 바람에 한바탕 '뉴스'를 내보낸 참이었다. 이번에는 고참 기자 유로스가 앵커로 나와서 후세인의 '육성'을 그대로 폭로했다. TV에 육성이 생생하게 울린 것이다.

"모든 것은 미국의 음모였다."

"나와 내 조국 이라크가 미국의 음모에 의해 멸망했다."

"리차드 해리슨의 육성 테이프를 들려 드리겠다."

그러고는 리차드 해리슨의 육성이 나오는 것이었다.

"이것 봐, 모하메드, 우리가 화학탄을 갖다 놓을 테니까 당신이 이건 우리가 만든 것이라고만 해. 그럼 이라크 대통령으로 만들어줄 테니까."

해리슨의 목소리가 프랑스 전역에 울렸다.

"소형 핵탄두가 나올까? 당신이 그것을 당신네가 보유하고 있었다고 말만 해주면 돼. 대통령이 싫다면 현금을 주지. 당신이 살 대저택과 가족이 평생 놀고먹을 수 있도록 모든 편의를 제공할 테니까."

프랑스 국민들은 아연했다.

오후 2시 반.

마르세유로 향하는 TGV 안.

지노와 카밀라가 나란히 앉아 있다. 일등석 방이라 방에는 둘뿐이다. 로간과 바질은 옆방에 탔다. 창밖을 바라보던 카밀라가 고개를 들고 지노를 보았다.

"연락은 어떻게 하실 거죠?"

"내가 어떻게든 할 테니까."

지노와 카밀라의 시선이 마주쳤다.

"마르세유에서 다른 곳에 연락하거나 누구 만나지 말아요. 이만하면 녹음테이프 효과는 오래갈 테니까."

"알았어요."

"다시 말하지만 성형외과 의사하고도 연락하지 마시고."

"알았습니다."

"내가 모시고 왔을 때 찾아도 되니까."

그때 카밀라가 심호흡을 했다.

"지금도 무사하실까요?"

"체포되었으면 당연히 보도됐을 테니까. 미국 입장에서는 대역이라도 잡아서 이라크 작전을 끝내고 싶겠지요."

후세인만 잡으면 이라크 전쟁은 마무리가 되는 셈이니까, 그 후로 이라크가 어떻게 되건 상관이 없다. 이미 멸망한 국가인 것이다.

카밀라는 이제 입을 다물고 창밖을 보았다. 프랑스 중부 평원이 총알처럼 지나가고 있다.

카밀라를 마르세유로 데려가는 이유는 지노가 마르세유를 잘 알기 때문이다. 그리고 마르세유의 아랍인 거리에 은신하고 있는 것이 안전한 데다 지중해만 건너면 아랍권이다.

미국. 백악관의 오벌룸. 오전 9시.

방에는 CIA 부장 피터슨과 국무장관 아놀드, 그리고 안보보좌관 케이슨과 오늘의 주인공 국무차관 리차드 해리슨이 부시 앞에 늘어앉아 있다. 모두 심각한 얼굴. 탁자 위에는 소형 녹음기가 놓여 있다. 그들은 방금 파리 제1방송에서 보도한 '후세인 테이프'를 들은 참이다. 이윽고 부시가 입을 열었다.

"누가 전한 거야?"

"용병입니다."

피터슨이 바로 대답했다.

"지노 장이라고 한국계 미국인으로 예비역 하사, 그러나 소령까지 올라갔던 장교 출신입니다."

"괴상한 놈이군."

"예, 정상적인 놈은 아닙니다."

"그놈이 후세인의 졸개가 되었나?"

"매수당한 것 같습니다."

"갓댐잇 코리안."

어깨를 부풀린 부시가 말석에 앉아 있는 리차드 해리슨을 보았다.

"이봐, 리차드, 이거 당신 목소리 맞아?"

손으로 녹음기를 가리킨 부시가 말을 이었다.

"이렇게 이라크 놈들한테 말한 거야?"

"아닙니다. 후세인이 위조한 겁니다."

리차드가 정색을 하고 부정했다.

"제가 그렇게 경솔하지 않습니다."

"지금 당신 목소리하고 녹음 목소리하고 똑같은데 그래."

"얼마든지 성대모사는 가능합니다, 각하."

"리차드."

"예, 대통령 각하."

"당분간 입 다물고 다니라고."

"……."

"회의도 하지 말고 전화도 받지 마. 여기 있는 국무장관 아놀드가 말을 걸더라도 대답하지 마."

"예, 대통령 각하."

"글쎄, 말하지 말라니까?"

"예."

"너 때문에 내 입장이 곤란해졌어. 지금쯤 마르켈이, 프랑스 대통령 그놈도 웃고 있을 거라고."

리차드가 입을 달싹거리다가 다물었고 이마의 땀이 번들거렸다. 고개를 돌린 부시가 피터슨을 보았다.

"이 때려죽일 용병 놈은 못 잡나?"

"지금 추적 중입니다, 각하."

"이놈이 또 일을 저지를 가능성도 있지 않아? 후세인 영상 필름을 전한다든지."

"그럴 리는 없습니다, 각하."

"지금 프랑스의 몇 개 언론사가 떠들고 있지?"

"방송국 2개, 신문사 6개에 테이프가 전달되었습니다."

"우리 미국은?"

그때 국무장관 아놀드가 나섰다.

"파리주재 인터내셔널 USA지 기자가 테이프를 받았지만 마침 대사관에 연락을 해줘서 우리가 보관했습니다."

"테이프가 미국에 상륙하면 안 돼."

"알고 있습니다. 프랑스 당국에도 항의 중이니까 곧 보도를 자제할 겁니다."

"갓댐."

부시의 시선이 다시 리차드를 스치고 아놀드에게 옮겨졌다.

"리차드를 좀 쉬게 하는 것이 낫겠지?"

마르세유 아랍인 거리.

칸비에르 거리 뒤쪽의 좁은 골목을 낀 낡은 주택들은 아랍식이다. 장식이 요란하고 바깥채에는 의류, 카펫, 장식물, 물담배를 피우는 찻집들이 늘어서 있다. 항상 골목 안은 떠들썩했는데 눈만 내놓은 차도르를 쓰고 다니는 여인들도 많다.

오후 9시 반.

골목 안의 양철대문 집 응접실에 넷이 둘러앉았다. 이곳이 카밀라의 숙소다.

20평 규모의 2층 주택이니 1층이 주방과 응접실, 2층에 방과 화장실, 손바닥만 한 베란다가 딸린 집이다. 대문 안에 2평 정도의 마당까지 포함되었으니 있을 건 다 있다. 이곳을 월세 3백 불로 계약한 것이다. 집 안을 둘러본 지노가 카밀라 에게 말했다.

"두 달 월세는 냈으니까 두 달 동안은 주인이라도 얼굴 내밀지 않을 거요."

지노가 말을 이었다.

"이곳은 경찰 검문도 없는 곳이지만 차도르 걸치고 아랍어를 하면 아무도 건 드리지 못할 겁니다."

그렇다. 그런 여자를 건드리면 주변 아랍인들이 떼를 지어서 도와준다. 살인 이 날 수도 있다. 앞으로 카밀라는 차도르를 입고 다녀야 할 것이다. 그때 로간이 바질과 함께 일어섰다.

"그럼 말씀들을 하시지요. 저희들은 내일 오전 10시까지 돌아오겠습니다."

둘이 응접실을 나갔을 때 지노와 카밀라는 외면한 채 입을 다물고 있다.

내일 지노는 이라크로 떠나는 것이다. 다시 사지(死地)로 돌아간다. 그것도 후 세인 대통령을 구출해 나오려는 것이다.

"골목 밖에 가게가 있던데요."

불쑥 말을 꺼낸 것은 카밀라다. 카밀라가 시선도 주지 않고 물었다.

"술 한잔하시겠어요?"

"술을?"

"아무래도 술이 있어야 될 것 같아서."

자리에서 일어선 카밀라가 의자에 걸쳐놓았던 차도르를 입었다.

"아랍인 거리에서 술을 팔고 있더군요."

"여긴 술 마시는 아랍인이 많아요."

"한잔하고 싶어요."

지노가 잠자코 시선만 주었다. 하긴 돌아오지 못할지도 모른다. 그것은 아버지 후세인도 만나지 못한다는 뜻이다.

"지노."

위스키 잔을 든 카밀라가 똑바로 지노를 보았다. 응접실의 탁자 위에는 프랑스산 위스키가 놓여 있다. 안주는 땅콩과 치즈, 생수다.

"고마워요."

지노는 쓴웃음만 지었고 카밀라가 말을 이었다.

"내 욕심만 부려서 미안하고요."

"카밀라."

한 모금 술을 삼킨 지노가 카밀라를 보았다. 웃음 띤 얼굴이다.

"1억 불을 받은 용병이오. 부시를 죽이라고 해도 거절할 용병이 없을 겁니다."

"내가 믿는 용병은 당신 하나뿐이라는 걸 기억해요, 지노."

"날 과대평가한 거요, 카밀라."

"당신은 나한테 용병 이상이야, 지노. 그것을 알면서."

"당신은 용병을 부릴 줄 모르는군, 카밀라."

지노가 잔에 술을 채우더니 카밀라의 빈 잔을 보고 그곳도 채웠다.

"카밀라, 용병에게 감정을 주입시키면 안 돼요. 용병은 기계처럼 부리기만 하면 되는 겁니다."

고개를 든 지노가 똑바로 카밀라를 보았다.

"난 당신에게 용병일 뿐입니다, 카밀라. 수만 명 용병 중의 한 명."

"그래요. 그 수만 명 중의 하나인 당신을 내가 받아들이겠어."

한 모금에 술을 삼킨 카밀라가 지노를 보았다.

"고용인이 시킨 대로 해요, 용병."

눈을 뜬 카밀라는 옆자리를 보았다. 비었다. 그러나 베개에 사람의 흔적은 있다. 몸을 일으킨 카밀라가 방 안을 둘러보았다. 창밖은 이미 환해져 있다.

침대에서 나온 카밀라가 그제서야 자신의 몸을 보았다. 벗었다. 몸에 아무것도 걸치지 않은 것이다. 다시 몸을 돌린 카밀라가 옷을 걸치고는 계단을 내려와 아래층을 보았다. 이제는 가슴이 서늘해지지 않는다. 예상하고 있었기 때문이다.

지노는 떠난 것이다.

한동안 우두커니 아래층 응접실에 서 있던 카밀라는 다시 계단을 올라와 침대로 돌아왔다. 그리고는 지노가 누웠던 자리에 몸을 눕혔다. 몸을 돌린 카밀라가 시트에 얼굴을 묻었다. 숨을 들이켰을 때 시트 냄새가 맡아졌다. 지노의 냄새가 섞여 있는 것 같다.

"아, 보스."

골목 앞에 서 있던 지노를 로간이 먼저 보았다. 오전 9시 50분. 로간과 바질이 찾아오는 길이다.

"아, 저기 카페로 가자."

지노가 앞장서 가자 로간이 뒤를 따르면서 물었다.

"보스, 집에 공주 계십니까?"

"이제 떠나도 돼."

지노가 말을 이었다.

"너희들은 인사 안 해도 된다."

"그렇습니까?"

"보스는 인사했어요?"

바질이 묻자 지노가 고개만 끄덕였다.

지노가 들어선 곳은 거리 반대쪽의 찻집이다. 홍차를 시킨 지노가 찻집 안을 둘러보았다. 10평쯤 되는 안에는 손님이 10여 명 모여 있었는데 모두 동네 아랍 인이다. 지노가 입을 열었다.

"배로 지중해를 횡단해서 시리아를 거쳐 이라크로 들어가기로 하자."

목소리를 낮춘 지노가 말을 이었다.

"무기는 권총만 갖고 시리아에 들어가서 필요한 건 구입하기로 하지."

"여객선을 탑니까?"

"이미 날 수배하고 있을 테니까 화물선을 타고 키프러스나 크레타 섬까지 간 후에 거기서 다시 배를 갈아타는 거야."

"돈을 두둑이 주면 돼."

고개를 끄덕인 지노가 둘을 번갈아 보았다.

"너희들 20만 불 받은 거 어떻게 했나?"

"집에 보내주고 2만 불 갖고 있는데."

바질이 말했을 때 로간이 지노를 보았다.

"난 누나한테 보관하라고 보냈는데, 지금 5천 불쯤 남았어."

그때 지노가 말했다.

"이번 작전비로 내가 1백만 불씩 줄 테니까 계좌번호를 적어내라."

키프로스로 가는 그리스 국적 화물선 안젤리나호는 1만 5천 톤급으로 오후 6 시에 출발했다.

안젤리나호는 나폴리를 거쳐야 했지만 지노는 일단 마르세유를 떠나기로 했다. 나폴리가 더 안전했고 키프로스나 베이루트행 배를 잡기가 수월하다고 들었기 때문이다.

선장에게 밀항 요금으로 1인당 1천 불씩 준 바람에 셋은 귀빈 대우를 받았다.

숙소도 선장실 옆 휴게실을 썼고 2박 3일간 VIP 대접을 받았다.

3일 후, 밤.

셋은 나폴리에 정박한 안젤리나호에서 내려 창고 뒤쪽 쪽문을 통해 제방으로 나왔다. 제방 길을 1백 미터쯤 걸어서 공사 중인 철조망 사이로 나왔더니 나폴리의 선창가다.

선장이 알려준 밀항 코스다. 선원들이 술 마시러 나가는 최단 코스를 알려주었을 뿐이다.

밤 12시다.

밤 12시 반. 선창 뒷골목.

지금이 가장 바쁘고 활기찬 시간이다. 그중에서 '미렌' 바의 분위기는 뜨겁고 끈적였다. 이곳은 각국에서 선원들만 모이는 것이 아니라 여자도 다양하다.

오늘도 안쪽 자리를 차지한 피에트로는 벌써 4건의 여자를 소개했고 5건의 선원 취업을 성사시켰으며 2명의 밀입국을 주선했다.

피에트로는 49세. 나폴리 부두의 신(新) 마피아 '마르코파'의 행동대장이다. 부두 노조의 자문관 직도 겸하고 있어서 권한이 막강하다. '나폴리 부두 부통령'이라고 불리는 이유다.

피에트로는 주노와 함께 다가오는 아랍인을 보았다.

콧수염을 길렀고 검게 탄 피부, 185 가까운 키. 팔이 길어서 걷는 것이 침팬지 같다. 시선이 마주쳤을 때 아랍인의 눈빛이 흐려졌기 때문에 피에트로는 갑자기 가슴이 답답해졌다.

그때 다가온 주노가 말했다.

"대장, 이 사람이 베이루트에 밀입국하겠다는데."

주노는 거간꾼. 일을 물어오는 중개인 역할이다. 주노가 판단해서 피에트로에게 데려오는 것이다. 그때 사내가 피에트로 앞자리에 앉았다. 이제는 피에트로의 시선을 맞받는데, 눈이 마치 죽은 생선 같다. 주위가 소란했기 때문에 피에트로가 소리치듯 물었다.

"그래, 베이루트로 밀입국하겠다구?"

"응. 우리 셋인데."

사내가 거침없이 말했다. 반말 투. 기분이 상한 피에트로가 의자에 등을 붙였다.

"너 죄짓고 도망 중이냐?"

"밀입국하면 다 범법자가 되는 거지."

"잘못하면 나까지 뒤집어쓰게 되니까 그래."

"그럼 그만두지."

사내가 벌떡 일어섰기 때문에 피에트로가 눈을 부릅떴다.

"너, 온전하게 가게 나갈 것 같으냐?"

그때 사내가 다시 자리에 앉더니 쓴웃음을 지었다.

"미안해."

"이놈, 미친놈이네."

"베이루트에 빨리 들어가야 돼. 부탁해, 대장."

"너 돈 많아?"

"돈이 많으면 이곳에 안 오지. 배를 빌리거나 비행기를 타지."

"죄를 지은 놈들이 묻어가려고 하는 경우가 많아."

"부탁해, 대장."

"내일 새벽에 떠나는 유람선이 있어. 호화유람선이야."

눈을 가늘게 뜬 피에트로가 사내를 보았다.

"여기서 아테네, 키프로스를 거쳐 베이루트로 가는데 나흘 걸려. 빠른 편이지."

"거긴 여권이 있어야 하잖아."

"일등 항해사 놈이 항상 부수입을 올리지. 하지만 일등석을 타야 하고 베이루트라면 1인당 3천 불의 수수료가 든다."

피에트로가 넌지시 사내를 보았다.

"그리고 일등석 요금이 1인당 3천 불. 항해사 놈 수수료가 4천 불이니까 1인당 1만 불이 드는 거지."

"……."

"너희들은 내일 새벽에 배에 안내되어서 배 안에서는 정식 승객이 되는 거야. 그리고 베이루트에 도착하면 항해사 놈이 나갈 길을 안내해줄 거다."

그러고는 피에트로가 사내를 보았다.

"어때, 할래?"

오전 1시 반.

지노와 로간, 바질이 '미렌' 바 옆쪽에 붙은 '우드로' 커피숍에 들어섰다. 그때 안쪽 테이블에 앉은 피에트로가 손을 들었다.

"어, 여기."

이곳은 '미렌'과는 반대로 한산하다. 안쪽의 한 테이블에 사내 둘이 앉아있을 뿐인데 피에트로의 부하들 같다. 셋이 다가가자 피에트로가 웃음 띤 얼굴로 앞쪽 자리를 가리켰다.

"거기 앉아."

앞쪽에 앉은 지노가 피에트로의 옆에 앉은 사내를 보았다. 40대쯤의 양복 차림, 둥근 얼굴에 긴장한 표정이다. 그때 피에트로가 지노에게 손을 내밀었다.

"두당 1만 불씩 3만 불."

지노의 눈짓을 받은 로간이 점퍼 주머니에서 1만 불 뭉치 3개를 꺼내 피에트로에게 내밀었다. 고개를 끄덕인 피에트로가 받더니 1만 불 뭉치에서 100불짜리 지폐 10장을 빼내 2만 불 뭉치와 함께 옆쪽 사내에게 밀어놓았다. 사내가 돈뭉치를 쥐더니 양복주머니에 쓸어 담고 나서 지노를 보았다.

"짐 있습니까?"

"우리가 멘 배낭뿐이오."

지노가 말하자 사내가 자리에서 일어섰다.

"가십시다."

따라 일어선 지노를 향해 피에트로가 앉은 채로 손을 들었다.

"또 만나세, 친구."

선창이 2백 미터밖에 되지 않았기 때문에 넷은 잠자코 선창으로 다가갔다. 사내가 앞장을 섰고 셋이 뒤를 따르는 것이다.

오전 2시다.

뒤쪽 선창은 인적이 없다. 바닷물이 출렁대는 시멘트 도크는 보안등도 켜져 있지 않아서 어둡다. 이곳은 어선 수리 독 옆이어서 항구하고는 2킬로쯤 떨어진 곳이다. 산기슭을 돌아야 항구가 나온다.

그때 선창 끝으로 다가간 사내가 아래를 내려다보면서 짧게 휘파람을 불었다. 아래를 내려다본 지노가 검은색 모터보트 한 대가 매어져 있는 것을 보았다.

"저거 탑시다."

시멘트에 붙인 사다리를 잡으면서 사내가 말했다. 배하고는 3미터쯤 거리다. 사내에 이어서 지노, 다음에 로간과 바질이 보트에 탔다. 바질이 타면서 한마디 했다.

"이걸 타고 베이루트에 가나?"

모터보트가 파도를 헤치면서 달려가더니 산을 돌았을 때, 앞쪽 바다에 있는 거대한 유람선이 드러났다. 산기슭 위로 검은 하늘이 붉었던 것은 유람선의 불빛 때문이었다.

보트는 환하게 보이는 유람선을 향해 10분 정도나 더 달려야 했다. 다가갈수록 유람선이 점점 커지더니 마침내 옆구리에 붙었을 때는 거대한 산 같아서 위가 보이지도 않았다. 보트를 유람선 옆구리에 붙인 조종사가 사내에게 말했다.

"자, 올라가요."

유람선 옆구리에 줄사다리가 내려와 있는 것이다.

"갓댐."

위를 올려다본 로간이 투덜거렸다. 갑판까지는 50미터도 더 된다. 그때 사내가 말했다.

"30미터만 올라가면 3등 선실 뒷부분이오. 나만 따라오시오."

"젠장. 30미터?"

바질이 다시 투덜거렸을 때 사내가 먼저 사다리를 오르기 시작했다. 그 뒤를 다시 지노가 따라 오른다. 알루미늄 사다리는 단단했기 때문에 2미터쯤의 간격을 두고 로간이 따른다. 뒤를 바질이 따라 5미터쯤 올랐을 때 밑에서 낮은 엔진 음이 울렸다. 모터보트가 떠나는 것이다.

"갓댐. 저 개자식이 벌써 떠나네."

밑에서 바질이 다시 욕을 했다.

30미터쯤 올랐을 때 맨 밑 갑판이 드러났고 그곳에는 승무원 차림의 사내 하나가 기다리고 있었다. 지노가 난간을 넘어 갑판에 오르자 사내가 승무원을 가리키며 말했다.

"이 친구가 선실을 안내해줄 겁니다."

그때 지노가 사내에게 물었다.

"우리가 승객 명단에는 들어있겠지요?"

"그럼요."

사내가 어둠 속에서 흰 이를 드러내고 웃었다.

"다만 출입국자 명단에 없을 뿐이지요."

그때 바질까지 갑판에 올랐기 때문에 승무원 제복 차림이 말했다.

"따라오시지요."

일등석은 유람선의 5층이다. 6층이 특등석이었지만 20여 실밖에 없었고 일등석은 1백여 실, 이등석이 600여 실, 삼등석이 1,500여 실의 7만 5천 톤급의 초대형 유람선이다.

방으로 안내한 선원이 셋에게 카드를 나눠주었다.

마스터 키다. 이 키로 식사, 음료, 바 등 모든 서비스가 제공되는 것이다. 각각 방을 배정받기 때문에 로간과 바질은 임무를 잊고 잠깐 희희낙락했다. 지노도 호화유람선은 처음이라 잠깐 어리둥절했다.

일등석 욕실은 풀장만 했고 침실, 응접실, 바다를 향한 베란다까지 준비되어 있다. 마르세유의 골방에 박혀 있는 카밀라까지 떠오를 정도였다. 미안해서다.

오전 4시가 되어가고 있었다. 배는 6시 반에 출항한다는 것이다.

"7시에 집합이다."

지노가 제각기의 방으로 둘을 보내면서 말했다.

"긴장을 풀지 말도록."

이렇게 말했지만 지노 자신에게 한 소리다. 주위 환경이 갑작스럽게 바뀌었기 때문에 얼떨떨한 것이다.

7시 반에 지노의 선실로 사내가 찾아왔다.

여객선으로 안내해온 사내다. 사내는 이제 제복 차림이었는데 배의 일등 항해사다. 선장 다음 직책이다. 사내가 웃음 띤 얼굴로 지노에게 말했다.

"아테네에서 하루 정박하는데 배 밖으로 나가지만 않으면 됩니다."

사내가 말을 이었다.

"키프로스에서는 6시간을 쉬기 때문에 바닷가 구경을 할 수가 있죠. 베이루트에서 하선할 때 우리 선원이 보트로 안내해드릴 겁니다."

"고맙소."

"그럼 여행을 즐기시기를."

항해사가 돌아가자 로간이 웃음 띤 얼굴로 지노를 보았다.

"작전 전에 신께서 우리한테 미리 보상을 내리신 것 같군."

"난 싫어."

바질이 정색하고 고개를 저었다.

"미리 보상을 받는다는 말이. 다 끝내고 받을 거야."

바질은 갑작스러운 환경 변화에 적응이 되지 않는 것 같다.

"손님이 오셨는데요."

비서 유리가 다가와 말했다. 오전 10시. 베네딕트는 회의에 참석하려고 준비하는 중이었다.

"누구야?"

"정보국에서 오셨답니다."

"정보국?"

고개를 든 베네딕트의 표정이 굳어졌다.

정보국은 프랑스의 정보기관이다. 베네딕트가 고개를 끄덕이자 유리가 나가더니 곧 사내 둘을 안내해왔다. 정장 차림의 사내들이다.

"베네딕트 씨, 갑자기 찾아와 미안합니다."

앞장선 사내가 손을 내밀며 말했다.

"정보국의 샤갈이오."

뒤쪽 사내는 입을 열지도 손을 내밀지도 않았기 때문에 셋은 소파에 둘러앉았다. 베네딕트가 유리에게 말했다.

"회의에 좀 늦는다고 해."

유리가 방을 나갔을 때 정보국의 샤갈이 입을 열었다.

"카밀라 후세인 계좌에 변동이 있었지요?"

순간 숨을 들이켠 베네딕트가 샤갈을 보았다. 그러나 흐려졌던 눈동자가 금세 초점을 잡더니 쓴웃음을 지었다.

"그거 적법한 질문입니까?"

"예, 적법합니다."

"그럼 잠깐 기다리시죠."

전화기를 집어 든 베네딕트가 버튼을 누르면서 말을 이었다.

"변호사가 옆방에 있으니까 부르지요."

그때 샤갈 옆에 앉은 사내가 말했다.

"베네딕트 씨, 집에서 강도 살인이 일어난 것, 카밀라 계좌 변동하고 관계가 있는 것 아닙니까?"

그 말을 들으면서 베네딕트가 전화기에 대고 말했다.

"알랑, 지금 내 방으로 와줘. 녹음기 들고. 내가 지금 기관원한테 협박을 당하고 있어."

전화기를 내려놓은 베네딕트가 어깨를 부풀렸다가 내렸다.

"내가 이라크에서 10년 가깝게 살았어. 전쟁도 치렀고 말씀이야."

베네딕트가 번들거리는 눈으로 둘을 번갈아 보았다.

"내가 그따위 협박에 넘어가지 않아."

"카밀라가 여기 다녀갔더군요."

샤갈이 말을 이었다.

"사내 하나하고 말입니다."

그때 다른 사내가 말했다.

"우리가 이미 CCTV 필름을 입수했습니다. 카밀라하고 동행한 사내가 인터폴에서 수배 중인 사내입니다."

그때 방문이 열리더니 은행 고문 변호사 알랑이 보좌관 프랑소와와 함께 들어섰다. 알랑에게 손짓으로 옆자리에 앉도록 한 베네딕트가 고개를 들고 샤갈을 보았다.

"우리 사무실의 CCTV를 입수했단 말이요? 우리 허락도 없이?"

"정보국은 그럴 권한이 있습니다."

샤갈이 말하고는 지그시 베네딕트를 보았다.

"베네딕트 씨, 카밀라가 분산시킨 예금 계좌를 알려주시지요."

그때 옆쪽 사내가 거들었다.

"이건 파리 제1은행의 운명에 관한 일이 될 겁니다."

"늦었어요."

베네딕트가 쓴웃음을 짓고 말했다.

"당신들은 몇 발짝 늦은 거야. 그들이 옮긴 계좌는 이미 몇 번을 더 세탁했을 것이고 지금은 안개처럼 흩어졌을 테니까."

"지노가 카밀라하고 은행에서 예금을 인출했다는군."

깁슨이 잇새로 말했을 때 카터는 숨을 죽였다.

티크리트의 막사 안. 오후 3시. 7사단 사령부에 들렀다가 온 깁슨이 카터를 부른 것이다. 깁슨의 얼굴에 쓴웃음이 떠올랐다.

"CIA에서 나온 정보야. 둘이 파리에 있어. CCTV에도 찍혔다고."

"그렇군요."

카터가 외면한 채 말했다. 예상은 했다. 파리의 일간지, 방송국이 일제히 후세인의 녹음테이프를 터뜨린 것이 5일 전이다. 그것은 지노가 파리에 잠입했다는 증거다.

그 여파는 지금도 계속되고 있다. 그와 비례해서 '아르카디'의 명예는 땅바닥으로 곤두박질을 쳤다. '아르카디'의 실패가 명백해진 것이다.

"그런데 둘이 은행에서 예금을 분산 예치시켰다는 거야."

깁슨이 말을 이었다.

"그 돈으로 뭘 하려고 했을까?"

"글쎄요."

"당장 쓸 돈이 있었을까? 지노하고 함께 말야."

"그 돈이 얼마나 됩니까?"

"12억 불."

숨만 들이켠 카터를 향해 깁슨이 말을 이었다.

"그 돈을 12곳에 분산 예치했는데 그 12곳이 다시 차명으로 쪼개져서 사라졌어. CIA도 추적 불가능이야."

"......"

"그 둘의 흔적도 다시 사라졌고."

"이제 목적은 달성한 것 아닙니까?"

"그렇게 생각하나?"

되물은 깁슨이 흐린 눈으로 카터를 보았다.

"미국은 그 테이프가 미국으로 넘어오는 것을 걱정하고 있어."

216

"······."

"그래서 CIA에 비상이 걸렸어. 프랑스는 물론이고 유럽 전역을 수색하고 있다."

깁슨이 길게 숨을 뱉었다.

"그놈 때문에 우리가 죽을 쒔다."

죽 쑨 정도가 아니다. '아르카디'의 적극적인 후원자였던 국무부차관 리차드 해리슨이 종적을 감추었기 때문이다. 리차드는 후세인의 테이프에 실명과 실제 목소리로 등장한 주역이다. 깁슨이 충혈된 눈으로 카터를 보았다.

"우리한테 남은 일은 수배자를 다 잡는 것뿐이야. 후세인을 포함해서."

아테네, 키프로스를 거쳐 유람선이 베이루트 항에 도착했을 때는 오후 11시 반. 배는 조용히 제3도크에 정박했다.

깊은 밤.

배 안은 조용하다. 베이루트에서 하선할 승객은 10여 명밖에 없었기 때문이다. 승객 대부분이 유럽 국적으로 베이루트 관광은 오전에 시작된다.

"가십시다."

승선했을 때 안내했던 선원이 다가와 말했을 때는 오후 11시 45분.

기다리고 있던 지노 일행은 선원을 따라 3층의 3등 선실 후미로 다가갔다. 깊은 밤. 트랩이 내려와 있지 않았기 때문에 그들은 바다 쪽에 내려진 알루미늄 사다리를 타고 내려갔다. 사다리 밑에는 소형 보트가 대기하고 있다.

넷을 태운 보트가 바다를 달려 항구 끝 쪽으로 다가갔다.

보트가 닿은 곳은 낡은 선창. 보안등도 켜 있지 않은 허름한 곳이다. 인적도 없다. 앞쪽에 불을 밝힌 건물이 서너 채 있을 뿐이다. 보트에서 먼저 내린 선원이 손으로 건물을 가리켰다.

"저 건물 건너편이 도로요. 택시가 있을 테니까 그놈을 타고 시내로 들어가면 됩니다."

과연 건물 사이로 택시가 보였다.

베이루트다. 이제야 실감이 났다.

오전 3시.

레바논과 시리아의 국경. 국경선은 없다.

이곳까지 택시를 타고 온 후에 4킬로쯤 걸어서 국경선에 닿은 것이다. 안쪽은 황무지. 1킬로만 건너면 시리아다.

"가자."

앞장선 지노가 발을 떼며 말했다. 로간과 바질이 뒤를 따른다.

오전 7시 반.

시리아 다마스커스. 지노 일행 셋은 다마스커스의 여관방 안에서 둘러앉아 있다.

"여기서 저녁때까지 쉬고 오후 6시쯤 동쪽 국경으로 간다."

지도를 펴놓은 지노가 동쪽 국경선을 짚었다. 이라크와의 국경이다.

"이곳에서 이라크 국경까지 검문은 심하지 않을 거야. 하지만 국경 경비는 양국이 철저할 테니까."

고개를 든 지노가 둘을 번갈아 보았다.

"그동안 무기를 구입하도록 하지."

오후 3시 반.

다마스커스 중심부를 관통하는 바라다 강변의 카페 안.

지노가 들어서자 주인이 다가왔다. 카페 안에는 손님이 하나도 없었기 때문에 안에는 지노와 바질, 그리고 주인 셋뿐이다. 10평 규모의 카페는 허름했고 테이블이 4개뿐이다. 자리에 앉은 지노가 다가선 주인에게 물었다.

"여기서 베리슨을 만날 수 있소?"

"베리슨?"

되물은 주인이 이맛살을 모았다. 카페 안은 어두웠지만 주인의 두 눈이 번들거렸고 긴장한 기색이 드러났다. 백인 계열. 말끔하게 면도한 얼굴은 40대쯤이다. 주인이 다시 물었다.

"나무다리 베리슨 말요?"

"맞아. 외다리 베리슨."

"베리슨을 왜 찾는데?"

"글쎄, 만날 수 있는가만 말해줘."

지노의 눈빛이 강해졌다.

"친구야, 내가."

"용건은?"

"친구니까."

말하고 난 지노의 눈짓을 받은 바질이 자리에서 일어나 카페 밖으로 나갔다. 바질의 뒷모습에 시선을 주었던 주인이 다시 지노에게 물었다.

"여기는 어떻게 알게 되었어?"

"베리슨이 저를 찾으려면 이곳으로 오라고 했어."

"이곳에?"

"그래. 이 카페 주인 크록이라는 병신 같은 놈이 고향 선배라고."

"……."

"의심이 많아서 꼬치꼬치 캘 테니까 두드려 패지는 말고 참으라더군."

"당신, 이름이 뭐야?"

"지노다. 내가 목숨 값을 받으러 왔다고 전해."

그때 주인이 몸을 돌렸다.

5장 이라크 재진입

10분쯤 후에 카페로 사내 하나가 들어섰고 그 뒤를 바질이 따라 들어왔다. 사내를 본 지노가 자리에서 일어섰다.

"오 마이 갓."

지노에게 다가온 사내가 두 팔을 벌렸다. 거구다. 수염투성이의 백인. 허름한 양복 차림에 얼굴을 펴고 웃는다.

"이 돼지."

지노가 사내의 어깨를 감싸 안고 볼을 비볐다. 카운터에서 다가온 주인이 둘을 번갈아 보면서 물었다.

"술 줄까?"

그때 베리슨이 대답했다.

"위스키 한 병. 병째 가져와."

"돈은 네 친구가 내는 거냐?"

주인이 물었고 지노가 고개를 끄덕였다.

"오케."

주인이 돌아갔을 때 베리슨이 정색하더니 지노를 보았다.

"여긴 웬일이냐?"

"널 보려고 다마스커스에 온 거야."

"갓댐. 사고가 났군. 지금 쫓기는 거야?"

"그런 셈이지."

베리슨의 시선이 옆에 앉은 바질에게 옮겨졌다.

"네 동료야?"

"부하올시다, 형님."

바질이 앉은 채로 고개를 숙여 인사했다.

"부하하고 같이 쫓기는군."

베리슨이 혼잣소리처럼 말했을 때 주인이 쟁반에 술병을 담아들고 왔다. 미국산 위스키다.

"60불이야."

술병을 내려놓은 주인이 지노에게 손을 내밀었다. 지노가 주머니에서 구겨진 100불짜리 지폐를 꺼내 내밀었다. 주인이 가로채듯 받아가자 베리슨이 말했다.

"잔돈 가져와, 크록."

주인이 돌아갔을 때 지노가 베리슨을 보았다.

"베리슨, 무기가 필요해."

"굿. 이라크에서 쏟아진 무기가 이곳저곳에 쌓여 있지."

대번에 승낙한 베리슨의 눈빛이 강해졌다. 베리슨이 술병을 들면서 물었다.

"어떤 거야? 개인 화기는 다 있어."

"차도 구할 수 있지?"

"돈만 있으면 다 돼."

지노가 고개를 끄덕였다.

"베리슨, 술은 네 주머니에 넣고 가자."

베리슨이 술병의 마개를 덮었다.

오후 6시 반.

다마스커스를 출발한 승합차가 동쪽 도로를 달리고 있다. 운전석에 앉은 사내는 베리슨이다. 어두워지기 시작하는 도로는 동쪽 이라크 국경 쪽으로 뻗어 있다. 국경까지는 250킬로 정도, 4시간 예정이다.

차가 한적한 국도로 들어섰을 때 베리슨이 고개를 돌려 옆에 앉은 지노를 보았다.

"너, 들었어?"

"뭘?"

"후세인의 육성 녹음 말이야. 리차드라는 미국무부 차관 놈의 목소리까지."

"아니, 못 들었는데?"

"기가 막히더군. 너도 한번 들어봐."

베리슨의 목소리에 열기가 띠어졌다.

"미국의 이라크 침공은 조작된 음모 때문이라는 거야. 그 증거가 폭로된 거야. 리차드라는 국무부 차관 놈이 이라크 장군을 설득시키는 육성 녹음까지 방송된 거야. 기가 막힐 일이지."

"……"

"후세인이 그 테이프를 프랑스 언론에 터뜨린 거야. 그것이 유럽에 퍼졌고 시리아까지 넘어왔어."

"……"

"이라크가 음모 때문에 멸망한 것이지. 후세인이 땅을 치고 울 일이야."

"……"

"그런데 넌 뭐 때문에 이라크로 들어가려는 거야?"

"용병으로."

"이라크 현상범 사냥이냐?"

베리슨이 혀를 찼다.

"넌 언제까지 미국의 개 노릇을 하고 살 거냐?"

"당분간만."

"한심한 놈."

뒤쪽에 앉은 로간과 바질은 입을 다물고 있다. 뒤쪽 의자 밑에는 AK-47 3정, 30발들이 탄창 12개, 소음기, 수류탄 1박스 12개가 들어있고 각각 베리타 권총을 소지하고 있다. 무장한 것이다.

국경에서 5킬로쯤 떨어진 국도변에 차를 세웠을 때는 오후 11시 반경이다.

길이 험했기 때문에 예정보다 밀렸을 뿐이지 검문은 당하지 않았다. 하지만 국경에서 오는 쪽은 세 군데에서 검문을 했다. 차에서 내린 지노에게 베리슨이 다가와 섰다.

"지노, 용병일 마치면 나한테 꼭 들러라. 다마스커스에서 나하고 며칠 놀다가 가도록 해라."

"그러지."

지노가 고개를 끄덕였다.

"꼭 들르겠다, 베리슨."

"너하고 같이 일한 때가 좋았는데 벌써 5년 전이네."

그때 지노가 배낭에서 1만 불 뭉치 3개를 꺼내 베리슨에게 내밀었다.

"베리슨, 이거 써라."

놀란 베리슨이 돈뭉치를 쳐다만 보았고 지노가 점퍼 주머니에 쑤셔 넣었다.

"입 닥치고 받아. 조심하고."

"지노."

"내가 널 믿는다."

"지노."

그때 지노가 베리슨의 어깨를 손으로 툭 치고는 몸을 돌렸다.

"곧 연락할게, 베리슨."

"기다리지."

어둠 속에서 베리슨의 목소리가 울렸다.

"고맙다, 지노."

"다시 봅시다."

로간이 말했고 바질이 이었다.

"조심해요, 베리슨."

황무지를 건너 바위투성이의 구릉만 건너면 이라크 땅이다. 이라크에서 넘어오는 탈영병, 수배범, 피난민 등은 많았지만 이쪽에서 넘어가는 사람은 드물다.

이곳은 베리슨이 골라준 지역으로 구릉을 건너면 경사가 70도 가깝게 되는 바위 절벽이다. 그래서 아래쪽 시리아, 이라크 국경 경비가 허술하다는 것이다.

한 시간쯤 구릉을 건넜을 때 곧 아래쪽 절벽이 드러났다. 준비해온 로프로 서로를 도우면서 3백여 미터의 급경사 지역을 내려왔을 때는 오전 3시가 되어가고 있었다.

"저쪽에 시리아군 경비초소가 있네."

바질이 손으로 앞쪽을 가리켰다.

"그 앞쪽이 이라크군 경비초소고."

양쪽 초소간 거리는 2백 미터쯤 된다. 불을 밝히고 있어서 어둠 속에 환하게 드러났다. 이번에는 바질이 앞장을 섰고 지노, 로간의 순으로 종대 대형이 되었다. 초소를 우측 1백 미터 거리로 두고 빠져 나가는 것이다.

셋 다 앞에 총 자세로 등에 배낭을 메었으니 이제는 이라크군(軍) 잔당이나 같다. 시리아군 초소를 지나 곧 이라크군 초소로 다가갔을 때 여자의 비명 소리가 들렸다. 어둠 속을 울리는 여자의 비명은 섬뜩했다.

앞장서 가던 바질이 걸음을 늦추더니 고개를 돌려 지노를 보았다. 이라크군 초소는 우측으로 1백여 미터다.

"그냥 가."

지노가 낮게 말했다.

"피난민을 잡은 거다."

잡아서 무엇을 하는지는 비명 소리가 말해주고 있다.

"개새끼들."

뒤를 따르던 로간이 욕을 했다.

"나라가 망하면 힘없는 국민들만 피해를 입는 거야."

당연한 말이지만 지노는 실감이 났다.

지금 여자를 겁탈하는 놈들은 이라크군 민병대다. 해체된 이라크군을 민병대로 재조직, 미군이 용병으로 고용한 것이다. 그놈들이 제 국민을 겁탈하고 있다.

이라크로 진입.

멸망한 국가, 군(軍)도 해산해서 아직 무정부 상태. 국가가 있어야 정부를 구성할 것 아닌가?

"저기 버스가 옵니다."

도로변 산기슭에 앉아 있던 지노가 로간의 외침을 듣는다.

오전 10시 반.

국경에서 20킬로 정도 떨어진 도로변이다. 고개를 든 지노가 서쪽에서 다가오는 버스를 보았다. 비포장도로여서 뒤에 자욱한 먼지를 일으키고 있다. 3백 미터 거리. 차량 통행이 드물었기 때문에 낡은 버스는 속력을 내고 있다. 잠깐 버스를 바라보던 지노가 입을 열었다.

"버스는 안 돼."

로간과 바질은 숨을 죽였고 지노가 말을 이었다.

"아나까지 간 다음에 거기서 이동 수단을 만들기로 하자."

아나는 서쪽의 도시다. 이라크 주둔 미군 동부사령부가 위치한 곳으로 미 제102공정사단이 주둔하고 있다.

그때 버스가 발 아래로 지나갔다. 버스 안에는 승객이 절반 정도 타고 있었는데 모두 주민들이다. 바위틈 사이에 엎드린 셋과의 거리는 20미터 정도다.

도로를 피해서 곧장 동진. 목표는 아나.

골짜기로, 고원으로, 산으로, 셋은 묵묵히 걷는다. 이제는 등에 배낭을 메고목에는 AK-47을 매달고 있다. 셋 다 머리에 민간인처럼 터번을 썼는데 낡은 작업복에 작업화를 신었다.

사람을 피하고 걷는 터라 가끔 인기척에 숨기도 했지만 이곳은 민병대의횡포도 심하지 않은 지역이다. 가끔 헬기가 머리 위로 날아갔지만 몸을 숨겨피했다.

그렇게 10시간을 강행군해서 아나가 보이는 언덕 위에 섰을 때는 오후 10시 반.

멸망한 이라크의 도시였지만 거리는 불빛이 환했다. 도로를 오가는 차량도많았고 네온사인도 반짝였다. 이곳은 잡초에 뒤덮인 언덕 위다. 그때 로간이 고개를 돌려 지노를 보았다.

"보스, 믿을 만합니까?"

"아니. 아직 누구도 못 믿는다."

고개를 저은 지노가 도시를 응시한 채 말을 이었다.

"하지만 그 방법이 가장 빠르고 확실하다. 안전은 운에 맡기는 수밖에."

"보스한테 맡기겠습니다."

바질이 어깨를 늘어뜨리며 말했다.

"숨어 다닐 수만은 없죠."

술잔을 든 랜스가 스탠드 앞에 선 여자를 노려보았다. 이쪽에 엉덩이를 내밀고 있어서 빵빵한 스커트가 마치 부풀어 오른 풍선 같다. '피닉스 바' 안은 소란스럽다.

밤 12시 반.

이곳은 장교 클럽이어서 여자들도 고급이다. 본부에서 물론 뇌물을 먹겠지만 '기본'이 되어 있지 않은 여자는 출입을 금지시키는 것이다. 그러니까 저 엉덩이가 '빵빵한' 여자도 '사령부 정보과'의 출입증을 소지한 여자다.

"갓댐."

한 모금에 위스키를 삼킨 랜스가 손짓으로 웨이터를 불렀다. 이쪽에 시선을 주고 있던 웨이터 하비브가 다가왔다.

"예, 소령님."

"저기, 엉덩이가 문짝만 한 년."

랜스가 턱으로 여자를 가리켰다.

"네가 이리 데려와."

"그러지요."

몸을 돌린 하비브가 여자한테 다가가 귓속말을 했다. 그때 여자가 고개를 돌려 랜스를 보았다. 여자는 흑발의 백인. 러시아 쪽이다. 눈이 부실 것 같은 미모. 고개를 돌린 여자가 뭐라고 말했고 하비브는 이쪽으로 다가왔다.

"기다리는 사람이 있다는데요, 소령님."

228

"갓댐. 2백 불 준다고 해."

"예, 소령님."

다시 돌아간 하비브가 여자한테 말하더니 다시 돌아왔다.

"안 된답니다, 소령님."

"개 같은 년. 출입증을 몰수해버릴 거다."

그러나 그것은 랜스의 능력 밖이다. 더구나 랜스는 현재 직위해제 상태인 것이다. 만일 이 상황에서 랜스가 사고를 한 번 더 친다면 예편이다. 15년 군 생활이 끝난다. 연금도 못 받게 될지도 모른다.

어느새 하비브가 사라졌기 때문에 랜스는 다시 잔에 술을 채웠다. 바 안은 소란하다. 담배 연기로 가득 찬 데다 조명이 흐려서 오가는 놈들이 모두 흐릿하게 보인다. 그때 웨이터 카리드가 다가왔다.

"소령님, 누가 찾습니다."

"어느 놈인데?"

"밖에 있습니다."

"이리 오라고 해."

"아프간 로코스 작전이라면 아신답니다."

순간 랜스가 이맛살을 찌푸렸을 때 카리드가 말을 이었다.

"후문에서 기다리고 계신답니다."

후문으로 나온 랜스는 군복 차림인데 옷차림이 엉망이다. 상의 단추가 위쪽에서 2개나 풀어졌고 모자도 쓰지 않았고 머리칼도 헝클어졌다. 넓은 얼굴에 건장한 체격. 문 앞에 선 랜스가 두 팔을 늘어뜨린 채 두리번거리고 있다.

"저놈입니까?"

로간이 묻자 지노가 고개를 끄덕였다.

"나한테 목숨을 빚진 놈이지."

그때 랜스가 텅 빈 골목에 서서 소리쳤다.

"갓댐, 로코스!"

그때 지노가 벽에 붙였던 몸을 떼었다.

뒤쪽 골목도 텅 비었기 때문에 어둠 속에서 지노가 나타나자 랜스의 몸이 굳어졌다. 지노는 터번에 후줄근한 작업복 차림이어서 아랍인이다. 몸을 굳히고 있던 랜스는 지노가 세 걸음 앞으로 다가갔을 때 숨을 들이켰다.

"갓댐, 지노."

"랜스, 어디 조용한 곳으로 가자."

이곳은 피닉스 바에서 1백 미터 거리인 카페 안.

지노와 랜스가 마주 앉아 있다. 그러나 피닉스와는 반대로 한산한 분위기. 10여 개의 테이블에 두 테이블만 손님이 앉아 있을 뿐이다. 홍차를 시켜놓은 랜스가 지그시 지노를 보았다.

"너 여기 왜 온 거야?"

"널 찾아서 온 거야."

그렇게 대답한 지노가 랜스를 훑어보는 시늉을 했다.

"마이크 랜스, 명령 불복종으로 보직 해임된 상태더군."

"……."

"사령부 사병까지 다 알고 있더군. 연대장한테 대들었다며?"

"모자를 벗어 던졌어."

랜스가 어깨를 부풀리며 말했다.

"철모였다면 얼굴이 부서졌을걸?"

"갓댐. 군사재판감이군."

"그렇게 되면 저도 옷 벗어야 할 테니까 보직 해임으로 넘어간 거지."

랜스가 길게 숨을 뱉었다.

"연대장 놈은 반란군이 준동하고 있는데도 놔두고 있어. 민병대와 반란군의 대결을 부추기고 있다고."

"그건 주둔군 사령부 명령인가?"

"아냐. 그런 명령은 없어. 제가 무사안일하게 지내다가 진급하려는 거지."

랜스가 말을 이었다.

"미군 대대 앞의 반란군은 소탕하지도 못하게 놔두라고 했단 말야."

"갓댐. 이라크를 완전히 멸망시키겠군."

"그런데."

상체를 세운 랜스가 지노를 보았다.

"지노, 네가 후세인 테이프를 터뜨렸나?"

"그랬어."

지노가 정색했다.

"내가 파리에서 터뜨렸다."

"지저스 크라이스트. 그런데 왜 여기까지 왔나? 넌 이곳에서도 유명인사야."

"널 만나려고 왔다니까."

"말해."

"민병대 신분증이 필요해."

"그럴 줄 알았어. 어디 가려고?"

"그건 너를 위해서도 밝힐 수 없어."

"내가 해줄 것으로 생각하나?"

"미국을 배신하려는 것은 아냐."

"네가 그럴 놈은 아니지."

쓴웃음을 지은 랜스가 흐린 눈으로 지노를 보았다.

"네가 지금 '아르카디'는 물론이고 이라크 주둔군 헌병대, 수사대, 그리고 CIA 요원들한테까지 수배된 인물인 줄은 알지?"

"물론."

지노가 고개를 끄덕였다.

"하지만 내가 지금 이라크에 와 있는 건 아직 모를 거야."

"민병대 신분증을 만들려면 연대 정보참모 컴퓨터에 입력시켜야 돼."

"입력되어 있는 4명을 골라줘, 랜스."

지노가 번들거리는 눈으로 랜스를 보았다.

"넌 연대 작전참모야. 입력된 4명의 신분증을 다시 재발급하면 돼."

"넷이군."

"그래. 검문소에서 사진까지 대조할 수는 없으니까."

"어딜 가려는 거냐?"

"티크리트."

"왜?"

그때 지노가 심호흡을 하고 나서 랜스를 보았다.

"랜스."

"말해."

"너 군 생활 계속할 거냐?"

"난 소령으로 예편될 거다."

"만일 이 사건이 발각된다면 넌 어떻게 될 것 같으냐?"

"강등되고 나서 예편되겠지. 군법회의 결과는 뻔해."

"연금은?"

"연금은 못 받아."

"내가 5백만 불을 주지."

그때 숨을 들이켠 랜스가 지노를 보았다. 어느새 흐린 눈이 맑아져 있다. 다시 랜스가 입을 열었을 때는 10초쯤 지난 후다.

"지노, 말해라."

지노가 고개를 끄덕였다.

"후세인을 데리고 나가려는 거야."

랜스는 시선만 주었고 지노의 말이 이어졌다.

"이라크에서 탈출시키는 것이지."

"……."

"그저 목숨만 살리려는 거야."

"……."

"미국 정부는 후세인을 잡아서 처형하는 것으로 이 '음모 전쟁'의 종말을 장식하려고 하겠지."

지노의 목소리가 조금 높아졌다.

"난 부탁을 받았지만 그렇게까지 되도록 놔두지는 않겠다."

"……."

"이라크는 미국 정부의 음모로 멸망했어. 그 테이프는 이미 방송되었다."

"나도 들었어, 지노."

랜스가 얼굴을 일그러뜨리며 웃었다.

"우리 연대 참모들, 장교 대부분이 다 들었다. 리차드 해리슨의 목소리까지."

"난 후세인을 데리러 가는 거야."

"네 배후가 소문대로 후세인의 딸 카밀라 후세인이냐?"

"그래. 카밀라가 자금을 댔어."

그때 랜스가 똑바로 지노를 보았다.

"민병대보다 정보원 신분증이 더 효력이 있어."

"알고 있어, 랜스."

숨을 들이켠 지노가 랜스를 보았다. 두 눈이 번들거리고 있다.

"방법이 있나?"

"내가 직접 정보원 신분증을 만들어주지. 내가 고용한 정보원도 10여 명이 되니까."

"그렇군."

지노가 커다랗게 고개를 끄덕였다.

"그 방법이 확실하다."

셋은 랜스의 숙소에 들어갔다. 랜스는 사령부 근처의 단독주택에 입주해 있었는데 집에 이라크인 하녀 하나를 고용하고 있었다.

다음 날 오전.

8시가 되었을 때 말끔한 군복 차림이 된 랜스가 지노에게 말했다.

"내가 오후 2시까지는 돌아오지."

어젯밤 랜스는 지노와 로간, 바질의 사진을 찍었고 새 신분 서류를 작성해 놓았다.

"티크리트로 출장을 가는 것으로 할 거다. 민병대용 차가 몇 대 있으니까 그중 한 대도 가져오지."

"돈이 필요하나?"

지노가 묻자 랜스가 고개를 끄덕였다.

"뇌물이 필요해. 민병대용 차는 사람 시켜서 빼놔야 하니까. 내가 빼다면 의심할 테니까."

지노가 검정색 비닐봉지를 내밀었다.

"3만 불 들었어."

"많아, 지노. 1천 불이면 돼."

"그리고 네 계좌에 5백만 불 넣을 테니까 네 계좌번호를 만들어 놔."

"갓댐."

비닐봉지를 받은 랜스가 쓴웃음을 지었다.

"일 성공하고 나서 나한테 연락해. 그때 알려줄 테니까."

집에 셋이 남았을 때 로간이 지노에게 물었다.

"보스, 믿을 수 있을까요?"

지노가 고개를 끄덕였다.

"믿어야지."

"아프간에서 작전을 한 사이인가요?"

바질이 묻자 지노가 소파에 앉았다.

"로코스 산이라는 곳에서 작전을 했던 사이야."

지노가 둘을 번갈아보았다.

"둘 다 대위로 각각 팀장이었는데 랜스의 팀이 함정에 빠진 것을 내가 구해내었지."

둘의 시선을 받은 지노가 쓴웃음을 지었다.

"그때도 랜스는 명령을 어기고 민가에 들어가 있다가 기습을 받은 거야. 우리가 구해내지 않았다면 전멸했을 거야."

"……."

"양쪽 팀에서 둘씩 전사자가 나왔지만 모두 비밀을 지켰기 때문에 그냥 넘어갔어. 만일 알게 되었다면 나도 무사하지 못했을 테니까."

"그런 사연이 있었군요."

바질이 고개를 끄덕였고 지노의 팀원이었던 로간이 말했다.

"보스다운 짓이었군요."

로간과는 그 후에 팀원이 되었던 것이다. 그때 지노가 로간에게 말했다.

"로간, 네가 외곽 경계를 해라."

방심할 수는 없는 것이다. 지노의 시선이 바질에게 옮겨졌다.

"바질, 1시간마다 로간하고 임무 교대를 해."

한 곳에 오래 머물면 의심을 받기 때문이다.

오후 2시 반에 랜스가 도착했다. 랜스는 102사단 마크가 붙은 SUV를 몰고 왔는데 한국산 현대차다. 마당에 세워 놓은 SUV 주위로 넷이 둘러섰다.

"여기, 신분증이다."

랜스가 지노에게 플라스틱 신분증 3장을 내밀었다.

"각각 이름을 외워둬."

지노가 받은 신분증 이름은 마흐밧. 사진도 인쇄되어 있다. 102사단 2연대 소속 정보원. 로간과 바질도 새 이름을 받았다. 모두 이라크 국적. 랜스가 말을 이었다.

"검문소에서 차만 보면 통과시키겠지만 신분증을 체크해도 문제가 없어. 이미 등록이 되어있으니까."

"굿."

고개를 끄덕인 지노가 랜스를 보았다.

"티크리트에는 정보 수집차 가는 것으로 하지."

"내 지시를 받고 가는 거야."

랜스가 말을 이었다.

"만일의 경우에 나한테 확인을 할 테니까 안전해. 내가 비록 보직 해임 상태

236

지만 말이지."

"고맙다, 랜스."

"여기로 돌아올 거냐?"

"네가 무슨 일 없다면."

"있다면 연락을 할 테니까."

정색한 랜스가 지노를 보았다.

"네가 나한테 연락을 했을 때 내가 로코스를 언급했을 때는 사고가 난 것으로 알도록."

"오케."

로코스가 암호인 셈이다. 지노가 손을 내밀면서 말했다.

"랜스, 고맙다. 살아있으면 꼭 만나는 거야."

"그래야지."

지노의 손을 잡은 랜스가 웃었다.

"우리가 이렇게 만난 것처럼."

"네가 보장해줄 테니까."

지노가 다시 다짐했다.

다시 동진(東進).

이번에는 SUV를 타고 무장한 채 당당하게 달린다. 운전은 바질이 했고 옆자리에 지노, 로간은 뒷자리에 탔다.

오후 3시 반.

SUV는 시속 50킬로 속력으로 달려가고 있다. 셋의 차림도 바꿨다. 모두 말쑥한 작업복 차림으로 머리에는 터번을 썼다. 제각기 AK-47을 쥐었고 탄띠를 찼다. 로간은 선글라스까지 끼어서 거드름을 피우고 있다.

"저기, 검문소."

아나를 빠져나와 40킬로쯤 달렸을 때 검문소가 나타났다. 거리는 3백 미터 정도. 차단봉 아래에 트럭 2대와 승용차가 세워져 있다. 검문소에는 민병대가 검문을 하고 있었는데 10여 명이다. 운전을 하는 바질이 말하자 지노가 앞쪽을 응시한 채 지시했다.

"그냥 가."

차는 속력을 줄인 채 접근했다. 첫 검문소다.

차가 다가갔을 때 옆쪽에 서 있던 민병대원이 힐끗 차체에 프린트된 '102사단' 로고를 보았다. 차가 아직 정지하기도 전이다. 고개를 든 민병대가 손으로 그냥 지나가라는 손짓을 했다. 그러나 앞에 승용차가 검문 중이라 멈출 수밖에 없다. 그때 민병대원이 운전석으로 다가와 바질에게 물었다.

"어디 가시오?"

"티크리트."

대답은 지노가 했다. 고개를 끄덕인 민병대원이 다시 물었다.

"거긴 월급이 얼맙니까?"

"우리 말요?"

지노가 정색하고 민병대를 보았다.

"우리는 건별로 받아. 기본수당이 없어."

"그렇군."

민병대원이 고개를 끄덕였다.

"우린 월급이 75불이야."

"차라리 월급 받는 것이 나아."

지노가 대답했을 때 앞이 트였기 때문에 바질이 손을 들어보이고는 차를 발진시켰다. 검문소를 검문도 받지 않고 통과한 셈이다. 차에 속력을 내면서 바질이 지노를 보았다.

"보스, 아랍어가 유창하십니다."

"이라크 동부 사투리까지 배웠다."

지노의 얼굴에 쓴웃음이 떠올랐다.

"특수팀은 사격 연습만 하는 게 아냐. 현지인처럼 말하고 들을 수 있어야 돼."

그때 뒷좌석의 로간이 말했다.

"어쨌든 사단 로고를 붙인 차만 보고도 통과를 시키는군."

지노가 고개를 기울였다.

"하지만 동쪽으로 갈수록 분위기가 나빠질 거다."

아나에서 티크리트까지는 250킬로.

첫 번째 검문소에서 SUV가 1시간쯤 달렸을 때 2번째 검문소가 나타났다. 이곳은 미 제4사단 구역으로 반란군의 준동이 많은 지역이다. 검문소에는 차단막이 2개나 내려졌고 검문을 받는 차량이 10여 대나 밀려 있었다.

"미군이 나와 있는데요."

차가 멈췄을 때 바질이 앞쪽을 응시하며 말했다. 과연 군복 차림의 미군이 민병대와 함께 검문을 하고 있다. 완전무장한 미군은 민병대와 차이가 난다. 모두 20여 명. 그중 절반이 미군이다. 지노가 고개를 끄덕였다.

"4사단이야. 정예군이다. 훈련이 잘된 부대지."

차는 차츰 검문소 앞으로 다가가는 중이다. 검문소 옆에 LMG 기관포가 장착된 벙커가 있다. 이윽고 앞쪽에 차가 2대 남았을 때 미군 병사 하나가 다가왔다. 병사가 SUV 옆에 부착된 102사단 로고를 보더니 바질에게 물었다. 영어다.

"102사단이야?"

"예스."

바질이 바로 대답했다.

"우린 2연대 소속 정보원이야."

"신분증."

병사가 손을 내밀었고 바질과 지노, 로간까지 플라스틱 신분증을 꺼내 내밀었다. 병사가 신분증을 갖고 초소로 돌아가자 앞쪽 차가 빠져 나갔기 때문에 SUV는 차단봉 밑으로 다가가 섰다. 이제 앞쪽은 차단봉뿐이다.

그때 민병대원 하나가 다가와 안을 힐끗거렸다. 미군들은 따로 모여 잡담 중이다. 그때 막사로 들어갔던 미군이 신분증을 들고 나왔다.

"오케이. 통과."

신분증을 지노에게 건네준 미군이 손바닥으로 차체를 두드렸다.

차를 발진시킨 바질이 고개를 돌려 지노를 보았다.

"앞으로 몇 개나 남았나요?"

"랜스는 모두 6개가 있다고 했어. 앞으로 4개 남았다."

"갓댐. 간이 졸아서 차라리 고생을 하더라도 산을 넘어가는 것이 낫겠습니다."

지노가 심호흡을 했다.

맞다. 만일 검문소에서 체크가 된다면 그것으로 끝이다. 빠져나갈 '길'이 없는 것이다. 검문 병사들을 몰살하지 않는 한 끝장이다. 그러나 걸어서 간다면 티크리트까지 며칠이 더 걸릴지 모른다. 고개를 든 지노가 말했다.

"조금 신중하게 접근하기로 하자."

세 번째 검문소가 보이는 지점에 닿았을 때는 오후 5시 반. 산기슭을 막 꺾은 지점이다. 티크리트가 130킬로 남은 지점이었으니 딱 절반을 온 셈이다.

지노가 차를 멈추게 하고는 차에서 내렸다. 검문소와의 거리는 2백여 미터.

검문소 앞에 10여 대의 차가 멈춰 섰고 계속해서 늘어나는 중이다. 검문 속도가 늦어지고 있는 것이다. 차에서 내린 바질이 보닛을 열어 엔진을 고치는 시늉을 했다.

"보스, 저곳도 미군이 있습니다."

검문소 쪽을 살핀 로간이 말했다.

"1개 분대 정도. 민병대는 2개 분대. 군기가 제법 잡혔습니다."

"시간이 제법 걸리는데요."

그쪽을 본 바질이 말을 이었다.

"신분증을 모아서 막사 안으로 들어간 후에 5분 이상 걸립니다."

"그리고 사람들을 막사로 데리고 들어가는데요."

로간이 말을 받는다. 지노가 숨을 골랐다. 티크리트로 접근할수록 검문소의 검문이 치밀해진다. 운전자나 통행인을 검문소 막사 안으로 데리고 들어가 조사를 하는 것이다. 그때 지노가 하늘을 올려다보았다. 서쪽 산맥 위로 석양이 넘어가는 중이다.

"기다려."

지노가 마침내 결정을 했다.

6시 반이 되었을 때 검문소에는 10여 대의 차가 밀려있었다. 그 뒤쪽에 지노가 차를 붙였다. 이미 주위는 어두워져서 검문소 위에 보안등이 켜졌다.

핸들을 쥔 지노가 주위를 둘러보았다. 미군은 4사단 소속이다. 앞쪽에 공간이 생겼기 때문에 지노가 다시 3미터쯤 차를 전진시켰다. 앞쪽의 차량은 8대. 검문소와의 거리는 30미터. 이제 지노의 뒤로 차가 대여섯 대 붙었다.

차 안에는 지노 한 명뿐이다. 로간과 바질은 검문소를 우회해서 도보로 건너갔다. 검문소에서 2킬로 떨어진 도로상에서 지노와 만나기로 한 것이다.

차가 다시 앞으로 나가더니 검문소와는 20미터 거리로 접근했다. 앞에는 차가 4대 남았다. 뒤쪽은 14대. 그때 미군 두 명이 다가왔다. 병장과 상병. 앞장선 병장이 운전석 옆으로 붙어 섰다. 어둡기 때문에 SUV 좌우 몸통에 붙은 102사단 마크는 못 본 것 같다.

"신분증."

병장은 흑인이다. 어둠 속에서 두 눈이 번들거리고 있다. 병장이 내민 손바닥 위에 지노가 신분증을 올려놓았다. 병장이 플래시로 신분증을 비쳐보더니 고개를 들고 지노를 보았다.

"102사단 정보원이야?"

영어로 묻는다.

"그래."

지노가 똑바로 병장을 보았다. 지노의 얼굴은 턱수염과 콧수염으로 덮인 아랍인. 이름은 마흐밧이다. 그때 병장이 말했다.

"차를 저쪽으로. 그리고 넌 초소로 들어가. 조사할 것이 있어."

"오케이."

지노가 옆쪽 공간으로 차를 옮겼다. 지금까지 초소로 들어가지 않고 통과한 운전사는 없다.

상병을 따라 초소로 들어선 지노는 기다리고 앉아있는 운전사와 승객 6명을 보았다. 로간과 바질이 차에 탔다면 함께 들어왔을 것이다. 지노는 사람들 사이에 끼어 앉아 기다렸다. 조사는 안쪽 방에서 한다. 한 사람이 나오면 기다리던 사람의 이름이 불린다. 마치 병원에서 진료 순서를 기다리는 것 같다.

지노는 심호흡을 했다. 무기는 모두 차 안에 두고 왔다. 지노가 차에서 내리자 병장은 차를 수색하기 시작했으니까 무기는 다 발견되었을 것이다. 그때 한 사람이 방에서 나왔고 잠시 후에 백인 병장이 나오더니 불렀다.

"마흐밧!"

자리에서 일어선 지노가 방 안으로 들어섰다.

방 안에는 중사가 앉아 있었는데 잔뜩 찌푸린 얼굴이다. 백인. 방 안에 술 냄새가 풍기고 있다. 술을 마신 것이다. 중사가 고개를 들고 지노를 보았다. 두 눈이 충혈되어 있다.

"너 102사단 정보원이야?"

"그래."

앞쪽 의자에 앉은 지노가 똑바로 중사를 보았다.

"확인해보지 그래."

"확인했어."

중사가 눈을 부릅떴다.

"어디 가는 거냐?"

"티크리트."

"뭐 하러?"

"말할 수 없어."

"왜?"

"당신, 나 심문하는 거야?"

지노가 눈을 가늘게 떴다.

"지금 날 잡고 어쩌라는 거야?"

"난 널 잡을 권리가 있어."

"이봐, 중사. 너 지금 작전을 방해하고 있어. 책임질 거냐?"

지노가 버럭 소리쳤다.

"지금 당장 102사단 2연대 작전참모한테 연락해!"

중사가 숨을 들이켰을 때 지노의 목소리가 더 높아졌다.

"네가 뭔데 나를 잡아! 빨리 연락해!"

그때 중사가 몸을 돌리더니 말했다.

"꺼져."

"너 근무시간에 술 마시고 작전 중인 정보원을 방해했지?"

"꺼져!"

중사가 버럭 소리쳤다. 그러더니 책상 위에 놓인 지노의 신분증을 지노에게 내던졌다.

"이 개자식!"

지노가 가슴을 맞힌 신분증을 손에 쥐었다.

차를 몰고 검문소를 빠져나왔을 때 지노는 길게 숨을 뱉었다.

만일 중사가 2연대 작전참모를 찾았다면 랜스와 직접 연결되지 못했을지도 모른다. 랜스가 보직 해임 상태였기 때문이다. 만일 로간과 바질이 함께 있었다면 꼬투리가 잡혀 빠져나오기 힘들었을 것이다.

검문소에서 2킬로 지점을 서행했더니 앞쪽 어둠 속에서 불쑥 바질이 나타났다. 이어서 로간의 모습도 드러났다. 차를 세우자 둘이 서둘러 차에 올랐다.

"무슨 일 있었습니까?"

옆자리의 바질이 묻자 지노가 검문소에서의 일을 말해주었다.

"앞으로 더 까다로울 것 같다."

지노가 말을 이었다.

"검문소를 통과한 자료가 남아. 이미 내 이름은 컴퓨터에 입력되었어."

"서둘러야겠습니다."

뒤쪽의 로간이 말했다.

"탈출할 때는 다른 코스로 나가는 것이 낫지 않겠습니까?"

"생각 중이야."

그때 바질이 말했다.

"앞으로 25킬로 지점이 4번째 검문소인데요."

지노는 입을 다물었다.

오후 8시 반이다. 티크리트는 이제 1백 킬로 정도. 4번째 검문소에서부터의 거리다. 고개를 끄덕인 지노가 어둠에 덮인 앞쪽을 보았다. 앞쪽에 트럭 1대가 달려가고 있다.

"우선 가까운 마을에서 저녁을 먹기로 하자."

아직 저녁도 먹지 못한 것이다.

오후 6시 반.

티크리트의 물담배 가게 주인 술라드가 전화기의 벨소리를 듣는다. 가게 문을 닫았기 때문에 술라드는 마당 건너편 안채 거실에서 전화기를 들었다.

"여보세요."

"술라드, 마흐다는 언제 오나?"

불쑥 묻는 사내의 목소리에 술라드는 숨부터 들이켰다. 마흐다는 암호였다. 그것도 2개월 전, 카밀라가 이곳을 빠져나가기 전까지 사용하던 암호.

카밀라가 심부름을 시킬 때 '마흐다는 언제 오나?' 하고 먼저 연락을 했다. 그때 상황이 좋지 않으면 '모르겠는데'라고 대답했고, 이상 없으면 '곧'이라고 했는데.

그때 술라드가 대답했다. 이건 누군가?

"곧."

"언제 온다는 거야? 오늘 밤?"

"글쎄, 아마 내일쯤 올 거야."

"그렇군. 다시 연락하지."

통화가 끊겼을 때 술라드는 어깨를 늘어뜨렸다. 사내가 누군지 아직 모른다. 그러나 오늘 밤 온다는 통보를 한 것이다. 오늘 밤 오느냐고 묻는 것은 곧 온다는 암호다.

이곳은 도로변 마을의 식당 안.

전화기를 내려놓은 지노가 옆에 선 로간을 보았다.

"오늘 밤에 간다고 연락을 했어."

"변심하지 않았을까?"

로간이 조심스럽게 물었다. 길가의 허름한 식당에는 손님이 대여섯 명 둘러앉아 양고기와 빵을 먹는 중이다. 테이블이 5개뿐인 데다 바닥은 맨땅인 양고기 식당이다.

지노가 10불을 주고 식당 전화를 쓴 것이다. 바질이 기다리는 자리에 돌아와 앉았을 때 지노가 대답했다.

"대장하고 연결되는 연락처 중에서 술라드가 가장 안전해."

둘의 시선을 받은 지노가 말을 이었다.

"술라드는 공주의 연락책이었기 때문에 대장의 측근들도 모르는 사람들이 많아."

대장은 후세인이고 공주는 카밀라다. 이미 저녁은 먹었기 때문에 셋은 식당을 나왔다. 이곳에서 티크리트까지는 100킬로 정도. 4번째 검문소가 7킬로 앞이다.

"1백 킬로를 걸어갈 수는 없어."

길가에 주차된 차로 다가가면서 지노가 말했다.

"4번째 검문소도 내가 통과해 볼 테다."

"대장, 내가 따라가지."

로간이 말했을 때 지노가 고개를 저었다.

"넌 이쪽 경험이 없어서 안 돼."

차 앞에 멈춰 선 지노가 둘을 번갈아 보았다.

"이곳만 지나면 5번째 검문소까지는 40킬로, 티크리트까지는 60킬로다. 그쯤은 걸어서 주파하는 거다."

"대장이 잡혔을 때는 어떻게 하는 거야?"

바질이 묻자 지노가 정색했다.

"2킬로 지점에서 2시간이 지나도록 내가 오지 않으면 돌아가."

지노가 차에 올랐을 때 로간과 바질은 제작기 배낭과 총을 집었다. 지노가 형 겊가방 하나를 로간에게 건네주었다. 비상금이 든 가방이다. 로간이 잠자코 가방을 받아들었을 때 지노가 차를 발진시켰다. 한국산 SUV가 어둠 속으로 달려 나가더니 곧 미등도 보이지 않았다.

"갓댐."

배낭을 멘 바질이 어깨를 치키면서 투덜거렸다.

"40킬로 절약하려고 목숨을 걸었군."

맞는 말이다. 그러나 그만큼 서두른다는 표시도 된다.

속력을 낸 지노가 시계를 보았다. 오후 9시 55분.

도로에는 오가는 차량이 많았지만 소통은 잘 된다. 도로는 왕복 2차선으로 잘 닦였다. 미군이 닦아놓은 것이다.

10분쯤 달렸을 때 곧 차량 속도가 느려졌다. 검문소다. 검문소에서 검문을 하기 때문이다. 이윽고 차가 멈춰 섰을 때 지노는 앞쪽의 검문소를 보았다. 지노 앞쪽으로 수십 대의 차량이 멈춰 서 있었는데 이곳도 민병대와 미군의 합동 검문이다.

"갓댐."

핸들 위로 두 손을 올려놓은 지노가 호흡을 골랐다. 미군 1개 분대, 민병대 2개 분대. 초소 옆의 기관포 진지. 초소장은 미군 분대장급. 장교가 있을 수도 있다.

3번째 초소에서처럼 운전사와 승객은 초소 안으로 들어가 조사를 받는다. 앞에 멈춰 선 차량 대부분이 트럭과 승합차. 승용차는 10대 중 1대꼴이다.

트럭 짐칸과 승합차 안도 수색하고 있다. 차 1대 검문하는 시간은 5분 정도. 빠른 편이고 효율적이다. 멈칫거리는 승객, 병사가 없다.

이윽고 SUV가 초소 앞 10미터 지점에 다가갔을 때 민병대원 둘이 먼저 다가왔다. 좌우로 벌려 서서 온다. 운전석 옆으로 다가온 대원이 손을 내밀었다.

"신분증."

지노가 건네준 신분증을 받아 쥔 대원이 손으로 옆쪽 공터를 가리켰다. 공터에는 이미 트럭 3대, 승용차 1대가 주차되어 있다. 지노가 승용차 뒤에 차를 세웠을 때 운전석 옆쪽 문을 열고 민병대원이 들어왔다. 차를 검색하는 것이다.

"당신은 내려서 초소로 들어가."

민병대원이 말하더니 옆에 놓인 AK-47을 집어 들었다.

"당신, 용병이야?"

"아니, 정보원이야."

사내가 고개를 끄덕이더니 지노를 빤히 보았다.

"동양인 정보원이군."

지노가 아랍인 행세를 했지만 동양인인 것을 금세 알아차리는 놈들도 있다. 바로 이런 놈이다. 지노는 잠자코 차에서 내렸다.

초소 안.

이곳에는 네 명이 기다리고 있다. 안쪽 문 앞에 민병대원 하나가 서서 안내역을 맡았다. 곧 문이 열리더니 사내 둘이 한꺼번에 나왔고 안에 들어갔던 민병대원이 지노 앞에 앉은 둘을 방으로 보냈다. 민병대원은 M-16을 등에 메고 있다.

이제 지노 옆에는 둘이 남았다. 이라크인 남녀다. 남자는 40대쯤의 쑵 차림이고 여자는 히잡을 써서 얼굴이 드러났다. 속눈썹이 긴 20대의 미인이다.

그때 바로 문이 열리더니 둘이 나왔고 바로 남녀가 방으로 들어갔다. 그 사이에 넷이 지노 왼쪽의 벤치에 앉았으니 다섯. 방에 머무는 시간이 5분도 걸리지 않는다. 이어서 방에 들어갔던 남녀가 나왔고 민병대원이 지노의 이름을 불렀다.

"마흐밧."

방으로 들어선 지노가 안쪽에 앉아 있는 미군을 보았다. 상사다. 검은 머리의 백인, 푸른 눈동자, 각진 얼굴. 그때 사내의 눈이 가늘어졌다. 지노의 얼굴도 굳어 있다. 그때 상사가 먼저 말했다.

"지노."

"퍼그."

지노가 잇새로 말했다.

"네가 여기 있다니."

"여기 웬일이야?"

자리에서 일어선 상사가 지노의 플라스틱 신분증을 쥐고 흔들었다.

"마흐밧 신분증으로."

"갓댐, 퍼그, 그냥 날 보내."

"팀장, 지금 수배 중인 거 몰라?"

"알아."

다가선 상사가 지노의 어깨를 감아 안았다.

"날 보러 왔군, 그렇지?"

"농담 말고. 나 티크리트로 가야 돼."

"갓댐."

어깨를 부풀렸다가 내린 퍼그가 지노의 팔을 쥐었다.

"나하고 같이 가지, 그럼."

초소장이 지노가 운전하는 차의 옆자리에 타고 초소를 빠져나왔다.

퍼그 해밀턴. 지노의 팀원으로 아프간에서 작전 중에 부상을 입고 후송된 후에 지금 만난 것이다. 3년 만이다.

"넌 어떻게 여기에 있어?"

지노가 묻자 퍼그가 대답했다.

"팀장을 패서 보병사단으로 전출된 거야. 다행히 강등은 안 되고."

"허리 상처는 다 나았어?"

"창자 몇 토막 끊어내고 석 달 만에 퇴원했어. 그런데."

퍼그가 지노를 보았다.

"이번에 후세인 테이프, 팀장이 터뜨린 거야?"

"그래. 너도 들었어?"

"지금이 어떤 시댄데? 다 들었어. 팀장이 아르카디를 물 먹인 것까지 소문이 다 났어."

"갓댐."

"그런 개새끼들 때문에 우리가 쓸데없는 전쟁 일으킨 거 아냐? 억울하게 전우들도 죽고."

"……."

250

"개새끼들. 근데 티크리트에 왜 가는 거야?"

그때 지노가 퍼그를 보았다.

"야, 퍼그."

"왜?"

"티크리트까지 앞으로 검문소가 몇 개 남았지?"

"3개."

"2개 아냐?"

"티크리트 외곽에 검문소 하나가 더 생겼어."

그때 차의 속력을 줄인 지노가 길가에 차를 붙이면서 서행했다.

"팀장, 무슨 일로 티크리트에 가느냐고?"

다시 퍼그가 물었을 때 길가에서 불쑥 로간이 나타났다. 이어서 바질. 놀란 퍼그가 눈을 크게 떴을 때 지노가 차를 세우면서 말했다.

"내 팀원이야."

그때 차 옆으로 다가온 로간과 바질이 긴장했기 때문에 지노가 소리쳤다.

"여기도 내 팀원이야! 타!"

둘을 태운 지노가 퍼그와 인사를 시키고 나서 다시 차를 달렸다. 모두 팀원인 셈이다.

"여기서 팀원을 만나다니."

바질이 감탄했지만 퍼그는 시큰둥했다. 그러더니 다시 지노에게 묻는다.

"모두 무장하고 가짜 신분증을 갖고 티크리트로 가는 이유가 뭐야?"

"퍼그, 네가 티크리트까지 날 데려다줄 수 있겠지?"

"그렇게 해줄 테니까 이유를 말해."

"가능하면 티크리트에서 나올 때도 네가 도와줬으면 좋겠는데."

"좋아. 말해봐."

"후세인을 데리고 나오려는 거야."

순간 퍼그가 숨을 들이켰고 차 안에 한동안 정적이 덮였다. 이윽고 퍼그가 말했다.

"그렇군. 빌어먹을."

"……."

"엄청난 작전이군."

"……."

"팀장, 하나 묻자."

"말해."

"그 마흐밧 신분증. 102사단에서 만든 건데 거기서도 동조자가 있어?"

"있어."

"장교겠군."

"그래. 한때 같은 팀장이었던 친구야."

"갓뎀."

"부담이 되면 넌 티크리트에서 빠져도 돼. 우리가 알아서 할 테니까."

"팀장."

"뭐냐?"

그때 퍼그가 심호흡을 했고 차 안에 다시 정적이 덮였다. 현대차는 강한 엔진음을 내면서 달려가고 있다. 뒷좌석에 앉은 로간과 바질은 아까부터 숨을 죽이고 있다. 그때 퍼그가 다시 입을 떼었다.

"팀장, 스폰서가 있어?"

"무슨 말이야?"

"배경이 있느냔 말이지."

"이해가 안 가는데."

"무슨 보장, 보상이 있느냐고 물은 거야."

"아!"

차의 속력을 줄인 지노가 고개를 돌려 퍼그를 보았다. 뒷좌석에서 혀 차는 소리가 들렸는데 로간 같다. 그것도 눈치채지 못했느냐고 지노를 핀잔주는 것이다. 지노가 입을 열었다.

"공주야, 후세인의 딸."

"오 마이 갓. 그렇군."

"난 용병이야, 퍼그."

"누가 현역이래?"

"내가 정의감 때문에 이 짓을 한다는 건 말도 안 되지?"

"그건 뒤에 앉은 건달들도 마찬가지겠지?"

고개를 끄덕인 지노가 대답했다.

"내가 너한테 보상을 해줄 수 있어, 퍼그."

앞쪽을 향한 채로 지노가 말을 이었다.

"미국을 배신하는 일이 아냐. 후세인을 데리고 나간다고 해도 미국 국익에 해를 끼치는 일도 아니라고."

지노의 목소리에 열기가 띠어졌다.

"그리고 이라크 침공과 멸망은 그, 국무부 관리 놈들, 전쟁광 놈들이 일으킨 음모였어. 그건 이미 진실이 밝혀지지 않나?"

그때 퍼그가 말했다.

"85만 불만 줘, 팀장."

차 안에 다시 엔진음만 울렸고 퍼그의 말이 이어졌다.

"내 고향 댈러스에 목장 하나가 매물로 나왔는데 55만 불이야. 30만 불은 저택 수리비, 송아지 구입비 등으로 나갈 테니까. 85만 불이면 목장주가 되어서 평

생을 살 거야. 그러니까……"

"……"

"내 연금이 좀 나올 테니까 그럼 75만 불로 하지."

"……"

"좀 많이 불렀나? 그럼 65만 불로 해. 공짜로 할 수는 없지 않겠어?"

"내가 1백만 불을 내지."

지노가 고개를 돌려 퍼그를 보았다.

"퍼그, 아예 티크리트에서 네 계좌로 1백만 불을 송금시켜 주마."

5번째 검문소.

현대 SUV가 멈춰 섰을 때 앞에는 차가 10여 대나 밀려 있었다.

깊은 밤. 11시 25분.

티크리트 35킬로 지점. 늦은 시간인데도 차가 밀려있는 것은 검문이 철저하다는 증거다. 그때 운전석에 앉은 퍼그가 경적을 울렸다. 한 번, 두 번, 세 번, 네 번, 다섯 번.

그러자 앞쪽에서 민병대원 둘이 달려왔다. 성질이 난 표정들. 그때 퍼그가 운전석에서 머리를 내밀고 소리쳤다.

"야, 이 개자식들아! 앞에 길 좀 터!"

차에서 내린 퍼그가 삿대질을 했다.

"차 좀 빼란 말야!"

초소에서 이쪽으로 탑조등을 비췄기 때문에 상사 견장까지 다 드러난 퍼그의 보습이 보였다. 그러자 민병대원들이 달려와 앞쪽 차들을 길가로 붙여주기 시작했다.

순식간에 차들이 비켜섰는데 마치 소방차에 길을 비켜주는 것 같다. 차가 차단봉 앞에 섰을 때 미군 병장이 퍼그에게 경례를 했다.

"상사님, 어디 가십니까?"

차마 신분증 내라는 소리는 못 한다.

"나 27초소장이야. 티크리트에 급한 볼일이 있어."

"아, 그러시군요."

아래쪽 초소장한테 신분증 내라고 했다가 분위기로 봐서 무슨 봉변을 당할지 모르는 것이다. 차단봉이 급히 올라갔고 퍼그가 손을 흔들어 보이고는 차를 발진시켰다.

"휴우."

뒷자리의 바질이 과장된 숨소리를 냈다.

"간단하군. 하지만 간이 절반은 쫄았어."

그때 퍼그가 말했다.

"다음 초소에도 연락이 갈 거야. 하지만 신분증 조사는 거쳐야 될걸?"

"신분증은 확실해. 102사단 2연대 작전참모가 보증해줄 거야."

지노가 말했다.

"현재 보직 해임 상태이긴 하지만."

"작전참모가 누구지?"

퍼그가 묻자 지노는 고개를 끄덕였다.

"지금 보직 해임 상태지만 신분증은 유효해."

"서둘러야겠는데."

"내 자료가 세 번째 검문소 컴퓨터에 입력되었을 거다."

"갓댐. 다섯 번째는 건너뛰었으니 여섯 번째 검문소 컴퓨터에 나타날 거야."

고개를 돌린 퍼그가 지노를 보았다.

"티크리트로 다가갈수록 검문이 철저해져. 지금도 현상금 사냥 중이고."

"시간이 없다, 퍼그."

"여섯 번째는 어떻게든 돌파하자고. 하지만 티크리트 외곽의 마지막 검문소는 힘들 거야."

퍼그의 말이 끝났을 때 SUV 안에 다시 정적이 덮였다.

여섯 번째 검문소장 에릭슨 상사는 티크리트 주둔 7사단 소속으로 35세. 검문소장이 된 지 2개월째다. 3개월마다 임무교대를 하는 터라 한 달 남았다.

이곳에서 티크리트까지는 20킬로였기 때문에 에릭슨은 잠은 티크리트의 숙소에서 자고 온다. 출퇴근 근무를 하는 것이다. 물론 규칙을 어긴 것이지만 그쯤은 상부에서 눈감아준다.

오후 11시.

에릭슨이 슬슬 티크리트의 숙소로 돌아갈 준비를 하고 있을 때 고든 병장이 들어섰다.

"상사님, 제27초소장이 왔습니다."

"뭐 하러?"

"티크리트에 들어간답니다."

"그래?"

에릭슨이 고개를 들었다. 27초소는 다른 사단 관할이지만 초소장 퍼그 해밀턴은 안다.

"갓댐. 잘됐다."

자리에서 일어선 에릭슨이 벽에 걸린 점퍼를 집어 들었다.

"무슨 차냐?"

"SUV인데 넷이 탔습니다."

"그럼 나도 끼어 탈 수 있겠군."

"그놈 타고 가시게요?"

"너희들이 차가 필요할지 모르잖아?"

초소 밖으로 나온 에릭슨이 이제는 차단봉 앞에 세워진 SUV 앞으로 다가갔다. 운전석에 앉아 있던 퍼그가 에릭슨을 노려보았다.

"어, 에릭슨, 오랜만이야."

"퍼그, 티크리트 간다고?"

다가선 에릭슨이 차 안을 둘러보았다. 시선이 지노와 로간, 바질을 훑고 지나갔다.

"누구야?"

"정보원들이야."

"나도 티크리트 가야겠다."

에릭슨의 시선이 지노에게 옮겨졌다.

"어이, 자네 뒤로 가."

지노가 군말하지 않고 차에서 내리더니 뒷자리로 옮겨갔다.

"갓댐. 이 시간에 뭐 하러 티크리트에 가는 거야?"

차가 차단봉 밑을 빠져나갔을 때 에릭슨이 퍼그에게 물었다. 퍼그가 차에 속력을 내면서 되물었다.

"너는?"

"난 출퇴근이야."

"7사단 군기가 싹 빠졌군."

"6개월 남았어."

"뭐가?"

"제대. 난 예편 신청했다."

퍼그가 고개를 돌려 에릭슨을 보았다.

"갓댐. 제대하고 뭐 할 건데?"

"용병회사에 들어갈 거야."

"어디?"

"마빈 컴퍼니."

"갓댐. 이야기된 거야?"

"거기서 팀장 맡기로 했어."

"마빈은 주로 아프간에서 놀던데."

"난 남미 지역으로 가기로 했어."

"남미가 여기보다 낫지."

"이놈의 중동, 지긋지긋하다."

고개까지 흔든 에릭슨이 뒷좌석을 힐끗 보았다.

"근데 정보원들 데리고 티크리트에 뭐 하러 가는 거야?"

"정보 보고."

"극비사항인가?"

"그런 셈이지."

"젠장, 넌 군기가 싹 잡혔군."

에릭슨이 의자에 등을 붙였고 차 안에 정적이 덮였다.

여섯 번째 초소장이 합승했다. 합류한 것이나 같다. SUV 앞좌석에 제4초소장, 6초소장이 나란히 타고 있는 것이다. 이 기세라면 백악관도 뚫고 지나가겠다.

지노의 시선이 옆에 앉은 로간과 마주쳤다. 로간도 같은 생각을 하고 있었던 것 같다. 로간의 입꼬리가 조금 올라갔다가 내려갔다.

차는 이제 마지막 검문소를 향해 달려가고 있다.

티크리트 교외의 마지막 검문소.

이곳은 양쪽에 오가는 차량들의 검문소가 2개 있다. 들어오는 검문소는 아예 막사 옆에 미군만으로 구성된 진지다. 옆쪽에 탱크 2대, 기관포를 장착한 장갑차 2대가 배치되었고 밤 12시가 다 되었는데도 밖에 나와 있는 검문 병력은 10여 명이나 되었다.

늦은 시간이었기 때문에 밀린 차량은 4대뿐. 퍼그가 운전하는 SUV가 차단봉 앞에 섰다.

"신분증."

병장 계급장을 붙인 병사가 퍼그에게 다가와 말했다. 목에 M16을 걸어놓고 있다. 퍼그가 잠자코 신분증을 꺼내 내밀었을 때 옆에 앉아 있던 에릭슨이 소리쳤다.

"얀마, 존, 빨리 가자!"

병장 가슴에 '존'이라는 이름이 박혀 있다. 병장이 힐끗 에릭슨을 보았다.

"상사님, 왜 이 차를 타고 갑니까?"

"이 친구는 제27초소장이야!"

"그럼 오늘 초소장 회의라도 있는 겁니까?"

"그래, 이 자식아."

"우리 소대장도 가겠네요."

퍼그에게 신분증을 돌려준 병장이 말을 이었다.

"지금 자빠져 자지도 않고 우리를 못살게 굴고 있단 말입니다."

"그런 놈들이 전투 시에는 뒤로 빠지는 놈들이지."

"이라크에 떨어진 것보다 소대장 잘못 만난 것이 더 좆같습니다."

"입원을 했다가 다른 곳으로 빠져."

그때 뒤쪽에서 누가 소리쳤기 때문에 병장이 손을 들어 가라는 손짓을 했다.

티크리트에 입성했다.

불이 켜진 중심가로 들어섰을 때 에릭슨이 손으로 앞쪽을 가리켰다.

"저 모퉁이에서 내려줘."

"저긴 민가인데, 왜?"

차의 속력을 줄이면서 퍼그가 묻자 에릭슨이 어깨를 으쓱했다.

"저기 내 여자가 있어."

"갓댐. 그럼 그렇지."

"과부야. 남편이 이라크군 소령이었는데 이번 전쟁에서 죽었어."

"네가 죽였는지도 모르지."

"뭐, 그럴 수도 있지."

차를 세웠을 때 에릭슨이 퍼그의 어깨를 툭 쳤다.

"잘 가라. 군대 생활 열심히 해."

차에서 내리면서 에릭슨은 뒷좌석의 정보원 셋한테는 시선도 주지 않았다. 다시 차를 발진시키면서 퍼그가 백미러로 지노를 보았다.

"우리, 운이 좋은 건가?"

지노는 대답하지 않았다. 아직 갈 길이 먼 것이다.

응접실에 앉아 있던 술라드가 인기척을 들었다.

오전 1시 반.

전화를 받고 나서 집 안을 왔다 갔다 하다가 응접실로 들어와 있던 참이다. 그때 뒤쪽 주방에서 사내 하나가 나타났다. 작업복 차림의 사내는 손에 AK-47을 쥐었다.

"누구야?"

흠칫했지만 술라드가 낮게 물었다. 이미 전화를 받았기 때문이다. 그때 다가선 사내가 똑바로 술라드를 보았다.

"술라드, 지금도 연락이 되나?"

"무슨 말이오?"

"내가 전화를 한 사람이야."

다가선 사내가 말을 이었다.

"압둘 가민을 만나야겠어."

"난 연락이 안 됩니다."

술라드가 고개를 저었다.

"그리고 당신을 믿을 수도 없고."

"당연히 그러겠지."

사내가 고개를 끄덕였다.

사내는 지노다. 지노가 지그시 술라드를 보았다.

깊은 밤.

집 안은 조용하다. 이곳은 바깥채 응접실. 술라드가 일부러 텅 빈 바깥채 응접실에 나와 있는 것은 자신을 기다리고 있었기 때문이다. '마흐다' 암호를 들었으니 당연한 일이다. 그러나 이것이 함정일 수도 있는 것이다. 그때 지노가 입을 열었다.

"술라드, 여기선 대통령의 육성 테이프를 듣지 못했겠지?"

그때 술라드의 표정이 굳어졌다.

"무슨 말이야?"

"후세인 대통령의 증언 테이프."

"……"

"파리에서 방송이 되었는데. 이곳 미군 대부분도 그걸 들었더군."

"……."

"내가 그 테이프를 가져갔어. 내가 공주를 데리고 그 테이프를 갖고 탈출한 사람이야."

"그, 그러면."

혀로 마른 입술을 적신 술라드가 지노를 보았다.

"당신이 지노 장입니까?"

"맞아. 나야."

"그 증거는?"

"내가 이렇게 찾아온 것이 증거지."

"……."

"당신이 공주와의 연락책이라는 걸 알고 있다는 것도. 공주가 나한테 전번까지 알려줬으니까."

"……."

"공주가 마지막 연락을 해온 것은 235사이즈의 운동화를 구해오라는 것이었다고 하더군. 당신은 흰색을 가져와서 검정색으로 바꾸도록 했고."

그때 술라드가 숨을 들이켜고 나서 지노에게 물었다.

"내가 어떻게 해드리면 됩니까?"

오전 3시 반.

주택의 거실로 들어선 지노가 앞에 서 있는 압둘 가민을 보았다. 후줄근한 양복 차림의 압둘 가민이 지노를 보더니 팔을 벌렸다.

"지노."

잠자코 다가간 지노의 몸을 부둥켜안은 가민이 볼에 세 번 입을 맞추고 나서야 떨어졌다. 그러고는 상반신을 젖히고 지노를 보았다. 양초 불꽃이 일렁거리는 거실 안. 가민의 두 눈이 번들거리고 있다.

"왜 돌아온 거냐?"

가민의 몸에서 비린 냄새가 맡아졌다. 바깥 공기가 잔뜩 묻어 있기 때문이다. 급하게 달려온 증거다.

거실 안에는 둘뿐이다. 이곳까지 안내해 온 술라드도, 이곳 주인인 사내도, 지노를 따라온 로간과 바질도 밖에서 기다리고 있다. 지노가 바짝 다가섰다.

"각하께선 건강하십니까?"

"아직은."

"분위기는 어떻습니까?"

"다 잡혀가고 사살되어서 몇 명 남지 않았어."

지노의 시선을 받은 가민이 쓴웃음을 지었다.

"지금은 나도 각하를 자주 뵙지 못해."

"지금 누가 모시고 있습니까?"

"경호실 차장이었던 아흘라드 중장. 북부지역에서 반군을 지휘하다가 돌아와 각하를 모시고 있어."

"저는 공주의 부탁으로 각하를 모셔가려고 합니다."

"각하를?"

숨을 들이켠 가민이 지노를 보았다. 눈동자가 부딪친 채 한동안 움직이지 않는다. 이윽고 가민이 길게 숨을 뱉었다.

"아흘라드가 아직도 각하를 앞장세워서 반군을 규합하려고 하고 있어."

가민이 말을 이었다.

"그래서 나도 아흘라드 일당에게 밀려난 상황이야."

"지금 각하는 어디 계십니까?"

"나도 알아봐야 해. 자주 거처를 옮기시기 때문에……."

가민이 흐린 눈으로 지노를 보았다.

"지노, 각하는 지치셨어."

"각하의 의중이 중요합니다."

"각하는 살겠다는 의욕은 이미 포기하신 것 같네. 그런데 아흘라드 때문에……."

가민이 시선을 내린 채 목소리를 낮췄다.

"자네가 각하의 육성 테이프를 터뜨린 것을 각하도 들으셨어."

"……."

"그것을 들으시면서 각하가 눈물을 흘리시더군. 그러면서 이젠 생에 미련이 없다고 말씀하셨어."

"……."

"공주까지 무사히 빠져나갔으니 말이네."

고개를 든 가민이 지노를 보았다.

"그런데 아흘라드가 각하께 이라크 민족의 부흥, 이라크의 재건을 주장했네. 그래서 각하는 책임감 때문에 벗어나지 못하고 계시는 거야."

가민의 두 눈이 번들거렸다.

"그것이 각하에게 삶의 이유가 되는지도 모르겠어. 그렇지 않았다면 자살을 하셨을 수도 있었으니까."

"파라드, 각하는 어떠신가?"

가민이 묻자 거구의 사내가 고개를 들었다. 무하라비 파라드. 친위대 대령 출신으로 지금은 후세인의 경호대 간부 중 하나다. 48세. 충직한 성격. 이번 미군 침공 때 바그다드를 사수하다가 부상을 입고 왼팔이 지금도 불편하다.

"반군 결성에 전념하고 계십니다."

"성과는 있나?"

"곧 카이란을 만나려고 합니다."

카이란은 북부지역의 반군 사령관이다. 후세인과 사이가 좋지 않았지만 이라크가 멸망하자 미군과 대치 중이다. 가민이 이맛살을 찌푸렸다.

"카이란이 이곳에 온다는 거야?"

"아니요. 아흘라드가 모시고 간다는 거죠."

"북부로?"

"이곳을 떠나야 한다는 겁니다."

"그러면 안 돼."

가민의 표정이 굳어졌다.

"북부로 가면 위험해. 아흘라드의 허수아비 노릇을 하다가 제물이 된다. 포로가 되는 셈이야."

파라드가 입을 다물었다. 자신의 역량으로는 어렵다는 표시다. 그때 가민이 다시 물었다.

"파라드, 넌 각하와 독대할 기회가 있지?"

"왜 그러십니까?"

"내 말을 전해줄 수 있어?"

"말씀하시지요."

가민이 호흡을 골랐다.

오전 6시 반. 아직 새벽이다. 티크리트 시내의 주택가 안. 허름한 주택의 거실에서 둘이 마주 보고 앉아있다. 이곳이 가민의 안가(安家) 중 하나다. 그때 가민이 말했다.

"각하께서 날 부르도록 해줘."

"……."

"아흘라드 모르게 말씀드려야 돼. 무슨 말인지 아나?"

"당연하지요. 제가 장군을 만났다는 걸 아흘라드가 알면 전 쥐도 새도 모르게 제거될 겁니다."

어느새 후세인의 주변은 북부에서 내려온 아흘라드의 세력이 장악하고 있다. 가민이 소외된 것도 그 때문이다. 가민이 고개를 끄덕였다.

"이대로 나가면 각하는 아흘라드의 제물이 될 거야. 이라크의 재건이 아니라 아흘라드의 세상이 될 것이라고."

그러나 그것은 어쩔 수 없는 일이었다, 위축되었던 후세인 주변이 북부에서 내려온 아흘라드의 친위군으로 채워진 상황이 되었으니까. 실제로 50여 명에 불과했던 후세인 주변 세력은 아흘라드의 참여로 단숨에 500여 명으로 늘어난 것이다.

아흘라드는 경호실 차장 출신이다. 후세인의 측근으로 복귀한 후에 지금까지 고락을 함께해 온 측근들을 배척했다. 후세인을 소극적, 패배적으로 만든 것은 측근들 때문이라는 것이다.

"알겠습니다."

고개를 든 파라드가 가민을 보았다.

"각하께서 장군을 부르시도록 은밀히 말씀드리지요."

이제 가민은 이렇게 해야 후세인을 만날 수 있는 처지가 되었다.

아흘라드는 이라크군 중장으로 후세인 경호실 차장을 지냈다. 이라크가 미국의 침략을 받자 후세인의 명령을 받고 북부지역의 3군단을 지휘, 미국에 대항했지만 대패. 잔여 병력을 이끌고 항전하다가 티크리트로 돌아온 것이다.

53세. 장신에 마른 체격. 후세인 집권 시절에는 존재감이 없었으나 주요 인사

대부분이 사망, 체포된 현재 2인자가 되어 있다.

　오전 10시.

　티크리트 동북방 15킬로 지점의 산속. 동굴 안에서 후세인과 아흘라드가 마주 보고 앉아있다. 매일 오전 10시에는 둘만의 회동이다. 아흘라드가 그렇게 '보고 시간'을 만든 것이다. 아흘라드가 후세인을 보았다.

　"각하, 카이란이 기다리고 있습니다. 그쪽에 일정이라도 통보해주는 것이 낫겠는데요."

　"내가 허리 때문에 거동이 불편해."

　후세인이 외면한 채 말했다.

　"그리고 그자를 만난다고 해도 전세가 쉽게 변하지는 않아."

　"예. 하지만 카이란이 우리들의 유일한 희망입니다, 각하."

　아흘라드가 똑바로 후세인을 보았다.

　"이제는 카이란도 각하에 대한 적대감이 없습니다. 제가 직접 확인했습니다."

　후세인이 고개를 끄덕였다.

　"알았다. 고려해 보지."

　"각하, 빠른 시일 내에 결정을 내려주시기 바랍니다."

　고개를 숙여 보인 아흘라드가 방을 나갔을 때 후세인이 심호흡을 했다.

　'각하의 동굴'을 나온 아흘라드가 동굴 밖 경호원에게 말했다. 후세인의 측근 경호병들은 모두 아흘라드가 선발해놓았다.

　"경호 철저히 해."

　"예, 장군."

　경호원이 부동자세로 섰다.

　"염려하지 마십시오."

고개를 끄덕인 아흘라드가 동굴 밖으로 나갔을 때 마침 이쪽으로 다가오는 파라드를 보았다. 파라드는 손에 검은색 비닐봉지를 쥐었다.

"야자유 가져왔나?"

"예, 장군."

파라드가 비닐봉지를 들어 보였다.

"겨우 구했습니다."

파라드는 후세인의 허리통증 치료에 필요한 야자유를 구하려고 시내에 다녀온 것이다. 고개를 끄덕인 아흘라드가 파라드에게 말했다.

"각하 마사지해드리고 나한테 와."

"예, 장군."

파라드가 고분고분 대답했다. 후세인의 허리 마사지는 파라드가 맡는다.

엎드린 후세인의 등에 야자유를 바르고 나서 손바닥으로 힘주어 밀던 파라드가 낮게 말했다.

"각하, 가민 장군을 만났습니다."

"그래, 뭐라더냐?"

후세인에게 가민을 만나러 간다고 말해 놓았던 것이다. 파라드가 이제는 몸까지 숙였다.

"장군을 불러 달라고 했습니다."

"가민을?"

"예, 드릴 말씀이 있다고 했습니다."

"은밀하게 말이냐?"

"예, 아마 그런 것 같습니다."

"아흘라드 모르게 하기는 힘들 것 같다."

268

후세인이 길게 숨을 뱉었다.

"내가 요즘 무기력해졌다."

"……."

"가민한테 전해. 내가 지금……."

숨을 멈춘 후세인이 한숨과 함께 말을 이었다.

"포로가 된 상황이라고. 그러니까 할 말이 있다면 너를 통하라고."

"예, 각하."

"내가 이대로 있다가는 아흘라드에게 끌려 북쪽으로 갈 것 같다고 전해."

파라드가 어금니를 물었다. 움직임도 멈췄기 때문에 동굴 안은 적막이 덮였다.

아흘라드의 동굴은 바로 건너편이다. 파라드가 들어서자 아흘라드가 대뜸 물었다.

"각하 허리는 어떠신가?"

"여전하십니다. 걸으실 때 통증이 오는데 그것이 약해졌다가 심할 때도 있다고 하십니다."

"그건 전에도 그랬어. 미군이 점령하기 전에도 그랬다고."

"그땐 의사의 치료가 좋았지요. 지금처럼 제 마사지로 견디지는 않으셨지요."

파라드가 말을 이었다.

"좀 나아지려면 시내에서 약을 구해와야겠습니다. 오늘 다시 다녀오겠습니다."

아흘라드가 고개를 끄덕였다.

"각하를 이곳에만 머물도록 할 수가 없어. 북으로 모셔가야 해."

"알겠습니다."

"여기 있다가 잡히면 그것으로 끝이야. 이제 각하의 육성 테이프가 터진 상황이니까 각하도 세계무대에 다시 등장해야 돼."

고개를 끄덕인 파라드가 자리에서 일어섰다.

"시내에 다녀오겠습니다."

오후 3시.

다시 티크리트 시내로 잠행한 파라드가 가민을 만났다.

안가의 거실 안. 파라드는 가민 옆에 앉은 사내를 유심히 보았다. 장신의 사내. 턱수염이 무성하지만 아랍인 같지 않다. 그때 가민이 사내를 소개했다.

"대령은 처음 만나겠군. 지노 씨야. 이번에 공주를 모시고 탈출했던 분이지."

파라드가 숨을 들이켰다. 눈을 크게 뜬 파라드에게 가민이 말을 이었다.

"그리고 각하의 육성 테이프를 언론사에 터뜨렸고 지금도 각하의 육성이 유럽은 물론 미국에까지 번져나가고 있어."

"반갑습니다."

파라드가 지노를 향해 손을 내밀었다.

"영광입니다."

지노가 쓴웃음을 짓고 파라드의 손을 잡았다. 그때 가민이 물었다.

"그래, 각하께 날 부르시라고 말씀드렸어?"

"말씀드렸지만 불가능할 것 같습니다."

파라드가 말을 이었다.

"각하께선 아흘라드의 포로가 된 상황이라고까지 말씀하셨습니다."

"뭐라고?"

가민이 눈을 치켜떴다.

"그렇게 직접 말씀하셨어?"

270

"예. 각하께선 이대로 있다가는 아흘라드에게 끌려 북쪽으로 가실 것 같다고 하셨습니다."

"……."

"할 말이 있다면 저를 통해서 들을 수밖에 없다고 하십니다."

"이런."

숨을 고른 가민이 힐끗 지노를 보았다.

"지노 소령의 보고를 들으시도록 하려는 거야. 소령은 각하께만 드릴 말씀이 있어."

파라드가 고개를 저었다.

"그것도 불가능합니다."

"각하가 포로 상태인 건 맞군."

"맞습니다."

그때 지노가 고개를 들고 파라드를 보았다.

"각하 주변의 경호 상황은 어떻습니까?"

"아흘라드의 심복 10여 명이 각하 주변을 경호하고 있습니다. 이놈들은 각하의 감시병과 같습니다."

"아흘라드의 병력은 얼마나 됩니까?"

"현재 안가 주변에 약 2개 중대, 3백 명이 포진해있고 외곽의 산에 2개 중대 3백 명입니다. 이것이 아흘라드의 군사력입니다."

그때 가민이 거들었다.

"외곽의 2개 중대 병력은 잡군 수준이야. 전세가 불리하면 한순간에 흩어질 놈들이라고."

지노가 다시 파라드에게 물었다.

"대령, 각하께선 아흘라드를 신임하고 계십니까?"

"포로 상태입니다."

파라드가 바로 대답하고는 외면했다. 그러나 말은 잇는다.

"지금은 각하의 의지대로 행동하시지 못합니다. 만일 허리 문제가 아니었다면 아흘라드가 각하를 억지로 끌고 북부로 갔을 것입니다."

"그렇다면."

어깨를 치켰다가 내린 지노가 가민을 보았다.

"아흘라드를 없애지요."

가민이 숨만 들이켰고 지노가 말을 이었다.

"시간이 없습니다. 내가 대령과 함께 산으로 가서 아흘라드를 제거하지요."

"갓댐."

지노의 말을 들은 로간이 투덜거렸다.

"여기서도 전쟁이라니. 도무지 전쟁이 끝나는 구역은 어디야?"

"닥쳐."

지노가 로간과 바질을 번갈아 보았다.

"나 혼자 산에 들어간다. 너희들은 준비를 해."

"무슨 준비야?"

로간이 묻자 지노가 목소리를 낮췄다.

"탈출 준비."

둘은 숨을 들이켰고 지노의 말이 이어졌다.

"너희들은 퍼그와 함께 기다려."

오후 8시 반.

파라드가 바위 밑으로 다가갔을 때 갑자기 옆에서 두 사내가 나타났다. 둘 다

272

앞에 총 자세. AK-47을 겨누고 있다.

"사담."

2미터 거리에서 어둠 속이지만 얼굴이 빤히 보였어도 사내 하나가 암호를 부른다.

"알리바바."

대답한 파라드가 쓴웃음을 지었다.

"자말, 넌 좀 막힌 놈이야."

"군 시절부터 몸에 배어서요."

따라 웃은 자말이 파라드 옆에 선 사내를 보았다.

"손님 모시고 오십니까?"

"응, 각하 허리 통증 때문에."

"통과하십시오."

자말이 동료와 함께 다시 어둠 속으로 사라졌다.

산으로 오르면서 파라드가 옆을 따르는 지노에게 말했다.

"내가 지금까지 얻은 소득이란 부하 둘이오, 소령."

파라드가 지노를 보았다. 길이 험해졌기 때문에 파라드가 앞장을 섰다. 왼팔이 불편해서 오른팔로만 바위를 잡고 오른다. 파라드가 말을 이었다.

"그 둘을 데리고 가야겠소."

"좋습니다."

지노가 파라드의 등을 밀면서 말했다.

둘은 지금 가파른 바위 사이를 기어 올라가고 있다. 후세인의 안가는 수십 군데다. 이곳은 티크리트 동북방 산맥. 후세인은 3일에서 길면 5일 동안만 안가에서 머물고 다른 곳으로 이동한다. 그리고 그 이동 인원은 20명 안팎이다.

지금 이곳, 바위산 정상 부근의 안가에도 경호원 포함 19명이 머물고 있다. 아흘라드의 주력 병력은 산맥 중심부에 포진하고 있었는데 항상 안가와 30분 거리를 유지하고 있다.

산 중턱에 닿았을 때 다시 앞쪽에서 사내들이 나타났다. 경호원들이다.

6장 사담 후세인의 탈출

"누구냐?"

수하를 하는 목소리가 울렸을 때 파라드가 되물었다.

"바킨이냐?"

"대령님이십니까?"

어둠 속에서 두 사내가 나타났다. 얼굴이 수염투성이어서 눈의 흰자위만 보인다.

"음. 가르다도 있구나."

파라드가 옆쪽 사내를 보더니 고개를 끄덕였다.

"잘 들어라."

파라드가 둘 앞에 바짝 다가섰다.

"너희들, 나한테 목숨을 맡기지 않겠느냐?"

"당연히."

바킨이라 불린 사내가 바로 대답했다.

"당장 죽으라면 죽습니다."

가르다라는 사내도 대답했다. 고개를 끄덕인 파라드가 둘을 번갈아 보았다.

"오늘 밤 대통령 각하를 위해서 거사한다."

둘이 숨을 멈췄고 파라드의 말이 이어졌다.

"우리가 아흘라드를 제거할 테니 너희들은 그 옆 동굴의 수하들을 없애도록."

"예, 대령님."

바킨이 커다랗게 고개를 끄덕였다.

"기습하면 승산이 있습니다."

가르다가 말을 받는다. 그때 파라드가 고개를 돌려 지노를 보았다.

"소령, 이제 됐소. 우리는 넷이오."

"누구냐?"

세 번째 검문. 이곳은 산 중턱 부근. 마지막 검문. 어둠 속에서 외침이 울렸지만 보이지 않는다. 바위투성이의 암산에 잠깐 정적이 덮였다. 그때 파라드가 대답했다.

"나다. 파라드 대령."

"옆에는?"

다시 묻는 목소리는 가라앉아 있다.

"의사야. 각하 허리 통증 때문에."

그때 부스럭대는 소리가 나더니 앞쪽 어둠 속에서 사내의 모습이 드러났다. 거리는 10미터 정도. 사내가 다가왔다.

"아말이냐?"

파라드가 묻자 사내가 다가오면서 말했다.

"의사 데리고 오신다는 연락은 못 받았습니다."

"내가 각하께만 말씀드린 거야."

"우리는 아흘라드 장군의 지시만 받습니다."

다가선 사내는 장신. 번들거리는 두 눈이 지노를 스치고 지나갔다.

지노가 사내의 시선을 받으면서 옆으로 한 걸음 비켜섰다. 그러고는 어깨에 둘렀던 담요 사이에서 소음기를 낀 베레타를 꺼내 앞쪽 어둠 속을 겨누었다.

"퍽."

한 발의 발사음이 울렸다. 그때 바로 옆에 서 있던 아말이 숨을 들이키면서 지노를 보았다. 그 순간이다.

"퍽!"

이번 소음은 무디어서 바로 옆쪽 파라드에게도 들리지 않았다. 아말의 목에 대고 발사했기 때문이다.

앞쪽 어둠 속 바위 사이에 사내 하나가 쓰러져 있다. 얼굴 복판에 총탄이 맞아서 처참한 모습이다. 마지막 경비원 둘은 지노가 사살했다. 그때 파라드가 말했다.

"자, 아흘라드에게 갑시다."

아흘라드의 동굴은 그곳에서 30미터쯤 위쪽이다. 바위틈 사이를 올라 동굴 앞으로 다가갔을 때 앞에 서 있던 사내가 이쪽을 보았다.

"누구요?"

"나다, 파라드."

"아, 대령님, 시내 다녀오십니까?"

사내가 사근사근 물었다. 장신에 점퍼 위로 모포를 걸쳤고 목에 AK-47을 걸치고 있다.

"응, 의사를 데려왔는데, 장군께 인사드리려고."

"예, 안에 계십니다."

사내의 시선이 지노를 훑고 지나갔다.

"혼자 계시나?"

"아닙니다. 카두라 대령, 만수르 대령이 같이 계십니다."

"알았어."

고개를 끄덕인 파라드가 사내의 옆을 지났고 지노가 뒤를 따랐다. 잠자코 옆을 지나던 지노가 갑자기 몸을 비틀면서 두 손으로 사내의 머리를 감싸 쥐었다. 놀란 사내가 몸을 세우면서 총을 바로 잡았지만 늦었다. 지노가 머리를 붙이면서 두 손으로 머리를 힘껏 비틀어버린 것이다.

"뚜뚝!"

마른나무 부러지는 소리가 났다. 얼굴이 뒤로 돌아간 사내가 늘어지자 지노가 소리 나지 않게 땅바닥에 내려놓았다. 그것을 본 파라드가 어깨를 늘어뜨렸다.

"안에 있는 대령 둘은 아흘라드의 심복이오."

파라드가 낮게 말했다. 고개를 끄덕인 지노가 등에 메고 있던 AK-47을 빼내고 총구에 소음기를 부착시켰다. 소음기는 주머니에 넣고 온 것이다. 그것을 본 파라드가 고개를 끄덕였다.

파라드가 들어서자 아흘라드는 고개를 들었다.

동굴 안.

아흘라드는 사내 둘과 함께 삶은 양고기를 먹는 중이었다. 동굴 안에는 안쪽에 양초 3개를 세워놓아서 환했다. 아흘라드의 동굴은 침실이 안쪽으로 휘어져 있어서 동굴 입구가 보이지 않는다.

"장군, 다녀왔습니다."

다가선 파라드가 말했다.

"의사를 데려왔습니다."

"의사를?"

아흘라드가 눈썹을 모으고 파라드를 보았다. 두 대령도 음식을 씹으면서 고개를 들었다. 그때 입구에 지노의 모습이 드러났다. 손에 소음기를 낀 AK-47을 쥐고 있다. 그 순간이다.

"두루루룩, 두루룩, 두루루룩."

셋을 겨냥하고 발사해서 발사음이 세 차례로 끊겨서 들렸다. 각각 서너 발씩의 총탄을 받은 셋이 비명도 지르지 못하고 그 자리에 쓰러졌다. 거리가 3미터 정도여서 단 한 발도 빗나가지 않았다.

"두루룩."

다시 발사음이 울렸는데 아흘라드가 꿈틀거렸기 때문이다.

"기다려."

바킨이 낮게 말하고는 시계를 보았다. 6분이 지났다. 4분 남았다.

지금 바킨과 가르다는 동굴이 보이는 바위틈에 엎드려 있다. 동굴과의 거리는 10미터 정도. 본 동굴이다. 길이가 20미터 정도로 이곳에서 10여 명이 생활하는 것이다. 지금 이곳에서 7, 8명이 자고 있을 것이다.

그리고 옆쪽에 간부들의 동굴이 있고 그 위쪽이 장군용 동굴, 그 옆쪽이 각하의 동굴이다. 지금 둘은 주(主) 동굴 앞에서 시간이 가기를 기다리는 중이다.

"성공할까?"

가르다가 숨을 고르면서 물었다. 둘은 병사들의 동굴을 맡은 것이다. 10분 후에 동굴 안의 병력을 몰살하라는 명령이다. 그것뿐이다. 나머지는 파라드와 함께 온 사내가 처리한다고 했다.

"들어가서 정확하게 겨누고 쏴야 해."

가르다가 말했다.

"무조건 밖에서 쏘면 안 돼."

"당연히 그래야지."

바킨이 손에 쥔 AK-47의 탄창을 빼내었다가 실탄을 확인하고 다시 넣었다.

"내가 우측을 맡을 테니까 넌 좌측을 맡아."

"알았어. 그런데 뒤쪽 경비도 처리하겠지?"

"당연히. 대령이 모를 리가 없지."

동굴 뒷면의 경비 2명을 말한다. 경비는 앞쪽의 3개 감시초소에 2명씩, 그리고 후면에 1개 초소가 있다.

바킨이 다시 손목시계를 보았다. 8분이 지났다.

"뒷면 경비가 있어요."

파라드가 손목시계를 보면서 말했다.

"그곳까지 처리해야 바깥 경비는 처리되는 겁니다."

그러면 동굴 안에서 쉬는 병력만 남는 셈이다.

"이거, 2분 남았는데."

파라드가 서둘렀다.

"각하의 동굴 안에 경비가 또 있어요. 총성이라도 울리면 그놈이 무슨 짓을 할지 모르겠는데."

"그럼 대령이 그놈을 처리하시오, 난 뒤쪽 경비를 맡을 테니까."

고개를 끄덕인 파라드가 손으로 앞쪽을 가리켰다.

"이쪽으로 50미터만 내려가면 초소가 있습니다. 이쪽에 등을 보이고 둘이 있을 겁니다. 아직 9시도 안 되었으니까 졸지도 않을 겁니다."

고개를 끄덕인 지노가 발을 떼었을 때 파라드가 말했다.

"그동안 나는 각하 동굴을 끝내지요."

2분 남았다.

2분 후에는 주 동굴 앞에서 기다리던 바킨과 가르다가 동굴 안의 병사들을 기습할 것이었다. 주 동굴은 한복판이어서 경비를 세워놓지 않은 대신 동굴이 깊고 안에 병력이 많다. 그러니까 안에 들어가서 기습을 해야 된다.

지노가 서둘러 발을 뗴었다. 50미터가 1백 미터보다 더 먼 것처럼 느껴졌다. 더구나 비스듬한 내리막인 데다 험한 바위산이어서 길도 없다. 그러나 곧장 나아갔더니 곧 두런거리는 말소리가 들렸다.

가깝다. 지노가 숨을 들이켰다. 그러나 보이지 않는다.

1분 전.

파라드가 동굴 안으로 들어서자 측근 경비원 핫단이 무표정한 얼굴로 시선만 주었다. 아흘라드의 경호원으로 심복이다.

"각하 주무시나?"

파라드가 묻자 핫단이 눈으로 안쪽만 가리켰다.

"아직."

불손한 행동이다. 핫단은 경호대 상사다. 오직 아흘라드에게만 충성하는 놈이다. 아흘라드의 고향 출신이라고 했다.

고개를 끄덕인 파라드가 작업복 주머니에 넣은 베레타를 움켜쥐었다. 소음기를 끼워놓아서 총신이 길다. 핫단의 옆을 지난 파라드가 오른손에 쥔 베레타를 꺼내었다. 그러고는 몸을 돌리면서 총구를 겨누고 방아쇠를 당겼다. 그 순간 파라드가 숨을 들이켰다. 방아쇠가 당겨지지 않는다. 그때 핫단이 고개를 돌려 파라드를 보았다.

"무슨 일입니까?"

파라드가 자신을 겨눈 총구를 보면서 물었다. 그러면서 반사적으로 AK-47의 총구를 파라드에게 겨누었다. 그때 파라드가 베레타의 잠금장치를 엄지손가락으로 밀면서 대답했다. 핫단과의 거리는 2미터밖에 안 된다.

"잠금장치."

"잠금장치가 왜요?"

핫단의 총구도 파라드에게 겨누어져 있다. 얼굴도 굳어 있다. 그 순간 파라드가 방아쇠를 당겼다.

"퍽, 퍽, 퍽."

총탄이 핫단의 얼굴에 맞았다. 세 발 다. 소음기를 끼었지만 발사음이 동굴을 울렸고 머리가 부서진 핫단이 방아쇠를 당기지도 못한 채 뒤로 넘어졌다. 그때 동굴 안쪽에서 후세인이 나왔다.

"이게 무슨 일이냐?"

후세인이 물었지만 차분한 표정이다. 눈썹을 모으고 있다.

"시간 됐다."

바킨이 일어서면서 말했다.

"가자."

"알라 아크바르."

가르다가 AK-47의 탄창을 밑에서 쳐 올리면서 대답했다.

둘 다 전투를 치른 경험자들이다. 이번 미군 침공 때도 미군과 총격전을 벌인 경험도 있다. 압도적인 미군 화력에 혼비백산해서 후퇴를 했지만 눈앞의 적을 향해 탄창이 비도록 쏘아 갈겨 본 것이다.

둘은 함께 동굴 안으로 들어섰다.

9시 5분.

아직 동굴 안의 병사들은 이쪽저쪽에서 움직이고 있다. 동굴은 두 갈래로 나뉘었는데 오른쪽이 자는 곳이고 왼쪽이 식당, 주방, 창고 역할이지만 문은 없다.

바킨은 왼쪽, 가르다는 침실 쪽을 맡았다. 각각 동굴 길이가 10미터, 20미터 정도다.

"어, 너희들 근무시간 아냐?"

먼저 그렇게 물은 것은 고반 소령. 조장 급이다. 오늘 밤의 일직사령. 눈을 치켜뜬 고반이 다가오는 바킨을 보았다.

"근무 교대한 거냐?"

그 순간이다.

"타타타탓."

바킨의 AK-47이 동굴 안에서 울렸다.

"타타타타타타."

이것은 오른쪽 침실로 들어간 가르다가 내갈긴 총성이다.

"타타탓, 타타탓, 타타탓."

고반이 쓰러진 것을 시작으로 바킨이 가차 없이 눈앞의 동료를 사살했다. 주방과 식당에는 모두 4명이 있다.

"타타타타탓."

마지막 하나는 하문. 바킨과 친한 동료였지만 어쩔 수 없다. 살려두고 설득할 여유가 없는 것이다.

"타타타타타타."

가르다는 약간 구부러진 침실 쪽으로 들어가자마자 계속해서 AK-47을 갈겼는데 탄창의 30발이 다 소진되었을 때는 살아 움직이는 병사가 없었다. 모두 5명.

"타타타탕."

그때 뒤쪽 식당 쪽에서 다시 발사음이 울렸다.

"타타탕."

"타탕."

그 순간 가르다가 몸을 돌려 뛰어나갔다. 총성이 교차되고 있었기 때문이다. 바킨이 총격전을 벌이고 있다. 식당 쪽으로 달려간 가르다는 벽에 기대 서 있는 바킨을 보았다. 동굴 안쪽에 카심이 주저앉아 있다. 둘 다 맞았다. 카심은 동굴 끝 쪽 창고 앞에 주저앉아 있는 것이 창고의 식량 자루 뒤에 있다가 나온 것 같다.

"타타타탓."

가르다가 쏜 총탄이 카심의 온몸에 맞았다. 그때 바킨이 스르르 주저앉았다.

"바킨."

다가선 가르다가 묻자 바킨이 슬며시 웃었다. 가슴에 여러 발을 맞았다.

"나 끝났어, 가르다. 알라 아크바르."

뒤쪽에서 요란한 총성이 울렸을 때 지금까지 보이지 않던 앞쪽에서 두 사내가 모습을 드러내었다. 바위틈에서 나온 것이다. 거리는 10미터. 총성에 놀란 둘이 이쪽을 쳐다보고 있다.

"두르르르르륵, 두르르륵."

지노가 둘을 향해 난사했다.

"지노."

지노를 본 후세인이 두 팔을 벌리고 다가왔다. 두 눈이 번들거리고 있다.

"왔구나."

"각하, 반갑습니다."

후세인과 지노는 껴안고 서로 볼을 비볐다. 후세인이 지노의 얼굴을 보았다.

"네가 내 한을 풀어주었다. 고맙다."

"각하, 공주의 부탁을 받고 왔습니다."

"카밀라는 잘 있느냐?"

284

"예, 각하를 기다리고 있습니다."

그때 파라드가 후세인에게 말했다.

"각하, 가시지요."

후세인이 고개를 끄덕였다. 지노가 오기 전에 파라드한테서 이야기를 들은 것이다. '각하의 동굴'을 나왔을 때 아래쪽 어둠 속에서 인기척이 났다.

"누구냐?"

파라드가 부르자 어둠 속에서 가르다가 나타났다.

"접니다. 가르다입니다."

"바킨은?"

"죽었습니다."

다가선 가르다가 파라드를 보았다.

"동굴 안에서 총격전 중에 사망했습니다."

"알라 아크바르."

파르다가 잇새로 말했다.

"애국자다. 각하를 위해 목숨을 바쳤다."

다시 발을 떼었을 때 지노가 앞장을 섰다. 맨 앞쪽 감시초소의 둘이 남았다.

산기슭의 제1초소에서 자말은 위쪽의 총성을 들었다. 그러나 연락할 방법이 없다. 근무 중에 무전기를 사용하지 못하기 때문에 가슴만 졸이고 있던 상황이다. 그때 위쪽에서 인기척이 났기 때문에 둘은 소스라쳤다.

"누구냐?"

자말이 소리쳐 묻자 위쪽에서 목소리가 울렸다.

"자말, 나다. 파라드 대령이다."

"무슨 일입니까?"

"각하가 지금 내려가신다. 조심해라."

"각하가 말씀이오?"

그때 후세인의 목소리가 울렸다.

"나다. 내가 지금 내려간다."

그러고는 발자국 소리가 가까워지더니 파라드에 이어서 후세인의 모습이 드러났다. 자말과 동료 나탄이 몸을 굽혔다.

후세인이다. 대통령이 점퍼에 터번을 두른 차림으로 다가왔다. 그 뒤로 조금 전에 파라드와 함께 올라갔던 사내가 따르고 있다. 그 뒤로 가르다가.

"수고한다."

다가선 후세인이 지그시 둘을 보았다. 어둠 속에서 두 눈이 번들거리고 있다.

"알라 아크바르."

"알라 아크바르."

엉겁결에 따라 말한 자말이 가슴에 손을 붙였다.

"알라께서 각하를 보호해주실 것입니다."

고개를 끄덕인 후세인이 자말과 나탄의 어깨에 한 번씩 손을 짚고는 발을 떼었다. 그 뒤를 파라드 등이 따른다.

"어디 가시는 거야?"

어둠 속으로 일행이 사라졌을 때 나탄이 물었다.

"그리고 조금 전의 총성은 무슨 일이 벌어진 거야?"

자말이 고개를 돌려 산 위쪽을 보았다. 그러나 입을 열지는 않았다. 산 위쪽에 아흘라드가 있을 것이었다. 후세인 대통령이 아흘라드를 두고 간단 말인가? 더구나 산 아래로?

그때 뒤쪽에서 인기척이 났기 때문에 둘은 일제히 고개를 돌렸다. 그 순간이다.

"두르르륵, 두르르륵."

총성이 울리면서 자말과 나탄은 온몸을 비틀면서 쓰러졌다. 곧 어둠 속에서 나타난 사내는 지노다. 잠깐 둘을 내려다본 지노가 몸을 돌려 다시 어둠 속에 묻혔다.

아래쪽에서 기다리던 후세인은 지노가 나타나자 외면한 채 입을 열지 않았다.

오후 10시가 조금 넘은 시간이다. 다시 파라드가 앞장을 섰고 후세인, 가르다, 지노의 순서로 넷이 산골짜기를 따라 걷는다.

"각하."

후세인을 본 가민의 눈에 금방 물기가 덮였고 목소리가 떨렸다.

"오, 가민."

쓴웃음을 지은 후세인이 두 팔을 벌려 가민의 어깨를 감싸 안았다.

"가민, 아흘라드를 처단했다."

"예, 각하."

마침내 가민의 눈에서 주르르 눈물이 흘러내렸다.

"하지만 각하."

후세인이 자리에 앉았을 때 가민이 흐린 눈으로 쳐다보았다.

이곳은 티크리트 시내의 안가. 주택가 한복판의 단층 시멘트 건물이다. 티크리트는 후세인의 고향이다. 또한 미군의 정예인 7사단 사령부가 위치한 곳이다. 현재도 아르카디의 용병단과 다른 수십 개의 용병단이 현상금 사냥을 하는 중이지만 은신처가 많다. 주민 대부분이 미군에 비협조적인 데다 민병대도 맥을

추지 못하기 때문이다.

밤이 되면 민병대원이 자주 암살된다. 주민이나 저항군이 미군의 용병이 된 민병대를 죽이는 것이다. 가민이 입을 열었다.

"각하, 제가 이곳에 남겠습니다."

"무슨 말이냐?"

놀란 후세인이 눈을 크게 떴다.

"네가 남다니? 나는 네가 필요하다."

"아닙니다. 지노 소령이 모시고 가면 됩니다."

가민이 고개를 저었다.

"저는 짐이 될 뿐입니다. 그리고."

숨을 고른 가민이 말을 이었다.

"제가 이곳에 남아서 각하 대신 저항군에게 지시를 내리고 항전하겠습니다."

가민의 목소리에 열기가 띠어졌다.

"그리고 각하께서 이곳에 계신 것으로 위장해야 됩니다."

"……."

"각하께서 이곳을 떠났다고 알려지면 미군은 전력을 다해 추적할 것이기 때문입니다. 그럼 위험합니다."

그때 파라드가 나섰다.

"그렇습니다, 각하. 저도 이곳에 남아서 가민 장군을 돕겠습니다."

"너희들……."

말을 잇지 못한 후세인이 숨을 들이켰을 때 지노가 말했다.

"각하, 혼자 떠나시는 것이 낫습니다."

지금도 퍼그가 기다리고 있다. 이제 곧 산속의 후세인 은신처가 묘지로 변했다는 것이 곧 밝혀질 것이다. 아흘라드의 부하들이 떠들어대면 티크리트 주변은 용병들과 민병대로 뒤덮이게 된다. 가민과 파라드가 동시에 고개를 끄덕였다.

"각하, 각하께서 떠나셔야 이라크가 살아납니다."

지노가 유리창을 두드리자 퍼그가 퍼뜩 고개를 들었다.

밤 12시 반.

사단 수송대의 주차장 뒤쪽. 퍼그는 주차장에서 나와 뒤쪽 골목에서 기다리던 중이다.

"가자."

옆쪽 자리에 오른 지노가 퍼그에게 말했다.

"우체국 뒤쪽 골목으로."

퍼그가 시동을 걸면서 투덜거렸다

"젠장. 한 시간 반을 기다렸어."

"퍼그, 너 항공대에 아는 놈 있어?"

지노가 묻자 퍼그가 차를 발진시키면서 묻는다.

"왜?"

"급하면 네가 헬기를 타고 초소로 내려갈 수도 있지 않겠어?"

"그럴 수도 있지."

대답부터 했던 퍼그가 고개를 돌려 지노를 보았다. 두 눈을 치켜뜨고 있다.

"지노 너."

"그래, 퍼그."

그때 숨을 들이켠 퍼그가 차의 속력을 줄였다. 그러더니 앞쪽을 응시한 채 말했다.

"네가 타려고?"

"후세인까지."

"그럼 나도 완전히 반역자가 되겠군."

"헬기 조종사를 없애면 돼."

"갓댐."

"네가 헬기를 빌리면 우리가 타는 거지. 그리고 조종사를 위협해서 국경 근처에서 내리는 거야."

"……."

"조종사를 없애면 헬기에 누가 탔는지 알 수 없겠지."

"……."

"네가 헬기를 탄 후에 조종사를 위협해서 착륙시킨 후에 우리를 태우는 거다."

"갓댐. 갑자기 헬기가 나오다니."

퍼그가 고개를 저었다.

"납치된 것이 발각되면 바로 격추당한다."

"그렇다면 매수할 수는 없을까?"

그때 퍼그가 쓴웃음을 지었다.

"그 자식이 있는지 모르겠군."

"보고드릴 것이 있습니다."

7사단 정보참모 워든 대령에게 크립슨 대위가 말했다.

오전 9시 반.

정보참모실 안. 워든은 방금 사단장실에서 작전 회의를 마치고 돌아온 참이다. 워든은 시선만 주었고 크립슨이 말을 이었다.

"어젯밤 C12 지점의 산에서 총격전이 일어나 수십 명의 반군이 사살되었다는 소문이 났습니다."

크립슨의 역할은 깔아놓은 정보원으로부터 소문을 모으는 것이다. 그중에서 1퍼센트만 맞춰도 대박이다. 정보참모실에서 가장 정보비를 많이 빼가는 장교였기 때문에 워든은 교체를 검토하는 중이다. 정보비 대비 실적이 나쁜 것이다. 크립슨이 조심스러운 표정으로 워든을 보았다.

"사살된 반군 중에 아흘라드가 포함되어 있다는 것입니다. 아흘라드가 주문한 혈압 약을 가지러 오지 않았다는군요."

"……."

"소문은 그 약 심부름하는 놈한테서 나왔습니다."

"……."

"그리고 아흘라드와 연락이 끊겨서 반군들이 당황하고 있다는 것입니다."

"그만."

말을 자른 워든이 시선도 내렸다.

"더 확실한 정보를 가져오도록. 제대로 된 증거를 가져오란 말이다."

무안해진 크립슨이 방을 나갔을 때 워든이 어깨를 부풀렸다가 내렸다.

아흘라드에 대한 정보가 쏟아지고 있다. 대부분이 가짜 정보다. 반군 쪽에서 나온 역정보가 절반 이상이고 나머지 절반에서 그 반이 정보원들이 만든 소설인 것이다.

오전 10시 40분.

티크리트 서북방 4킬로 지점의 제42의료대대 휴게실 안. 안쪽 테이블에 앉아 있던 요크 상사가 안으로 들어서는 퍼그를 보았다.

"어, 퍼그, 무슨 일이야?"

이맛살을 찌푸린 요크가 앞자리에 앉는 퍼그에게 숨 돌릴 새도 없이 묻는다.

"또 사고 친 거냐?"

"사고는 무슨. 너 보러 온 거지."

"너, 검문소에 나가 있다면서 여긴 웬일이야?"

"7사단에 일이 있어서."

퍼그가 휴게실을 둘러보았다. 안에는 구석 자리에서 콜라를 마시는 간호병 하나뿐이다. 요크는 이곳 응급 헬기 조종사다. 퍼그가 지그시 요크를 보았다.

"너, 제대 안 해?"

"해도 할 일이 있어야지."

요크가 고개를 저었다.

"이놈의 생활이 지겹지만 제대하고 취직할 곳이 바늘구멍이야."

퍼그와 요크는 고향 친구다. 샌프란시스코에서 같은 공립학교에 다녔는데 군 대에 와서 만나게 되었다. 요크의 집안 사정도 뻔하게 아는 터라 퍼그가 고개를 끄덕였다.

"하긴 그래. 그건 나도 그렇다."

"떡 같은 세상이지. 여기서 시간만 죽이다가 가는 거야."

"네 아버지는 지금도 버스 운전해?"

"몰랐냐? 3년 전에 사고가 나서 지금은 놀아. 다리를 다쳤기 때문에."

"떡 같군. 연금은 나오나?"

"그 연금 갖고 넷이 살지. 에릭과 마크가 아직도 학교에 다니거든."

"갓댐. 그런데 요크."

퍼그가 지친 눈으로 요크를 보았다.

"네 헬기로 나 좀 데려다주라."

"뭐라구?"

"환자 수송하는 것으로 해줘. 날 말야. 내 초소까지."

"갓댐. 이 자식이 왜 왔나 했더니."

"내가 여기까지 차 타고 오느라고 죽을 뻔했다. 내가 수술하고 나서 차를 타면 그래."

"안 돼. 단장 허가를 받아야 돼. 그것도 네 부대장의 요청을 받아서."

"요청 같은 소리하고 자빠졌네."

퍼그가 눈을 치켜떴다.

"야, 이 자식아, 내가 군 생활 14년이야. 너보다도 길단 말이다. 이 병신 같은 헬기 조종사 새끼. 내가 모를 줄 아냐?"

"1천 불을 내면 되지. 운행부장 놈한테 뇌물을 먹이면 그놈이 뚝딱 서류를 만들어 주니까."

어깨를 치켰다가 내린 요크가 눈을 가늘게 떴다.

"물론 너는 1백 불도 못 내겠지만 말이다."

"좋아. 8백 불 내지."

퍼그가 요크를 보았다.

"나하고 내 정보원, 넷을 태워줘."

"이 새끼들이 헬기를 못 타서 안달이 났나? 네 초소까지 150킬로밖에 안 되잖아?"

"나도 안단 말이다. 너희들 응급 헬기가 장교들 택시 역할을 하고 있다는 거 말야. 우리 부대 대대장 놈들도 지난주에 너희들 헬기 타고 왔어."

"8백 불 내는 거냐?"

"내지."

"그럼 지금 줘."

"갓댐."

주머니에서 고무줄로 묶은 돈뭉치를 꺼낸 퍼그가 100불짜리 8장을 세어 요크에게 내밀었다. 그러고도 100불짜리 10장 정도가 남았다. 그것을 본 요크가 손을 내밀었다.

"100불만 더 내라. 내가 서비스 잘 해줄 테니까."

"갓댐."

100불을 꺼내 요크에게 건넨 퍼그가 입맛을 다셨다.

"내가 일 끝나면 오후 6시쯤 되니까 그때 출발하자."

"그 시간이 적당해. 근데 어디서 태워줄까?"

"시내에서 타면 곤란하지?"

"안 돼. 택시 노릇 하는 거 보이면 곤란해. 교외로 해. 위쪽 산골짜기가 낫다."

요크가 고개까지 저었다.

"미안하다. 이라크를 잘 부탁한다."

후세인이 말하자 가민과 파라드가 동시에 고개를 숙였다. 방 안 분위기가 숙연해졌고 둘러선 사람들은 모두 숨을 죽였다. 이별이다. 안가의 응접실 안. 후세인이 말을 이었다.

"나는 미국의 음모를 밝힌 것으로 내 목표는 달성했다. 이제 더 이상 이라크가 내전 상태로 되면 안 된다."

후세인이 번들거리는 눈으로 가민과 파라드를 보았다.

"현실을 인정해야 된다. 가민, 네가 투항해서 미국과 함께 새 정부를 구성해라. 친미 정권이라고 해도 된다."

"각하."

놀란 가민이 고개를 들었을 때 후세인의 표정이 엄격해졌다.

"나는 이제 역사에서 사라진 인물이다. 그리고 패배자다. 너는 내 전철을 밟지 말고 미국을 이용해라."

방 안에 다시 적막이 덮였다. 이윽고 후세인이 다가가 가민을, 이어서 파라드를 껴안았다.

"이라크를 부탁한다. 알라 아크바르."

"각하."

가민이 마침내 흐느껴 울었고 파라드도 성한 오른손으로 눈물을 닦았다. 후세인이 다시 한 번 다짐하듯 말했다.

"미국을 이용해서 새 정부를 만들어라. 네가 투항하면 미국은 환영할 것이다."

방 안에 지노와 후세인이 마주 앉았을 때는 30분쯤 후다. 후세인이 혼자 있을 때 지노가 들어온 것이다.

오후 4시 반. 출발 1시간 반 전.

"각하, 헬리콥터를 타면 27초소를 지나 요르단 국경까지 저공비행을 시킬 예정입니다."

지노가 말을 이었다.

"헬기 조종사는 우리가 27초소까지 가는 줄로 알겠지만 각하께서 탑승하실 때 눈치를 챌지도 모릅니다. 그때는 제가 위협을 하겠지요."

"그런 위험은 감수해야겠지."

후세인이 고개를 끄덕였다.

"그럼 요르단을 통해 탈출하는 거냐?"

"레바논에서 배를 구한 후에 지중해로 빠져나갈 예정입니다."

"힘든 여정이 되겠군."

"요르단에 진입하면 서둘지 않을 계획입니다."

"너한테 맡기겠다."

후세인이 길게 숨을 뱉었다.

"나는 이제 생(生)에 미련이 없다."

"공주를 만나셔야 합니다."

지노가 정색하고 말했다.

"공주께선 각하를 기다리고 계십니다."

"카밀라는 지금도 마르세유에 있나?"

"예, 각하."

지노의 눈이 흐려졌다. 후세인을 기다리는 유일한 존재인가?

6시 5분.

이미 어둠이 덮인 골짜기에 MH-6 헬기가 가뿐하게 착륙했다. MH-6는 미 육군의 공격용 경헬기 AH-6를 무장해제시켜 수송용으로 개조한 것이다.

조종석에 앉은 조종사는 요크, 그 옆에 부조종사가 앉아있다. 검은 동체에 적십자 마크를 붙인 의료용 헬기다. 시속 280킬로미터, 고 기동헬기로 소음이 적은 테일 로우터를 장착하고 있다.

그때 옆쪽 바위 뒤에서 사내 다섯이 나타났다. 앞장선 사내는 미군복 차림의 퍼그, 그리고 뒤를 아랍인 복색의 넷이 따른다. 모두 AK-47로 무장을 했다. 먼저 헬기에 오른 퍼그가 소리쳤다.

"정보원 한 명 추가다!"

"갓댐, 퍼그."

뒤를 돌아보면서 요크가 소리쳤다.

"3백 불 추가!"

"좋아. 내지."

그사이에 아랍인들이 차례로 헬기에 오른다. 네 명 모두 터번으로 머리와 얼굴을 가리고 눈만 내놓았다.

"안전띠 매!"

문이 닫혔을 때 요크가 소리치더니 헬기를 상승시켰다.

한 시간의 비행.

요크와 부조종사는 앞을 보고 조종만 했고 뒤쪽에 앉은 퍼그도 말을 걸지 않았다. 지노는 퍼그 옆에 앉아 조종사들을 주시했는데 감시하는 것이다. 그러나 고도, 방향, 가끔 울리는 무선통신, 모든 게 정상이다.

헬기 고도 5천 피트(1,500미터). 헬기는 지정 항로에서 똑바로 서쪽을 향해 날아가고 있다. 한 시간이 금방 지났고 헬기가 고도를 낮추기 시작했다. 이제는 밤. 아래쪽 마을의 불빛이 보인다.

"요크, 초소에서 우측으로 3백 미터쯤 떨어진 공터가 있어. 거기서 내려줘."

퍼그가 말했다.

"거기서 다시 계산을 하자."

요크가 기다리던 말이다.

MH-6에서 먼저 셋이 내렸다. 후세인과 로간, 바질이다. 로우터의 회전이 멈춘 헬기 안에는 넷이 남았다. 요크와 부조종사인 중사 맥도날드, 그리고 퍼그와 지노다. 그때 지노가 주머니에서 1백 불짜리 뭉치를 꺼내 3장을 요크에게 내밀었다. 한 사람 추가 비용이다.

"땡큐."

덥석 돈을 가로챈 요크가 눈을 가늘게 뜨고 지노를 보았다.

"동양인이야?"

"아니. 타지크스탄이야."

"응, 내가 아프간에 있을 때 타지크인을 몇 번 만났지."

요크가 고개를 끄덕였다.

"그런데 지금은 여기서 정보원 노릇을 하는군."

"그런데 상사, 부탁이 있어."

"또 뭐야?"

"우리를 요르단 국경까지 태워줄 수 있겠나, 추가 요금을 낼 테니까?"

"국경까지?"

요크가 맥도날드를, 이어서 퍼그까지 훑어보았다.

"무슨 일인데?"

"국경 마을에서 누구를 만나기로 했거든."

요크가 고개를 들고 맥도날드를 보았다. 그때 맥도날드가 고개를 끄덕이자 요크가 이번에는 퍼그를 보았다.

"퍼그, 너도 같이 가는 거냐?"

"그래. 난 이 친구들 내려주고 돌아올 거야. 날 다시 이곳에 내려주면 돼."

"좋아. 그럼 1천 불 더 내라."

요크가 어깨를 부풀리며 말했다.

"이건 계약에도 없는 비행이라 본부에서 알면 난 영창감이야."

"주지."

지노가 고개를 끄덕였다.

"우리가 공짜로 태워달라는 게 아냐."

주머니에서 돈뭉치를 꺼낸 지노가 말을 이었다.

"이건 당신들 둘만 먹는 돈 아냐? 이거야말로 윈윈이지."

뒷자리의 후세인과 로간, 바질은 터번의 천으로 눈만 내놓고 얼굴을 가린 상태다. 아랍인들은 먼지나 매연, 또는 잡음이 심할 때도 터번으로 얼굴을 가린다.

298

자연스러운 행동이다.

헬기는 이번에는 저공으로 날아가고 있다. 고도 1천 피트. 300미터 높이다. 마을이 순식간에 지났고 헬기는 산기슭을 돌아 골짜기를 찾아 훑어 올라갔다가 내려왔다. 본부의 레이더를 피하기 위해서다.

이번에도 헬기 안은 엔진음만 울릴 뿐 조용하다. 헬기는 시속 280킬로의 속력으로 서진하고 있다.

1시간 후.

이제 7사단 의무대대의 MH-6 헬기가 어둠에 묻힌 골짜기의 평지에 착륙했다.

오후 9시.

아직 로우터가 돌아가고 있는 상황에서 후세인, 로간, 바질이 내렸다. 그때 지노가 주머니에서 돈뭉치를 꺼내 요크에게 내밀었다.

"상사, 여기 1천 불이야."

"땡큐."

요크가 이를 드러내며 웃었다.

"고맙군, 친구. 그런데 이름이 뭐야?"

"타랄."

"오, 타랄."

요크가 손을 내밀어 악수를 청했다. 요크에 이어서 맥도날드까지 손을 내밀었기 때문에 지노가 악수를 했다.

"굿럭, 마이 프렌드."

둘과 인사를 마친 지노가 헬기에서 내렸을 때 퍼그가 따라 나왔다.

"지노, 조심해."

퍼그가 지노의 손을 잡았다. 땀이 밴 손바닥이 끈적였다. 로우터 회전음이 컸기 때문에 퍼그가 목소리를 높였다.

"나도 바로 예편할 거야."

"너도 조심해, 퍼그."

퍼그는 이미 계좌로 1백만 불을 송금받은 것이다. 악수를 나눈 지노가 몸을 돌렸다.

헬기가 숲의 나뭇가지를 휘저으며 떠올랐을 때 지노의 옆으로 로간이 다가왔다.

"대장, 이쪽 방향입니다."

로간이 손으로 옆쪽 산을 가리켰다.

"저 산만 넘으면 요르단입니다."

지노가 고개를 끄덕였다.

"가자."

오늘 밤 안에 국경을 넘어야 한다.

밤 12시 반.

3시간에 걸쳐서 산을 올라 넷은 산 정상에 올랐다. 험산은 아니었지만, 후세인을 부축하고 올라야 했기 때문이다. 허리 통증이 심한 데다 후세인은 66세의 노인이다. 로간과 바질은 양쪽에서 후세인을 부축하고 산에 올라야만 했다. 지노가 아래쪽을 내려다보면서 말했다.

"아래쪽 마을까지는 2시간이면 닿겠다. 그곳에서 차를 구하기로 하지."

"나 때문에 고생이 많다."

후세인이 바위에 등을 기대고 앉은 채 말했다. 이제 터번을 다 벗었기 때문에 맨머리가 드러났다.

"지금까지는 운이 좋았던 것 같구나."

300

그때 로간의 시선이 지노를 스치고 지나갔다. 작전 중에 '운이 좋다'고 말하는 것은 금기다. 절대로 말하지 말아야 할 단어다. 그런데 후세인이 말을 뱉은 것이다. 그때 지노가 대답했다.

"예. 운이 좋은 것 같습니다, 각하."

로간이 어깨를 늘어뜨렸다. 지노의 심중을 파악했기 때문이다. '정면 돌파'다. 그래서 대장도 그 '말'을 해버렸다.

이라크 국경수비대는 통과했다. 헬기가 수비대에서 먼 쪽에 착륙했기 때문이다. 산 아래쪽은 요르단 영토다. 지노가 바질에게 지시했다.

"이쪽 상황을 알아야겠다. 내려갔다가 오도록."

아래쪽 마을과 경비 상황을 알아보라고 한 것이다.

로간은 아래쪽에서 경비를 섰고 후세인과 지노가 위쪽 바위 밑에 나란히 앉아있다. 짙은 어둠 속. 나무가 우거진 산이어서 바람이 불면 나뭇가지 스치는 소리가 난다.

오전 1시.

자는 줄만 알았던 후세인이 눈을 뜨고 말했다.

"네 덕분에 아흘라드가 제거되었어."

"……."

"아흘라드는 나를 앞장세워서 반군과 연합, 북부지역 지도자로 부상한 후에 미국과 타협하려는 의도였다."

후세인의 얼굴에 쓴웃음이 번졌다.

"나를 이용해서 권력을 장악하려는 것이지. 미국의 앞잡이가 되는 건 상관하지 않는 놈이야."

"각하, 마르세유에서 공주가 기다리고 계십니다."

지노가 후세인을 보았다.

"그곳에서 성형 수술을 해야 되실 것 같습니다."

"탐탁지 않아."

후세인이 고개를 저었다.

"그렇게까지 하고 살 생각이 없어졌다."

"……"

"내 나이 66세야."

"……"

"이라크는 멸망했다. 다행히 가민이 미국과 제휴해서 새 이라크를 건설한다고 해도 미국의 속국이 되는 건 피할 수가 없어. 이라크의 영광은 다 끝났어."

"……"

"그 책임이 나에게 있어."

후세인의 목소리가 떨렸기 때문에 지노는 숨을 죽였다.

"그런 상황에 내가 얼굴까지 바꾸고 구차한 생을 이어가다니……"

고개를 돌린 후세인이 지노를 보았다. 물기에 젖은 두 눈이 번들거리고 있다.

"나는 네가 테이프를 터뜨렸을 때 유럽, 러시아, 그리고 미국의 양심 있는 인사들이 미국 정부의 음모를 규탄하고 최소한 유엔에 이 문제를 상정할 것을 기대했었다."

그때 후세인이 얼굴을 일그러뜨리면서 웃었다.

"내가 어리석었지. 순진한 생각이었다. 내가 너무 단순했어."

"……"

"내가 독재자인지 모르지만 이 세상은 더 썩었다."

그때 지노가 입을 열었다.

"각하, 이제 쉬시지요."

이제는 후세인이 입을 다물었고 지노가 말을 이었다.

"지금부터는 각하만의 생활을 보내시지요. 이제는 국민 걱정, 국가 걱정은 그만하시고 남은 인생을 지내시지요."

그때 후세인은 입을 다물었다.

바람이 나뭇가지를 스치고 지나는 소리가 났다. 밤하늘의 별자리가 더 밝아졌다. 폐에 흡입되는 밤공기가 시리다. 어디선가 짐승 우는 소리가 났다. 그때 후세인이 입을 열었다.

"고맙다. 넌 용병 같지가 않구나. 내 아들 같다."

오전 3시가 조금 넘었을 때 바질이 올라왔다.

"민가가 4채 있는데 2채는 비었습니다. 그리고 여기선 보이지 않지만 아래쪽에 국도가 있습니다."

이곳은 요르단 영내인 것이다. 국경은 뒤쪽이다. 지노가 고개를 끄덕였다.

"일단 빈 집에 들어가 쉬기로 하지."

후세인 때문이다. 무리하게 움직일 필요는 없다, 국정을 처리할 일도 없으니까.

오전 9시.

제102사단 2연대 연대장실 안. 연대장 커트 사이드 대령이 앞에 선 랜스 소령을 보았다.

"네가 지금 보직 해임 상태라는 거 알고 있지?"

"모를 리가 있습니까?"

랜스가 흐린 눈으로 사이드를 보았다. 보직 해임 상태에서 갑자기 호출을 받은 것이다. 그때 사이드가 눈을 가늘게 떴다.

"네가 정보원 셋 신분증을 만들었는데 그 이유를 듣자."

랜스가 어깨를 폈다. 턱도 내밀었다. '덤벼라'는 자세다.

"그게 어쨌단 말입니까?"

랜스가 물었다.

"보직 해임 되기 전에 만들어 놓았던 정보원 신분증을 지급한 것뿐입니다."

"그렇다고 치자. 그런데 그놈들은 지금 어디 있나?"

"모르겠습니다."

랜스가 고개를 비틀었다.

"하지만 곧 연락이 오겠지요."

"네가 지금 근신 상태라는 거 알지?"

"압니다."

"돈 주고 신분증을 판 건 아니지?"

"그건 인격 모독입니다. 인권위원회에 신고하겠습니다."

"갓댐, 소령."

사이드가 잇새로 말했다.

"막 나가는군. 군 생활을 끝낼 작정이냐?"

"날 모욕하셨습니다."

"네가 발급한 세 놈의 신분증이 언제 어디서 나타날지 궁금하다."

고개를 든 사이드가 나가라는 손짓을 했다.

연대장실을 나온 랜스가 곧장 연병장을 가로질러 사단 사령부로 들어섰다. 사령부의 작전참모는 코린스 대령이다. 2연대장 사이드보다 선배인 데다 곧 장군이 될 예정이다.

"참모님 계신가?"

작전참모부로 들어선 랜스가 묻자 대위 하나가 알은체하면서 대답했다.

"지금 사단장실에 계십니다."

"그럼 복도에서 기다려야겠군."

그때 참모부 안의 시선이 모였다.

소령이 둘, 대위가 둘이다. 소령들과는 안면이 있었고 그중 하나인 버그하고는 특수부대에서 같이 근무했지만, 알은체도 안 한다. 한 놈은 웨스트포인트 1년 후배다. 그들을 흘겨본 랜스가 몸을 돌리면서 말했다.

"그래, 너희들 오래오래 충성해라."

"응, 웬일이야?"

사단장실 앞에서 기다리던 랜스를 보자 코린스 대령이 물었다. 금세 이맛살이 찌푸려져 있다. 랜스를 직위해제 시킨 것은 사단 작전참모 코린스다.

"참모님, 저 예편하겠습니다."

대뜸 랜스가 말했더니 코린스가 걸음을 멈췄다. 코린스 옆에 참모부 대위 하나가 서 있다.

"갓댐. 이 자식이 마침내."

"직위해제 되면서 업무 인계를 했으니까 몸만 떠나면 됩니다."

"사이드한테는 말했어?"

"참모님한테 먼저 말씀드리는 겁니다."

"갓댐."

"결재해주십쇼. 사단 작전참모님이 승인해주시면 끝납니다."

"너, 그렇게 해야만 하겠어?"

"전 이미 끝났습니다. 잘 아시면서."

"갓댐."

"오늘 중에 신청서 제출하겠습니다. 접수해주시지요."

그때 코린스가 발을 떼면서 말했다.

"알았어. 너하고는 원수가 되었군."

랜스가 코린스의 등에 대고 경례를 했다. 이것으로 끝났다. 예편 신청서 제출하고 떠나면 된다. 코린스 옆에 선 대위 한 놈이 증인이다.

산에서 내려와 폐가가 되어있는 빈집에서 쉬고 있던 후세인이 밖으로 나왔다.

오전 10시.

마당에서는 아래쪽 도로가 보인다. 거리는 3백 미터 정도. 한동안 아래를 내려다보던 후세인이 고개를 돌려 로간을 보았다.

"로간, 넌 이라크 전쟁에 참전했느냐?"

"아닙니다, 각하."

로간이 그것이 '잘한' 일인 것처럼 얼른 대답했다. 지노와 바질이 정탐하러 내려갔기 때문에 로간이 혼자 남아있다.

"저는 아프간에서 지노하고 같은 팀으로 일했지요. 지노가 팀장이었습니다."

"그렇구나."

다가선 로간이 말을 이었다.

"국경까지 따라왔던 퍼그도 지노와 한 팀이었지요. 지노는 부하들로부터 신임을 받았습니다. 부하들을 위해 목숨을 걸었고 부하들도 따랐지요."

"그렇구나."

"각하께선 지노를 믿으셔도 될 것입니다. 저도 믿고 있으니까요."

후세인이 이라크를 통치할 때 이런 말을 들었다면 '기가 막힐' 것이었다. 그런데 지금은 정색하고 듣는다.

12월이다. 겨울이어서 찬바람이 스치고 지나갔다. 사철나무 숲속의 폐가는 반쯤 허물어졌지만 바람과 이슬을 피할 정도는 된다. 그때 후세인이 다시 물었다.

"로간, 너는 나를 어떻게 보느냐?"

"예, 각하."

숨부터 들이켠 로간의 눈동자가 흔들렸다. 아마 머릿속이 텅 빈 느낌이 들었을 것이다. 그러나 대답은 했다.

"예, 위대하신 각하지요."

"내가 위대하다고?"

"예, 각하. 어쨌든 대통령 아니십니까?"

"그건 그렇다. 하지만……"

"각하는 수천만의 국민을 이끈 대통령이셨죠. 더구나 이란하고도 전쟁을 하셨고. 그렇지, 쿠웨이트도 먹으셨지 않습니까? 비록 미국한테는 안 됐지만 말씀입니다."

"……"

"그래도 아직도 각하를 따르는 장군들이 있지 않습니까? 각하는 위대하신 분입니다. 더구나……"

"그만 됐다, 로간."

"각하, 기운을 내시지요."

"고맙다."

"각하보다 불행한 사람도 많습니다. 꼭 살아서 공주를 만나셔야 합니다."

이번에는 후세인이 대답하지 않았다.

"두 가지 경로가 있습니다."

정찰을 하고 돌아온 지노가 후세인에게 말했다.

오후 1시.

뒤쪽에서 로간이 바질이 사 온 식품으로 식사 준비를 하고 있다. 지노가 바위 위에 펼쳐놓은 지도를 짚으면서 말을 이었다.

"하나는 아즈 주와이쉬드를 거쳐서 시리아와의 국경인 이르미트로 간 후에 시리아를 거쳐 레바논으로 들어가는 것입니다."

요르단과 레바논과는 국경이 닿지 않는다. 약 10킬로 거리를 시리아나 이스라엘을 통과해야 레바논으로 들어간다. 지노의 손가락이 요르단의 남쪽으로 내려갔다.

"또 하나는 남쪽 국경의 아카바로 내려간 후에 홍해를 건너 이집트로 건너가는 것입니다."

고개를 든 지노가 후세인을 보았다.

"서쪽 요르단과 시리아 국경 감시는 허술하다고 합니다. 시리아로 들어가 10킬로쯤 서쪽 영토를 건너서 레바논으로 잠입하는 것입니다."

그때 후세인이 물었다.

"시리아, 레바논 코스는 요르단까지 3개국을 통과하는 셈이군."

"예, 각하."

"남쪽 코스는 요르단, 이집트를 거쳐서 지중해로 나가는 것이고."

"예, 각하."

고개를 든 후세인이 지노를 보았다.

"남쪽 코스로 가지."

이렇게 결정되었다.

넷 모두 농부 행색이다. 다른 도시로 친척을 만나러 가는 농부 차림. 후세인까지 배낭을 메었다. 전투를 치를 경우가 없을 것이기 때문에 모두 AK-47을 버렸고 배낭 밑바닥에 제각기 권총만을 숨겨놓았다.

오후 3시 반.

넷은 아즈 주와이쉬드로 향하는 버스에 타고 있다. 낡은 버스다. 버스 안에는 농부들이 가득 차 있었는데 길가에서 아무 손님이나 태웠기 때문에 10킬로를 달리는 데 1시간이 걸렸다. 버스 뒷좌석에서 지노와 나란히 앉아있던 후세인이 말했다.

"이렇게 사는 것이구나."

터번의 천으로 얼굴을 가리고 있어서 눈만 내놓은 채 후세인이 말을 이었다.

"로간이 아까 그러더구나. 각하보다 불행한 사람도 많으니 꼭 살아야 한다고."

후세인의 드러난 눈이 웃고 있다.

"그것이 지금 실감이 난다. 욕심을 줄이면 얼마든지 행복해질 수 있었을 텐데."

지노는 시선만 주었고 후세인이 말을 이었다.

"나는 이제 살아서 카밀라를 만나는 것을 목표로 삼기로 했다."

"예, 각하."

지노가 고개를 끄덕였다.

"공주도 기다리고 계십니다."

로간과 바질은 앞쪽에 따로따로 앉아있었는데 가끔 이쪽을 힐끗거리고 있다. 낡은 버스는 가다 서다 했지만 끈질기게 서진(西進)하고 있다.

오후 7시가 조금 넘었을 때 버스는 아즈 주와이쉬드에 도착했다.

버스정류장에서 차를 구하려고 돌아다니던 로간이 30분쯤 지났을 때 여행사 승합차를 가져왔다. 운전사 딸린 승합차다. 로간은 제대 후에 택시 운전사로 생활해서 이런 흥정에 익숙하다. 아카바까지 5백 불로 계약을 한 것이다. 운전사는 20대의 요르단 인으로 여행사 직원이다.

"밤새 달리면 내일 오전 6시쯤이면 아카바에 도착할 겁니다."

그때 로간이 말했다.

"내가 교대로 운전해줄 테니까."

로간이 운전석 옆자리에 앉으며 말했다.

"자, 갑시다."

여행사 마크를 붙인 승합차가 출발했다. 이제는 남진(南進)이다. 홍해 쪽으로.

오후 8시 반.

제27초소장 퍼그 해밀턴이 저녁을 먹고 막사로 들어섰다. 막사는 식당 옆이었기 때문에 퍼그는 맨머리에 점퍼도 입지 않았다. 그때 막사 안에서 기다리던 두 사내가 퍼그에게 다가왔다. 둘 다 계급장 없는 군복 차림.

"상사, 시간 있지?"

사내 하나가 물었기 때문에 퍼그가 위아래를 훑어보았다.

"누구야?"

"나, 7사단 작전참모실 와트 대위야."

사내가 주머니에서 신분증을 꺼내 내밀었다. 퍼그가 신분증을 받아 유심히 살펴보고는 돌려주었다. 그러고는 트림을 했다.

"용건은?"

"초소장실 안에서 이야기하지."

"아, 글쎄, 용건은?"

퍼그가 사내를 노려보았다. 그때 옆쪽 사내가 신분증을 꺼내 퍼그에게 보

310

였다.

"상사, 난 군 정보국 밀란 상사야. 들어가서 이야기하지."

"좋아."

고개를 끄덕인 퍼그가 뒤쪽에서 얼쩡거리는 초소원들에게 소리쳤다.

"얌마! 똑바로 근무해!"

좁은 초소장실에 셋이 둘러앉았을 때 먼저 와트가 입을 열었다.

"상사, 제42의료대대의 헬기를 타고 여기 왔지?"

퍼그가 고개를 들었다.

"맞소, 대위. 그게 문제요?"

"정보원 넷하고 같이 타고 왔다던데."

"응. 그런데?"

"그게 누구지?"

"난 모르는 사람들인데."

고개를 기울였던 퍼그가 둘을 번갈아 보았다.

"내가 꼭 알아야 합니까?"

그때 밀란이 물었다.

"아니, 모르는 사람들하고 같이 헬기를 타고 이곳까지 올 수 있나?"

"그거야 돈 냈으니까."

퍼그가 말을 이었다.

"내가 그자들 덕분으로 공짜 헬기를 타고 온 것이니까."

"정말 모르는 사람들이야?"

와트가 추궁하듯 묻자 퍼그는 이맛살을 찌푸렸다.

"사단 정보팀이라고 했어. 정보원 신분증까지 보여줬는데 돈도 많더군."

"확인 안 했어? 이름은?"

"이런."

한숨을 쉰 퍼그가 눈을 가늘게 뜨고 와트를 보았다.

"대위 같으면 신분증 확인을 하겠소?"

"티크리트는 왜 갔는데?"

이번에는 밀란이 물었다.

"여기서 누구하고 둘이 차를 타고 갔다고 하던데."

"그냥 차를 빌려 타고 간 거야. 이름도 모르는 놈이야."

"갓댐."

마침내 와트가 욕설을 했다. 뭔가 석연치 않지만 증거가 희미하다. 그리고 연루된 사건도 없다.

둘이 초소장실을 나갔을 때 퍼그가 심호흡을 했다. 42의료대대에서 요크가 헬기 불법 운행을 한 것이 발각된 것 같다. 운행부장한테 티크리트에서 27초소까지 간다고 했던 것이 들통이 났다.

이곳에서 요르단 국경까지 날아갔다가 돌아왔다면 문제가 커질 것이다. 그래서 헬기 조종사 요크와 맥도날드도 입을 다물었겠지. 둘은 운행부장한테도 비밀로 하고, 추가 비행요금을 챙겼으니까.

차로 다가가던 와트가 밀란에게 말했다.

"개새끼들. 군기가 싹 빠졌어. 이놈 저놈이 의료 헬기를 택시처럼 타고 다니는 세상이야."

"문제는 저놈뿐만이 아니라는 거야."

밀란이 말을 받았다.

"저놈하고 헬기 조종사, 운행부장 놈을 군법회의에 회부하면 수백 명이 줄줄

312

이 끌려가게 된다는 거지."

"젠장. 우리 참모장도 걸리겠군. 지난달 의료 헬기 타고 바그다드 갔다 왔어."

"문제는 이제 정보원 놈들까지 헬기를 타고 다닌다는 거야."

"개새끼들. 돈은 어디서 나지?"

지프에 오른 와트가 시동을 켜다가 투덜거렸다.

"젠장. 헬기를 타고 오는 건데."

티크리트. 아르카디 용병단 본부장 에드워드 깁슨이 부관 카터의 보고를 받는다.

오후 9시 반.

"아흘라드가 사살된 것이 확실합니다. 측근인 카두라, 만수르 대령과 함께 시신이 발견되었습니다."

"사살되었다고?"

놀란 깁슨이 목소리를 높였다.

"내분인가?"

"압둘 가민이 주도권을 빼앗은 것 같습니다."

"갓댐."

"동굴에서 시체를 20구 가깝게 찾았다고 합니다."

"후세인은 가민과 함께 피했겠군."

"그렇습니다. 가민과 함께 아흘라드에게 소외되었던 파라드의 시체도 보이지 않았으니까요."

"그럼 주변에 있던 아흘라드의 병력은 누가 지휘하나?"

"소령급, 대위급이 지휘하는 터라 곧 흩어져서 산적이 되거나 북부로 가서 저항군이 되겠지요."

"갓댐. 후세인, 이 여우 같은 놈."

깁슨이 잇새로 말했다.

"또 어디로 숨었나?"

밤 12시부터는 로간이 승합차를 운전했다.

10시가 넘었을 때부터 뒷좌석의 후세인은 자리를 펴고 잠이 들었다. 지노와 바질은 그를 가로막듯이 앞쪽 자리에 앉아 지켰다. 운전사 마이크의 시선을 차단한 것이다.

가끔 마이크가 로간에게 말을 걸었지만 짧은 대답이 돌아오자 차 안은 정적이 덮였다. 지노와 바질이 번갈아서 교대로 잠을 잤고 차는 계속 남진(南進)했다.

오전 4시.

아카바 25킬로 지점.

이제는 마이크가 운전을 했다. 산비탈을 돌았을 때 마이크가 앞쪽을 응시하며 말했다.

"앞에 검문소."

그 소리에 뒷좌석에 누워있던 후세인이 고개를 들었다. 마이크가 말을 이었다.

"신분증 조사를 하지만 10불만 뇌물로 주면 돼요."

그때 고개를 끄덕인 로간이 주머니에서 10불짜리 지폐를 꺼내 내밀었다.

"오케."

지폐를 받은 마이크가 웃음 띤 얼굴로 로간을 보았다.

"모두 자빠져 자고 있을 거요."

그러나 차단봉이 내려진 검문소 앞에는 차 2대가 세워졌고 병사 3명이 검문하는 중이다. 차가 멈췄을 때 앞쪽 차 하나가 빠져나갔고 곧 마이크 앞으로 병사가 다가왔다.

"신분증."

동시에 반대쪽으로도 병사 하나가 붙더니 차 안을 훑어보았다. 그때 후세인은 터번으로 얼굴을 가린 채 누워있었고 지노와 바질은 병사의 시선을 받는다.

"신분증."

병사가 다시 말했을 때 마이크가 신분증 사이에 10불 지폐를 끼어놓고 내밀었다. 아예 병사가 보는 앞에서 지폐를 넣은 것이다. 그때 병사가 신분증에서 지폐를 빼내 손에 쥐더니 훑어보는 시늉을 하고 나서 마이크에게 건네주었다.

"오케. 통과."

그러자 차단봉이 올라갔다. 반대쪽 병사가 한 걸음 물러섰다. 마이크가 차를 발진시켰다.

오전 5시 반.

차가 아카바 항 근처의 길가에 멈춰 섰다. 아직 이른 시간이어서 거리에는 차량만 드문드문 지날 뿐이다.

"자, 여러분."

마이크가 어깨를 부풀렸다가 내리면서 말했다. 잠이 깬 듯 눈이 맑아졌고 얼굴도 환하다.

"지루한 여행이 끝났습니다, 여러분."

몸을 돌린 마이크가 뒤를 돌아보았다.

"고생하셨습니다, 신사숙녀 여러분."

숙녀도 없는데 그렇게 말했던 마이크의 두 눈이 커졌다. 숨 들이켜는 소리도

났다. 마이크의 두 눈이 후세인한테 박혀 있다. 후세인은 터번의 천으로 얼굴을 가리지 않은 상태다. 그것을 본 모두 숨을 죽였다. 그때 젊은 마이크의 입에서 말이 터졌다.

"아니, 당신. 사담 후세인……."

그때 뒤에 앉아있던 지노가 마이크의 머리통을 두 손으로 움켜쥐었다. 다음 순간.

"뚜둑."

나무 부러지는 소리가 울렸고 마이크의 얼굴이 등 쪽으로 돌아갔다. 두 눈이 놀란 듯 크게 떠졌고 아직도 입술이 달싹이고 있다. 그때 지노가 다시 얼굴을 제자리로 돌리면서 말했다.

"모두 지문 닦아."

한 시간 후.

후세인은 바닷가의 여관방 안에 들어와 있다. 허름한 단층 여관이다. 식당도 겸하고 있어서 방에까지 음식 냄새가 풍겨왔다.

로간과 바질은 배를 구하러 나갔고 방 안에는 후세인과 지노가 남았다. 후세인은 마이크가 죽는 모습을 눈앞에서 본 후부터 입을 열지 않았다.

방바닥에 낡은 양탄자만 깔린 방이다. 그때 지노가 말했다.

"각하, 제가 아침 식사를 가져오지요."

"아니, 물이면 됐다."

후세인이 손에 든 물병을 보면서 말했다.

"차 안에서 잤기 때문에 피곤하지도 않아."

"아직도 갈 길이 멉니다, 각하."

"내가 살려고 죄 없는 젊은 애가 또 하나 죽었다."

316

"각하."

지노가 후세인을 보았다.

"그놈은 죽을 운명이었습니다."

"……."

"그놈을 살려 보냈다면 우리 모두가 위험해졌을 것입니다."

외면한 후세인은 대답하지 않았고 지노가 말을 이었다.

"배가 준비되면 아래쪽으로 내려갔다가 이집트 해안으로 접근할 계획입니다. 옆쪽이 이스라엘 국경이어서요."

후세인은 고개만 끄덕였다.

오후 3시 반.

밖에 나갔던 로간과 바질이 돌아왔다.

"어선 한 척을 구했어."

로간이 말했다.

"밀항선이야. 여기서 이집트, 사우디로 가는 밀항선이 많아."

후세인도 듣고 있었기 때문에 로간이 정색하고 말을 이었다.

"이곳에서 이집트까지는 11시간, 요금은 3천 불로 했어. 배를 빌리는 값이야."

지노가 고개를 끄덕였다. 이제 요르단을 떠날 준비가 되었다.

후세인을 방에 두고 마당으로 나왔을 때 지노가 둘에게 물었다.

"승합차는?"

"발견되었겠지."

먼저 로간이 대답했다.

"운전석에서 죽어있는 그놈도 진즉 발견되었을 것이고."

317

목이 부러져 있지만 그것이 타살인지 자살인지 알아내기도 어려울 것이다. 아즈 주와이쉬드에 등록된 차량이어서 통과한 검문소도 확인하겠지만 하루이틀에 끝날 일이 아니다. 바질이 손목시계를 보았다.

"오후 7시에 떠나기로 했어."

3시간 남았다.

티크리트에 주둔한 미 제7사단 사단장은 마크 카튼 소장이다. 장신에 주름진 얼굴로 거의 웃지 않아서 별명이 '카포네'다. 맨날 허리에 권총을 차고 다니기 때문인 것 같다.

오후 5시.

사단장실로 작전참모 웰링턴 대령이 들어섰다.

"사단장님, 연락이 왔습니다."

"누구냐?"

카튼이 찌푸린 채 물었다.

"내 전처라면 연결하지 마."

"아닙니다. 후세인 친위대 대령이었던 무하라비 파라드 대령입니다."

"그 개아들놈이 누군지 모르겠는데?"

"현재 후세인의 경호실장을 맡고 있습니다. 현상금이 30만 불에서 1백만 불로 올랐고요."

"그놈이 연락을 했어? 너한테?"

"예, 사단장님."

"또 장난 전화 아냐?"

"아닌 것 같습니다."

"그놈이 어디 있는데?"

318

"티크리트라고 했습니다."

"뭐래?"

"투항에 대해서 상의하고 싶답니다."

"갓댐. 대령 주제에, 상의는 개뿔."

"압둘 가민 소장입니다."

순간 카튼이 숨을 들이켜더니 찌푸린 얼굴로 웰링턴을 보았다.

"가민이?"

"예, 사단장님."

"그놈은 후세인하고 같이 있잖아?"

"그렇습니다."

"후세인하고 같이 투항한다는 건가?"

"후세인 이야기는 안 했습니다. 가민의 투항입니다."

"좋아. 만나지. 그 대령 놈을 만나야 되나?"

"그렇습니다, 사단장님."

잠깐 침묵했던 카튼이 눈을 가늘게 떴다.

"용병 놈들이 눈치채지 못하도록 해."

"예, 알겠습니다."

"그 개자식들이 가로채면 산통 다 깨진다. 무슨 말인지 알겠나?"

와트 대위와 밀란 상사는 오늘 제42의료대대에 와 있다.

병동의 빈 대기실 안.

둘의 앞에 앉은 사내는 헬기 부조종사 맥도날드 중사. 맥도날드는 어깨를 편 자세였지만 외면하고 있다. 와트와 밀란은 오늘 두 번째 의료대대에 오는 셈이다. 맥도날드도 두 번째 만난다. 어제 오전에는 요크와 함께 만났지만 오늘은 혼자다. 먼저 와트가 입을 열었다.

"중사, 헬기 태워준 건 문제가 아냐. 장교들도 자주 그렇게 탔으니까. 그런데 이번 일은 의심쩍어. 신원이 불확실한 정보원들이 헬기를 탔단 말야."

와트가 투덜거렸다.

"갓댐. 퍼그 상사도 그놈들을 모른다고 하던데, 중사, 정말 그런 것 같아?"

"글쎄요."

고개를 기울였던 맥도날드가 곧 흔들었다.

"잘 모르겠습니다. 난 요크 상사가 시킨 대로만 했으니까요."

"요크와 퍼그는 친구 사이야. 그렇지?"

이번에는 밀란이 물었다.

"그 정보원이란 놈들도 아는 사인가?"

"글쎄요, 저는 잘……."

"그런데 내가 MH-6 운행 거리를 보니까 여기서 27 검문소까지 오간 거리보다 300킬로가 더 늘어났단 말야."

밀란이 눈을 가늘게 뜨고 맥도날드를 보았다.

"어디까지 간 건가?"

"오면서 좀 돌았어요. 기류가 나빠서 말입니다."

맥도날드가 똑바로 밀란을 보았다. 이제는 눈동자가 흔들리지 않는다.

"비행기는 자동차처럼 똑바로 날아가지 않아요. 난기류 피해서 돌아가기도 합니다."

밀란과 와트가 서로의 얼굴을 보았다.

20톤급 어선이다.

선장은 50대쯤의 사내이고 선원은 건장한 체격의 20대. 선장의 아들이다. 넷이 어선에 오르자 어선은 곧장 아카바 만을 달려가기 시작했다.

오후 7시.

이미 바다는 짙은 어둠에 덮여 있다. 선장이 조타실에 서 있는 지노에게 소리쳐 말했다.

"아카바 만 아래쪽은 우측에 사우디 경비정, 좌측에 이스라엘 경비정이 떠 있어서 곧장 아래로 내려가야 돼."

엔진음이 컸기 때문에 선장이 다시 목소리를 높였다.

"지금 양쪽에서 모두 이 배를 레이더로 보고 있을 거야."

"아래쪽은 이집트 경비정이 있나?"

"있을 때도 있고 없을 때도 있어."

선장이 고개를 돌려 지노를 보았다.

"홍해는 넓으니까. 사우디 쪽으로 붙어가다가 이집트로 들어가면 돼."

고개를 끄덕인 지노가 마침 조타실로 들어선 로간과 교대하고 갑판으로 내려왔다. 후세인은 갑판 한쪽에 앉아있었는데 물끄러미 앞쪽을 바라보는 중이다.

"각하, 춥습니다."

지노가 어깨에 둘렀던 모포로 후세인의 다리를 덮었다.

아카바 만에 들어선 어선은 파도에 흔들리기 시작했다. 바다가 거칠어진 것이다. 바람과 함께 흩날리는 물보라가 배 안으로 뿌려졌다. 선창 안으로 들어가면 물보라를 피할 수 있지만 후세인은 움직이지 않았다.

지노가 후세인의 옆에 붙어 앉았다. 배가 좌우로도 흔들렸기 때문에 후세인의 몸을 안정시키려는 의도다. 그때 후세인이 말했다.

"지노, 넌 이 일이 끝나면 뭘 할 거냐?"

"아직 생각하지 않았습니다."

지노가 후세인을 보았다.

"저는 각하의 무사귀환에 모든 것을 걸었습니다. 이 일을 끝내고 생각해보겠습니다."

"무사귀환?"

후세인의 얼굴에 웃음이 떠올랐다.

"내가 고국을 떠나 어디로 귀환한단 말이냐?"

"공주하고 같이 새로운 땅에서 사시지요, 각하."

"어디 말이냐?"

"그건 저도 모르겠습니다."

"네가 생각을 해봐라."

"제가 말씀입니까?"

"그래. 내가 살 땅."

"예, 각하."

"그 땅까지 네가 같이 가면 좋겠다."

지노는 입을 다물었다. 마침 바질이 다가왔기 때문에 대화는 그쳤다.

"지노, 이제 이집트 쪽으로 가고 있어."

바질이 소리쳤다.

이곳은 티크리트.

아르카디 용병단 본부장 깁슨이 눈을 치켜뜨고 부관 카터를 응시하고 있다.

"후세인이 사라졌어?"

깁슨의 목소리가 갈라져 있다.

"압둘 가민하고 같이 있는 것이 아니고?"

"예. 가민은 사단장하고 만날 예정입니다. 약속을 정했다고 합니다."

"가민이 후세인을 감춰둔 건가?"

"그건 모르겠습니다만 후세인이 없다는 것은 확실합니다."

카터가 번질거리는 이마의 땀을 손등으로 닦았다.

"아흘라드의 부하들한테 소문이 다 퍼졌습니다."

"……."

"아흘라드와 그 측근들을 몰사시키고 후세인을 빼내 간 건 가민이 아니라고 합니다. 그때 가민은 티크리트 안가에 있었습니다."

"……."

"아흘라드의 부하들이 보았다고 합니다."

"그럼 어떻게 된 일이야?"

"가민이 사단장한테 투항 의사를 밝힌 것과 관계가 있는 것 같습니다."

"후세인이 가민을 시켜 투항을 타진하는 것이겠지."

마침내 깁슨이 정의했다.

"강경 기회주의자인 아흘라드를 후세인이 제거한 거야."

"……."

"가민의 특공대를 시켜서 말야. 티크리트에서 가민이 조종한 거지. 가민이 아흘라드보다는 영리하거든."

"다른 소문도 있습니다, 본부장님."

고개를 든 카터가 깁슨을 보았다.

"제42의료대대에서 헬기로 정보원 넷이 서쪽으로 날아갔다고 합니다."

"……."

"눈만 내놓은 아랍 정보원이라는데요, 헬기 조종사도 그들이 누군지 모른답니다."

"……."

"아흘라드와 그 일당이 몰살당한 그다음 날 저녁에 말입니다."

우측으로 시나이 반도를 끼고 아카바 만을 달려 내려간 어선이 홍해 입구로 나왔을 때는 오전 3시 반.

파도가 거칠었기 때문에 어선은 로울링, 핏칭을 계속했다. 지노와 후세인까지 견디고 있었지만 로간과 바질은 멀미를 했다. 그때 조타실에서 선장이 소리쳤다.

"경비정!"

고개를 든 지노가 우측 파도 사이로 반짝이는 불빛을 보았다. 이집트 쪽. 그때 조타실에서 로간이 뛰어 내려왔다. 멀미로 쪼그리고 있었던 모양이다.

"갓댐, 지노. 어떻게 하지? 이쪽으로 오는데."

그때는 선창에 들어가 엎드려 있던 바질도 뛰어나왔다. 그 순간 사이렌 소리가 울렸다. 짧게 연속적으로. 바다에서, 더구나 밤에 울리는 사이렌 소리는 으스스했다.

경비정의 불빛이 파도 사이로 점점 크게 드러났다. 지노가 조타실로 뛰어 올라갔다. 그러자 이쪽으로 다가오는 경비정이 드러났다. 어둠 속이라 불을 켠 선체만 보인다. 사이렌 소리가 더 가까워진다.

"이쪽으로 오고 있어."

선장이 낭패한 얼굴로 말했다.

"이집트 경비정이야."

"여기가 이집트 영해인가?"

"공해지만 당신들이 걸려."

이맛살을 찌푸린 선장이 고개를 저었다.

"저놈들은 밀항자 단속이 임무거든."

"갓댐."

로간이 저절로 미국 욕을 했을 때 선장과 아들이 동시에 시선을 주었다. 이제 사이렌 소리가 그치면서 경비정이 가까워졌다.

거리는 50미터 정도. 이쪽이 속력을 줄였기 때문에 마음을 놓은 것 같다. 지노가 경비정을 보았다.

20톤 급의 날렵한 선체. 이쪽 어선은 아랍 식으로 선수, 선미가 위로 솟은 선체인데 경비정은 유선형이다. 선수에 20밀리 기관포를 장착했고 조타실은 불을 환하게 밝히고 있다. 승무원은 7, 8명. 선장, 항해사, 기관사와 병사 3, 4명.

그때 경비정이 10여 미터 거리로 다가오더니 아랍어로 소리쳤다. 마이크에 대고 소리 친다.

"정지! 엔진을 꺼라!"

선장이 엔진을 껐다.

"우리가 배를 붙이겠다!"

밤바다에 마이크 소리가 울렸다.

"모두 두 손을 머리 위에 얹고 갑판으로 나와!"

그때 경비정에서 서치라이트가 '확' 켜지더니 이쪽을 비췄다. 기습적이다. 그러더니 경비정이 배 옆구리를 이쪽으로 돌리면서 파도에 따라 출렁이며 접근하기 시작했다. 배를 붙이려고 사병 셋이 갈고리를 들고 나란히 서 있다. 익숙한 자세다.

지노는 선수의 난간 밑에 몸을 붙인 채 엎드려있다. 선수가 높기 때문에 아래쪽에 서 있는 바질과 선장, 아들까지 셋이 보인다.

선장과 아들 알리는 조타실에서, 바질은 그 아래쪽 갑판에 서 있다. 셋 모두 두 팔을 올려 머리 위에 깍지 끼고 서 있다. 그때 배가 붙여졌고 병사들이 갈고리를 고정시켰다. 양쪽 난간을 붙인 것이다.

경비정 옆구리에 폐타이어가 나란히 붙여졌기 때문에 두 척의 배는 빈틈없이 밀착되었다. 이제 서치라이트는 꺼졌다.

"셋뿐이야?"

경비정 갑판으로 나온 선장이 소리쳤다. 그러고는 껑충 뛰어서 이쪽으로 넘어온다. 수병 둘이 따라서 넘어온 순간이다.

지노가 몸을 일으키면서 아래쪽 경비정으로 뛰어내렸다. 이쪽 선수가 위로 솟았기 때문에 1미터쯤 높은 위치였다. 지노를 발견한 경비정의 병사가 놀라 AK-47을 고쳐 쥐었을 때다.

"타탕, 탕, 탕, 탕."

지노가 쥔 베레타 92F가 밤바다에 요란한 총성을 뱉어내었다.

이쪽은 경비정과 반대로 붙여져 있어서 조타실 뒷면이 보인다. 경비정 안에 있던 2명과 기관포 앞에 서 있던 셋이 맞았다. 경비정의 불이 환했기 때문에 셋이 사지를 휘저으면서 쓰러졌다. 같은 순간.

"타탕, 탕, 탕, 탕."

어선 선미의 뒤쪽에 숨어있던 로간이 배 안으로 들어온 경비정 선장과 병사 둘을 향해 쏘았다.

"앗!"

병사 하나가 비명 같은 외침을 뱉으면서 쓰러졌다.

"탕, 탕, 탕."

조금 늦게, 두 팔을 머리 위에 깍지 끼고 서 있던 바질이 허리 뒤에 끼워 넣은 권총을 꺼내 쓰러져 있는 선장을 향해 쏘았다. 선장이 꿈틀거렸기 때문이다.

"탕, 탕."

10분 후.

"꽈꽝!"

폭음이 울리더니 경비정의 중심 부분이 대폭발을 일으키면서 선체가 불끈 솟아올랐다. 다음 순간 요동치는 바다 위로 선체가 떨어지면서 불덩이째 두 조각으로 나뉘어졌다.

"우르르르르."

마치 빈방에 드럼통이 굴러가는 것 같은 소리가 들리면서 곧 두 동강이 된 선체가 바닷속으로 들어갔다. 불덩이가 파도 위에서 펄렁이더니 곧 꺼졌다. 다시 그쪽 바다는 짙은 어둠에 덮였다.

"가자."

지노가 말하자 넋이 나간 표정으로 그쪽을 바라보던 선장이 타륜을 쥐었다. 어선은 다시 달려가기 시작했다. 조타실 안은 조용하고 엔진음만 울리고 있다. 선장과 아들 알리는 경비정 병사들을 사살했을 때부터 말이 없다.

<3권에 계속>